SAUERLÄNDER

Peter Schwindt

BORDERLAND

SAUERLÄNDER

MIX
Papier aus verantwortungsvollen Quellen
FSC® C083411
www.fsc.org

Erschienen bei FISCHER Sauerländer

Hedderichstr. 114, D-60596 Frankfurt am Main
Satz: Fotosatz Amann, Memmingen
Druck und Bindung: CPI books GmbH, Leck
Printed in Germany
ISBN 978-3-7373-5132-4

Die Musik drückt das aus,
was nicht gesagt werden kann und worüber
zu schweigen unmöglich ist.

Victor Hugo

Für Sophie,
die alles richtig macht.

Und für Julia.
Manche Menschen tauchen
einfach zur richtigen Zeit
im Leben auf.

PROLOG

Ich habe bis heute keine Ahnung, wie Polarlichter entstehen. Irgendwo habe ich mal gelesen, dass Elektronen, getragen vom Sonnenwind, auf Ionen in der Erdatmosphäre treffen und so Prozesse auslösen, an deren Ende die Auroraborealis zu sehen sind. Es muss irgendwas mit Magnetfeldern zu tun haben, die senkrecht zur Erdoberfläche stehen, so dass diese elektronisch geladenen Teilchen in die Atmosphäre eindringen können. Das passiert allerdings nur in den Polarregionen, also am Ende der Welt. Aber was heißt das schon? Viele Dinge sind einfach schön um ihrer selbst willen, und man möchte gar nicht wissen, wie sie funktionieren, weil sich sonst ihr Zauber verflüchtigt und man um eine Enttäuschung reicher ist. Echter Magie begegnet man nur selten. Und man wird sich ihrer erst bewusst, wenn sie das eigene Leben nicht mehr erleuchtet. Sie ist der Funke, der das Herz beseelt und die Dunkelheit einer langen Nacht wenigstens für einen Atemzug erhellt.

Ich sitze im CNL 472 von Basel nach Kopenhagen. Einem Nachtzug, der so gut wie leer ist. Ich habe ein ganzes Abteil für mich. Vor mir auf dem Tisch liegt mein altes Netbook. Es hat ein veraltetes Betriebssystem und einen defekten Akku, aber neben meinem Sitz gibt es eine Steckdose, versteckt hinter einem Vorhang. Ich höre Musik von Max Richter und versuche den roten Faden der Geschichte zu finden, die ich zu erzählen habe. 40 Stunden Fahrt liegen vor mir, neunmal werde ich umsteigen müssen, aber dennoch weiß ich nicht, ob die Zeit ausreicht, dem auf die Spur zu kommen, was in den letzten sechs Wochen geschehen ist. Der Wunsch, die Ereignisse in Worte zu fassen, ist jedenfalls groß.

Meine Tasche ist nur mit dem Notwendigsten gefüllt, Unterwäsche, einer Hose und einem Pullover, den mir meine Mutter gestrickt hat, als Vater noch lebte und wir eine Familie waren. Rentiere und Sterne. Er kratzt, aber er hält warm. Ich wollte nicht fliegen, obwohl die Reise mit Ryanair oder sonst einem Billigflieger vermutlich günstiger geworden wäre.

Ich sitze nicht in der Mitte des Zuges, nicht in der Mitte des Wagens, nicht mit dem Rücken zur Fahrtrichtung und nicht an der den Nachbargleisen abgewandten Seite. Meine Mutter hat recherchiert, das kann sie gut. Bei einem Zugunglück hat man die besten Überlebenschancen, wenn man all diese Regeln befolgt.

Bevor ich beginne, von Jane zu erzählen, muss ich von meiner Mutter berichten und den beschissenen Umständen, unter denen wir lebten. Ich bin zu der Überzeugung gekommen, dass das Leben einem Plan folgt, mag er auch noch so undurchschaubar erscheinen.

1

»Vincent Amos?«

Die Frau hinter dem Schreibtisch, die meinen Namen rief, legte den Kopf schief, so dass sie durch die geöffnete Tür hinaus auf den Korridor schauen konnte. Als sie meinen Blick einfing, winkte sie mich mit ihrem Zeigefinger heran.

»Direktor Schreiber hat jetzt Zeit.«

Ein anderer Schüler, blond gescheitelt und ein Vertreter der Hollister-Abteilung, saß mit einem nervös wippenden Bein zwei Stühle neben mir. Auf seinem Shirt stand *333 – I am only half evil.* Sein Humor schien von einer besonderen Art zu sein. Selbstreferentiell oder so. Als ich aufstand, verfolgte er mich mit seinen Augen, ohne den Kopf in meine Richtung zu drehen. Ich nickte ihm solidarisch zu, aber er schaute mir nur so lange nach, wie ich in seinem starren Blickwinkel war.

»Du kannst reingehen«, sagte die Frau hinter dem altmodischen Röhrenmonitor ihres Rechners. Ein Drucker spuckte summend einige Blätter aus. Die Möbel waren braun und alt und an den Ecken abgestoßen. Die Frau deutete auf eine angelehnte Tür. Ich zögerte. Sie machte mit der Hand eine Geste, als sei die Zeit des Mannes, der dort auf mich wartete, mindestens genauso knapp bemessen wie ihre.

Ich klopfte vorsichtig an den Türrahmen.

Direktor Schreiber blickte auf. Er war ein alter Mann mit langen grauen Haaren und einem ebenso grauen Bart. Jeans, Stiefel, kariertes Hemd. Als er aufstand, streckte er mir seine Hand entgegen.

»Schreiber«, sagte er nur.

»Amos. Vincent.«

»Bist du allein gekommen?«

»Ja.«

»Kein Elternteil dabei?« Die leise Stimme klang ein wenig überrascht.

»Meine Mutter ist krank und muss im Bett bleiben.«

Direktor Schreiber musterte mich eindringlich, als wüsste er nicht, in welche Schublade er mich stecken sollte. »Okay«, sagte er gedehnt. »Hoffentlich nichts Schlimmes?«

Ich zuckte stumm mit den Schultern und schüttelte den Kopf.

Er runzelte die Stirn und schaute in eine dünne Mappe, die er vor sich aufgeschlagen hatte. »Vincent Amos. Geboren am 19. März. Wohnhaft in der Elsterbergstraße? Stimmt das?«

Ich nickte.

»Du hast vorher das Wittgenstein-Gymnasium besucht?«

Ich nickte erneut.

»Darf ich fragen, warum du auf diese Schule wechselst? Ich meine, deine Noten waren durch die Bank gut bis sehr gut.«

»Wir sind umgezogen.«

»Wo habt ihr früher gewohnt?«

»In der Habsburger Straße.«

»Das ist am anderen Ende der Stadt.«

»Ja«, sagte ich nur.

»Und nicht mit dem Viertel hier zu vergleichen.«

»Nein, nicht wirklich.«

Direktor Schreiber räusperte sich.

»Ich habe gesehen, dass du eine Reihe von Musikinstrumenten beherrschst.«

Ich nickte. »Klavier. Violine. Cello.«

»Wir haben ein Orchester. Herr Schröder leitet es jetzt.«

»Aha«, machte ich nur.

Direktor Schreiber schaute mich an, lehnte sich zurück und verschränkte die Arme vor seiner Brust. Er kaute auf seiner Unterlippe herum, so dass sich einige der Barthaare nach vorne sträubten.

»Wir freuen uns, dich hier begrüßen zu dürfen«, sagte er schließlich, wippte nach vorn und reichte mir zwei Zettel. »Dein Stundenplan und die Bücherliste. Die Schulbibliothek hat in den Pausen geöffnet. Frau Schuchardt wird dich zu deiner Klasse bringen.«

Ich stand auf und wusste nicht, ob es angebracht war, ihm zum Abschied die Hand zu reichen. Also nickte ich nur, faltete die beiden Zettel zusammen und steckte sie in meine Umhängetasche.

Zuerst dachte ich, dass Direktor Schreiber noch etwas sagen wollte, doch sein Blick war nicht auf mich gerichtet. Seine Hände lagen auf dem Schreibtisch, links und rechts der Tastatur. Über dem Bildschirm des Rechners tanzte träge die Uhrzeit. Durch das gekippte Fenster war der auf- und abschwellende Lärm einer Motorsäge zu hören.

»Frau Schuchardt?«, rief er plötzlich.

»Ja?«, kam es aus dem Sekretariat. Eine Kaffeetasse wurde abgestellt, ein Löffel klirrte.

»Bringen Sie Vincent in seine Klasse, sind Sie so gut? Und schicken Sie Dennis rein.«

Ich wünschte Direktor Schreiber noch einen schönen Tag, den er vermutlich nicht haben würde, und verließ sein Büro.

Frau Schuchardt kam kauend um den Tresen herum und schüttelte sich ein paar Krümel ihres Brötchens von der rosa Bluse. Wir traten hinaus in den Korridor.

»Du kannst jetzt rein«, sagte sie zu dem Jungen, der sich nun träge aus dem Plastikstuhl erhob. Er rempelte mich im Vorübergehen an. Nicht heftig. Aber auch nicht so leicht, dass es ein Versehen war.

Frau Schuchardt ging voraus. Sie war klein, um den Hintern herum ein wenig füllig. Unter der Bluse gruben sich die Träger ihres BHs in die Schultern. Die Schuhe, die sie zu dem beigen Rock trug, waren praktisch, bequem und hässlich. Sie roch irgendwie komisch. Nicht ungewaschen oder verschwitzt. Eher das Gegenteil, eher schärfer. Ich fragte mich, ob sie sich nach jedem Toilettenbesuch die Hände desinfizierte.

Die Sohlen ihrer Gesundheitsschuhe quietschten auf dem ausgetretenen Linoleumboden. In der Hand klimperte ein Schlüsselbund. Wir schritten eine ganze Galerie von Türen ab, von denen aber keine für mich bestimmt war. Erst zwei Etagen tiefer, vorbei an Vitrinen, in denen Unterstufenklassen Gipsköpfe und Nudelreliefs ausgestellt hatten, blieben wir vor einem Raum stehen. Frau Schuchardt klopfte und öffnete die Tür, ohne ein »Herein« abzuwarten.

Natürlich richteten sich alle Blicke auf mich. Ein Lehrer, der gerade hektisch etwas an die Tafel schrieb, drehte sich zu uns um, wobei er eine ungeduldige Geste machte, um der Klasse mehr Ruhe zu verordnen.

»Herr Gödert, ich bringe den Neuen«, sagte Frau Schuchardt.

Gödert strich sich die ergrauenden Haare aus dem zerknautschten Gesicht. Er schaute von ihr zu mir und wieder zurück.

»Okay«, sagte er. »Dahinten ist noch ein Platz frei.«

Der Raum, in dem der Deutschkurs stattfand, sah aus, als hätten hier schon etliche Jahrgänge ihren Frust am Mobiliar ausgelassen. Der mir zugewiesene Tisch war genauso Schrott wie der viel zu niedrige Stuhl. Wenigstens die Rückenlehne konnte man noch verstellen.

Ich fühlte mich wie im Warteraum des Jobcenters, bei dem sich meine Mutter immer mal wieder melden musste.

Frau Schuchardt hatte das Klassenzimmer bereits verlassen, als sich Herr Gödert an mich wandte. An der Tafel standen Regeln zur Beugung starker und schwacher Verben. Stoff für die Unterstufe.

»Möchtest du dich vorstellen?«, fragte er mich freundlich.

Eigentlich mochte ich nicht. Eigentlich wollte ich viel lieber unsichtbar sein.

»Mein Name ist …«

»Steh bitte auf, damit dich jeder hören kann.«

Also stand ich auf. Die Rückenlehne meines Stuhls rutschte wieder nach unten.

»Mein Name ist Vincent Amos …«

»… und ich bin schwul«, vollendete der Typ vor mir meinen Satz. Er erntete lautes Gelächter.

Der Kerl drehte sich zu mir um und grinste mich an, als erwartete er, dass ich ihm anerkennend auf die Schulter klopfte. Ich überlegte mir, ob ich mich nicht wieder hinsetzen sollte.

»Bist du gerade hierhergezogen?«, fragte Gödert.

»Ja«, sagte ich.

Alle Blicke waren auf mich gerichtet, und ich spürte, wie ich rot wurde. Man kann Angst riechen, und ich muss in diesem Moment regelrecht nach Loser gestunken haben. Ich hätte kotzen können.

Das Knautschgesicht schaute mich auffordernd an, doch ich setzte mich wieder, die Lehne stützte nun meine Nierengegend, die Tischkante reichte mir zur Brust. Gödert setzte seinen Unterricht fort, und ich hoffte, dass der Vormittag schnell zu Ende ging.

***

Nach Schulschluss saß ich mit einem riesigen Stapel Bücher an der Haltestelle und wartete auf meinen Bus, als ich Dennis sah. Er rauchte eine Zigarette, trat sie dann aber nur halb heruntergebrannt aus. Er setzte sich zu mir auf die Bank und sagte kein Wort. Ich klemmte meine Tasche fester zwischen die Beine. Mein Bus würde erst in einer Viertelstunde kommen.

»Den Tag gut überstanden?« Der freundliche Klang seiner Stimme überraschte mich. Aber ich traute ihm nicht, deshalb schwieg ich und schaute in eine andere Richtung.

Er beugte sich vor, starrte mich an und schnippte vor meinen Augen mit den Fingern. »He, ich sitze neben dir! Ich bin nicht unsichtbar! Ich hab dich was gefragt!«

Es gab jetzt zwei Möglichkeiten, wie ich mit der Situation

umgehen konnte. Entweder ich ignorierte den Kerl mit dem Nazi-Scheitel, was dieses wohlstandsverwahrloste Arschloch definitiv als Provokation auffassen würde. Oder ich redete mit ihm und verankerte mich so in seinem Bewusstsein. Dann würde ich ihn nicht mehr so schnell loswerden. Aber dieser Zug war vermutlich ohnehin schon abgefahren. Der Kerl hatte mich so oder so auf dem Radar, so tief konnte ich gar nicht fliegen. Trotzdem versuchte ich es, bückte mich nach meiner Tasche und stand auf, als ein Bus kam, der mich in eine völlig falsche Richtung bringen würde.

Dennis blieb sitzen und starrte mir hinterher, als ich einstieg und mich auf einen der wenigen freien Plätze setzte. Er machte einfach gar nichts. Wie in einem Musikvideo: scheppernde Gitarren, stampfender Beat, tragischer Gesang, die Welt zieht rasend schnell vorüber. Nur Dennis blieb wie aus der Zeit gefallen, wo er war. Weil er nicht wusste, wo er hinsollte. Oder weil er sich einen Dreck um alles scherte.

Dann setzte sich der Bus in Bewegung.

***

Ist schon mal jemandem aufgefallen, dass all diese Großstadtghettos so niedliche Nagernamen haben? Hasenbergl? Mümmelmannsberg? Hasenheide? Die Sozialwissenschaftler nennen die Ghettos ›Lokale Exklusionsbereiche‹. Das klingt wohl besser als ›sozialer Brennpunkt‹, obwohl auch dieser Begriff nicht den Grad des Niedergangs widerspiegelt, den man da antrifft: In den Aufzügen riecht es immer nach Pisse, weil die Kinder nicht schnell genug aufs Klo kommen, wenn sie draußen spielen. Manchmal findet man auch einen Haufen Erbrochenes, Dönerrotkohl oder eine halbverdaute Pizza. Wer sich die Schuhe nicht versauen will, nimmt deswegen klugerweise die Treppe. Auch weil das Ding mit schöner Regelmäßigkeit stecken bleibt und man schon einmal einen Nachmittag darin verbringen kann, da die Hausverwaltung mal wieder nicht besetzt ist.

Hinter den Türen leben tatsächlich Menschen. Man hört Musik oder die Explosionen von Spielen wie GTA oder Witcher. Manchmal gibt es auch die eine oder andere Auseinandersetzung. Auf Deutsch. Auf Türkisch. Auf Arabisch. Auf Kroatisch. Auf Russisch. Manchmal ist es hinter den Türen aber auch erstaunlich still. Dann fragt man sich, ob die Oma, die sich sonst immer mit ihrem schon seit Jahren toten Mann stritt, nicht selber seit Ostern in einem Ohrensessel dahinwest und zu Katzenfutter geworden ist.

Ich stieg den letzten Treppenabsatz zu unserer Wohnung im zehnten Stock hoch, als ich hörte, wie sich über mir die Fahrstuhltür schloss und der Lift mit einem klagenden Geräusch nach unten fuhr. Jemand war tatsächlich so mutig, ihn zu benutzen. Dann sah ich unsere angelehnte Wohnungstür und stutzte.

Vorsichtig trat ich über die Schwelle.

»Mutter?«

Das Licht des Treppenhauses fiel auf den stockfleckigen grauen Teppich des Wohnungsflurs, wo ein halbes Dutzend zusammengefalteter Umzugskartons an der Wand lehnten. Es roch nach feuchter Pappe und dem Staub trauriger Erinnerungen. »Mutter? Bist du da?«

Ich drückte die Tür hinter mir zu. Sie fiel mit einem satten

Klicken ins Schloss. Dann schaltete ich das Licht ein. Es war früher Nachmittag. Noch war es draußen hell. Aber meine Mutter zog es schon seit einiger Zeit vor, ihre wache Zeit im Halbdunkel zu verbringen.

Ich ging ins Wohnzimmer. Ein leiser Anflug von Panik überkam mich. Die Tür war nur angelehnt gewesen, der Fahrstuhl war benutzt worden. Für einen kurzen, beängstigenden Moment war ich mir sicher, dass meine Mutter gegangen war.

Doch sie schlief noch auf der ausgeklappten Couch, die seit dem Umzug ihr Bett darstellte. Meine Mutter stand nie vor dem Nachmittag auf, und auch nur, um etwas zu essen, sich ein wenig mit mir in vernuschelten Sätzen zu unterhalten und sich dann wieder hinzulegen, erschöpft von der Minimalkonversation. Manchmal wusch sie sich sogar, kam aber eher selten vor.

Wir hatten ein beeindruckendes Downsizing hinter uns. Von einem Haus mit hundert Quadratmetern runter auf eine Zweizimmerwohnung. Vieles hatten wir wegwerfen oder verkaufen müssen, da wir einfach keinen Platz mehr für all die Möbel hatten. Und selbst der Rest passte kaum auf die fünfzig Quadratmeter, die uns vom Amt bewilligt worden waren.

Mit einem lauten Ruck riss ich die Jalousie hoch und kippte das Fenster, damit ein wenig frische Luft hereinkam.

»Komm. Aufstehen.«

Meine Mutter rührte sich nicht. Ich setzte mich auf die Matratzenkante und berührte sanft ihre knochenspitze Schulter. Langes Haar bedeckte wie schwarze Spinnweben ihr reglos bleiches Gesicht. Eine Strähne bewegte sich im matten Atem.

Ich rüttelte sie etwas kräftiger. »Wach auf«, sagte ich sanft.

Ein tiefer, zitternder Atemzug. Dann schlief sie weiter.

Ich rieb meine vor Müdigkeit brennenden Augen und seufzte. Am liebsten hätte ich mich auch hingelegt. Decke über den Kopf und weg. Es gibt nichts Tröstlicheres als den Geruch des eigenen Kopfkissens, dem noch die Träume der Nacht anhaften.

Doch ich riss mich zusammen, stand auf und sammelte die schmutzige Wäsche ein, um sie im Bad vor die durchgelaufene Maschine zu werfen. Ich hatte sie eingeschaltet, bevor ich am Morgen zur Schule gegangen war, und zog jetzt eine ganze Ladung nasser Unterwäsche heraus, die ich in einem Korb auf den Balkon trug, wo zwischen den betongrauen Zwischenwänden eine Plastikleine gespannt war.

Es gab einen Waschkeller im Haus, doch niemand benutzte ihn. Die Lebenszeit einer Waschmaschine hätte sich drastisch verkürzt, wenn man sie dort hingestellt hätte. Im günstigsten Fall wäre sie von anderen Mitbewohnern einfach mitbenutzt worden. Im ungünstigsten Fall hätte sich jemand einen Spaß daraus gemacht, Altglas und Müll in die Trommel zu werfen und dann den Schleudergang zu wählen.

Ich hielt inne und schaute im nebligen Zwielicht zu dem verwahrlosten Spielplatz hinab, wo ein Kind in roter Regenjacke alleine auf einer violettgestreiften, breit grinsenden Wippkatze saß und sich nicht rührte.

Meine Hände, die die Balkonbrüstung umklammerten, liefen blau an. Die Luft war kalt, aber die Wäsche trocknete hier oben recht schnell. Ich ging wieder hinein. Meine Mutter schlief immer noch.

Die Küche war klein wie eine Kombüse und hatte kein eigenes Fenster, dafür aber einen Lüfter, Limodor F Typ C, der laut wie ein Föhn blies (deswegen vermutlich auch das F), sobald das Licht eingeschaltet wurde. Ich hatte alles selbst angeschlossen, obwohl ich weder Elektriker noch Installateur war. Und es war eine kitzelige Angelegenheit gewesen, unseren dreiadrigen Herd an das fünfadrige Stromkabel anzuschließen. Als ich die Sicherung wieder einschaltete, hatte ich Angst gehabt, mir würde alles mit einem lauten Knall um die Ohren fliegen. Tat es aber nicht.

Mich kotzten die Unordnung und der Dreck im Wohnzimmer unglaublich an. Küche und Bad wischte ich jeden Tag durch, aber es war ein sinnloses Unterfangen, wenn der andere Teil der Wohnung in Müll und Unordnung versank, weil sich der Rest der halb leergefledderten Umzugskartons wie ein wackliges Jengaspiel stapelten.

Ich machte einen Kaffee, der so stark war, dass der Löffel drinstand, schnitt einige hutzelige Äpfel klein und legte ein paar krümelige Haferkekse auf eine angestoßene Untertasse. Dann befreite ich den kleinen Beistelltisch am Sofa von alten Wurfsendungen und einer eingetrockneten Teetasse.

Ich hielt inne und betrachtete den Boden der Tasse genauer. Ich erkannte den Rest der kleinen Tablette, die sich halb aufgelöst hatte. Das Antidepressivum, das meine Mutter regelmäßig nehmen musste, war eine kleine ovale Pille mit einer Kerbe in der Mitte, damit man sie bei Bedarf halbieren konnte.

»Mama?«

Mein Herz setzte einen langen Schlag aus und ich dachte nur: Nicht auch noch sie! Bitte, bitte, nicht auch noch sie! Alles war schon beschissen genug. Da musste meine Mutter nicht auch noch so eine Nummer abziehen.

»Mama, wach auf!«

Die Augen meiner Mutter waren halb geöffnet, nur das Weiße war zu erkennen. In ihrem Mundwinkel war Speichel festgetrocknet. Der Atem ging flach und unregelmäßig. Ab und zu gab sie ein leises, fast ängstliches Stöhnen von sich. Wo immer sie war, ich konnte sie nicht erreichen. Ich sank vor ihr nieder, streckte meine Finger aus, um sie zu berühren, zog die Hand aber wieder zurück. Ich hatte in diesem Moment Angst, ins Leere zu greifen. Dass meine Mutter gar nicht existierte. Dass sie eine Illusion war, die sich auflöste, wenn ich mich ihrer Körperhaftigkeit vergewissern wollte, und ich in Wirklichkeit so allein war, wie ich mich fühlte.

Ich holte mein Handy aus der Hosentasche und wählte den Notruf. Dann setzte ich mich auf den Boden und wartete. Alles, was ich von meiner Mutter sah, waren diese schwarzen Haare und die dünne Strähne, die sich im Zug ihres flachen Atems kaum merklich bewegte. Die Angst um meine Mutter, die sich so schmerzhaft gesteigert hatte, war weg. Ich stand im wahrsten Sinne des Wortes neben mir und betrachtete die Szene aus einer erhöhten Position. Ein erstaunlich friedliches Schweben, das ewig hätte weitergehen können, wenn es nicht an der Tür geklingelt hätte. Ich sackte also wieder in meinen Körper zurück, was ein ziemlich unbehagliches, irgendwie kantiges Gefühl in mir auslöste, und stand ungelenk auf.

Schwere Schritte eilten das Treppenhaus hinauf. Offensichtlich traute da jemand den Aufzügen genauso wenig wie ich. Ich öffnete die Wohnungstür, setzte mich wieder unter das Fenster, lehnte mich an die Heizung und versuchte wieder diese erhöhte Wahrnehmungsposition einzunehmen. Klappte aber nicht.

Die Sanitäter, großgewachsene Männer in roten Hosen und weißen Poloshirts, bewegten sich gänzlich unbeeindruckt vom Chaos in unserer Wohnung und gingen ihren Aufgaben nach. Die Notärztin, eine großgewachsene blonde Frau von Anfang dreißig mit den Schultern einer Ruderin, drehte sich einmal im Kreis, um die Lage zu erfassen und zog sich dabei blaue Latexhandschuhe über.

»Sie haben uns angerufen, nehme ich an. Herr …«

Dass ich mit »Herr« angesprochen wurde, brachte mich mehr aus der Fassung als der Zustand meiner Mutter.

»Vincent«, antwortete ich. »Amos. Vincent Amos.«

»Sie ist Ihre Mutter?«

Ich nickte.

»Wie lange ist sie schon in diesem Zustand?«

»Welchen Zustand meinen Sie genau?«, fragte ich verwirrt. Depressiv war sie ja schon länger.

»Wie lange ist sie schon nicht mehr ansprechbar?«

Ich dachte nach. Ansprechbar war so relativ. Ein normales Gespräch konnte man ja schon lange nicht mehr mit ihr führen. Aber ich ahnte, dass die Frage anders gemeint war. »Es ist das erste Mal, dass sie sich nicht wecken lässt.«

»Nimmt Ihre Mutter Medikamente, Herr Amos?«

Herr Amos. »Ja«, sagte ich kühl.

»Darf ich die mal sehen?«, fragte sie und beugte sich über meine Mutter, um ihre Pupillenreflexe zu überprüfen. Es irritierte mich, dass sie mit mir sprach, ohne mich anzuschauen.

Und plötzlich bekam ich es wieder mit der Angst zu tun.

Es gab dieses Prinzip der Selbstgefährdung. Wenn herauskam, dass meine Mutter tatsächlich einen Selbstmordversuch unternommen hatte, war sie weg. Was das für mich bedeutete, wollte ich mir in diesem Moment nicht ausmalen. Ich war sechzehn Jahre alt, und mit Sicherheit hatte das Jugendamt oder irgendein Sozialdienst ein, zwei Worte mitzureden. Keine Ahnung, was die sich für mich ausdenken würden, wenn man meine Mutter tatsächlich auf unbestimmte Zeit aus dem Verkehr zog.

Also schwieg ich. Etwas Intelligenteres fiel mir nicht ein.

Die Notärztin drehte sich in der Hocke zu mir um. Ich hob den Blick und sah sie an, als sie mich sacht am Knie berührte.

»Wir werden Ihre Mutter mitnehmen«, sagte sie.

Ich nickte. Sie drängte mich nicht dazu, etwas zu sagen. Über ihre Schulter hinweg konnte ich sehen, wie die beiden Sanitäter meine Mutter auf eine Trage schnallten. Die Notärztin folgte kurz meinem Blick, sah mich dann aber wieder an.

Ich räusperte mich und wollte damit signalisieren, dass ich jetzt wieder vollkommen präsent und ernst zu nehmen war. »Darf ich mitfahren?«, fragte ich.

»Ja«, sagte sie. »Natürlich.« In ihrer Stimme schwang kein Mitleid mit. Das machte sie mir sympathisch.

»Hinten? Also, bei meiner Mutter?«

Sie lächelte bedauernd. »Das wird leider nicht gehen. Aber Sie können sich neben den Fahrer setzen. Dort gibt es ein kleines Schiebefenster, das können wir öffnen. Okay?«

Ich nickte und stand auf.

»Zeigen Sie mir bitte noch, wo Ihre Mutter die Medikamente aufbewahrt?«

»Das kann ich nicht.«

»Gibt es keinen festen Platz?«

»Nein«, antwortete ich. »Ab und zu sammle ich die Tabletten ein und lege sie in eine kleine Plastikbox in der Küche neben der Spüle. Aber sie ist leer, wir brauchen ein neues Rezept.«

Die beiden Sanitäter trugen meine Mutter aus der Wohnung. Die Notärztin richtete sich auf und blickte sich kurz um. »Darf ich?«, fragte sie und deutete auf das Sofa.

»Ja, sicher«, antwortete ich verwirrt. Ich legte die Bettdecke auf einen Stuhl, wo sie zusammen mit dem Kopfkissen träge runterrutschte.

Die Notärztin ließ die Hand in die Zwischenräume gleiten und tastete sie ab. Es war unglaublich, was sie alles zutage förderte: Teelöffel, alte Taschentücher, schmutzige Slips, ein T-Shirt. Und eine leere Blisterpackung. Sie drehte sie um und versuchte, die Aufschrift zu lesen, was gar nicht so einfach war, da die Tabletten alle schon herausgedrückt und das Stanniol zerrissen war.

Die Ärztin steckte die leere Packung in die geräumige Tasche ihrer orangefarbenen Jacke und nickte mir aufmunternd zu. »Ich denke, wir sollten uns auf den Weg machen.«

***

Meine Mutter wurde auf die Intensivstation gebracht. Während man ein Urinscreening vornahm – die Ärzte wollten auf Nummer Sicher gehen, dass sie neben dem Antidepressivum nicht noch andere Mittel zu sich genommen hatte –, musste ich im Flur auf einem jener Plastikstühle Platz nehmen, die ich schon aus der Schule kannte. Ich fragte mich, ob es so etwas wie ein Ikea für den öffentlichen Dienst gab, in noch billiger. Dieselbe

Farbe, dieselbe Form, dieselbe glatte Sitzfläche, die keinerlei Halt bot.

Zehn Minuten rutschte ich auf dem Stuhl herum, bis eine Frau erschien. Sie trug keinen weißen Kittel, sondern Jeans und einen schlichten dunklen Pullover unter einem beigen Cardigan. Sie hätte auch Reitlehrerin sein können, mit ihren geröteten Wangen. Von frischer Luft, der ich mich in solch hohen Dosen nie aussetzte. Das dünne rotblonde Haar stand ihr nach allen Seiten ab, als bliese ihr die ganze Zeit ein imaginärer Föhn ins Gesicht. Mit einem offenen Lächeln streckte sie mir ihre Hand entgegen.

»Neuburg«, stellte sie sich vor. »Ich bin Psychologin und arbeite für den Sozialdienst des Krankenhauses. Sie sind Vincent Amos?«

Ich schüttelte die Hand, die sehr groß und sehr kräftig war. Die Pferde gingen mir irgendwie nicht aus dem Kopf. »Ja«, antwortete ich.

Frau Neuburg hatte in der anderen Hand eine braune Mappe, die unbenutzt aussah. »Sollen wir in mein Büro gehen? Da sind wir ungestört.«

Ich warf einen Blick auf die Tür, die zur Intensivstation führte. Dahinter war meine Mutter, und ich stellte mir gerade vor, wie man ihr den Magen auspumpte und sie einer Dialyse unterzog, während sie hilflos und schwach und zerbrechlich in einem Limbus schwebte.

»Möchten Sie zu ihr?«, fragte Frau Neuburg, die die Kunst des Gedankenlesens in all ihren Berufsjahren optimiert haben musste.

Ich dachte lange nach. Natürlich wollte ich sie sehen. Sie

war meine Mutter. Andererseits: Sie war in der Obhut von Menschen, die vermutlich ihren Job beherrschten. Und diese Erkenntnis, dass ich mich ausnahmsweise nicht um sie kümmern musste, war eine große Erleichterung.

»Es ist gut«, sagte ich.

»Kommen Sie dann bitte mit?«

Ich nahm frisch gemähtes Gras und Frühlingsluft an diesem Ort wahr, der eigentlich nach Desinfektionsmittel riechen sollte. Etwas brach in mir auf, und ich war mir plötzlich nicht mehr sicher, ob ich ein Gespräch mit einer Psychologin ertragen konnte.

Frau Neuburgs Büro war klein und unspektakulär eingerichtet. Einige Bücherregale mit der unvermeidlichen Fachliteratur standen hinter dem Schreibtisch. Darauf stand ein gerahmtes Foto von drei Mädchen. Und da war eine seltsame Flasche. Frau Neuburg bemerkte meinen Blick.

»Wissen Sie, was das ist?«

»Ein cartesischer Taucher«, antwortete ich.

Frau Neuburg sah mich überrascht an.

»Sie drücken oben auf den Gummiverschluss«, fuhr ich fort, »der erhöhte Wasserdruck presst die Luftblase in der nach unten offenen Glasfigur zusammen und sie sinkt auf den Flaschenboden. Verringern Sie den Druck, steigt sie wieder auf. Meine Grundschullehrerin hatte mal einen mit in die Klasse gebracht.«

Frau Neuburg runzelte die Stirn, als könnte sie sich kein tiefenscharfes Bild von mir machen. Irgendwie schien sie im Geiste eine Checkliste durchzugehen. »Was ist geschehen?«, fragte sie schließlich.

»Das müssen Sie die Ärzte fragen«, antwortete ich. »Ich habe keine Ahnung.«

»Ich spreche nicht von Ihrer Mutter. Was ist mit Ihrer Familie geschehen?«

Ich wollte diese Frage nicht beantworten, also schwieg ich.

Frau Neuburg nahm sich die Patientenunterlagen und schaute auf den Aktendeckel. »Sie wohnen in der Elsterbergstraße in einem der drei Hochhäuser. Das sind zum Teil Wohnungen, die man vom Amt zugewiesen bekommt.«

»Ja. Und?«

»Keiner lebt dort freiwillig.«

Frau Neuburg wartete ab. Schließlich hörte ich mich sagen: »Mein Vater ist vor zwei Jahren bei einem Autounfall ums Leben gekommen.«

Der Geruch! Der Geruch, den sie an sich hatte! Sommer und Gras und Licht! Tauben, die huhuten. Propellerflugzeuge an einem blauen Himmel. Erdbeeren und Kirschen und Milchreis. Eine ganze Kaskade vergessener Erinnerungen stieg in mir auf, und das war so schmerzhaft, dass ich nicht anders konnte: Es kitzelte in meinem Hals, und der Teil von mir, der mich die ganze Zeit von außen betrachtete, stellte mit Erstaunen fest, dass ich zu weinen begann. Kein haltloses Schluchzen, wie es vielleicht angebracht war. Eher wie ein Heraussickern ungesunder Gefühle aus einer schlecht verheilten Wunde. Das Ganze hatte nichts Reinigendes, nichts Erleichterndes. Es war einfach nur der Schmerz, der endlich einen Weg gefunden hatte, meine Aufmerksamkeit zu erlangen. Ich mochte ihn nicht. Er war mir fremd. Irgendwie waren es nicht meine Gefühle, die mir da auf die Füße traten.

»Das tut mir leid«, sagte Frau Neuburg leise.

»Ja«, sagte ich nur.

»Was war Ihr Vater von Beruf?«

Ich fragte mich, warum sie das wissen wollte, antwortete aber dennoch. »Er arbeitete als Musikredakteur. Für verschiedene Zeitungen. Und fürs Radio.«

»Ich stelle mir vor, dass es schwierig ist, davon zu leben«, sagte Frau Neuburg.

Ich zuckte mit den Schultern. »Keine Ahnung. Ja, vielleicht.« Mir war nie in den Sinn gekommen, dass mein Vater nicht genug Geld mit seiner Arbeit verdient haben könnte.

»Und Ihre Mutter?«

»Arbeitete als Bilanzbuchhalterin bei der KPMG.«

»Sie war Wirtschaftsprüferin?«

Ich nickte. Wirtschaftsprüfung, und jetzt die Elsterbergstraße. Der Abgrund, der zwischen den beiden Welten lag, war verdammt tief. »Als mein Vater starb, brach sie zusammen«, fuhr ich fort.

»Wie äußerte sich das?«

»Sie wusch sich nicht mehr, sie redete nicht mehr. Sie hörte einfach auf zu leben. Alles ging den Bach runter.«

»Und Sie?«

Ich blickte auf. »Was soll mit mir sein? Ich habe getan, was getan werden musste.«

Frau Neuburg sah mich ernst an. »Was musste denn getan werden?«

»Jemand musste sich um die Beerdigung kümmern«, sagte ich.

»Gab es keine Angehörigen, die das übernehmen konnten?«

»Nein.«

»Leben Ihre Großeltern noch?«

»Tot. Beide. Schon lange.«

»Sie mussten aus dem Haus raus.«

»Wir hatten eine Zwangsräumung am Hals.«

»Hat sich Ihre Mutter um eine neue Wohnung gekümmert? Oder waren Sie das?«

»Ich habe sie zum Amt begleitet, die Papiere musste sie unterschreiben.«

»All die Anträge, die Korrespondenz mit den Banken. Den Anwälten. Finanzamt. Einwohnermeldeamt. Arbeitsamt. Strom und Gas. War sie dazu überhaupt in der Lage?«

»Nein, war sie nicht«, antwortete ich leise.

»Sie haben das übernommen.«

Ich nickte erneut, sagte dazu aber nichts.

»Haben Sie schon einmal überlegt, sich Hilfe zu suchen?«

»Ich brauche keine Hilfe«, antwortete ich, vielleicht eine Spur zu schnell. »Das Amt zahlt die Miete, die Krankenversicherung, den Strom und den Lebensunterhalt. Wir kommen zurecht.«

Frau Neuburg schob den Block und den Stift, der vor ihr lag, beiseite. »Wie alt sind Sie? Sechzehn?«

»Ja.«

»Sie sollten nicht die Verantwortung für Ihre Mutter übernehmen«, sagte sie nachdrücklich.

Ich schaute sie nur stumm an. Der Geruch, der mich so für sie eingenommen hatte, war auf einmal verschwunden. »Das tue ich nicht«, sagte ich und versuchte dabei, so entspannt wie möglich zu klingen. Aber mir war klar, dass es keinen Sinn hatte, weiter mit ihr zu reden. Ich konnte sagen, was ich wollte, sie würde die Lüge darin früher erkennen als ich. Also machte ich dicht.

Und Frau Neuburg spürte das.

Klar spürte sie das. Es war ihr Beruf, derlei zu erkennen und damit umzugehen. Jetzt nahm sie doch den Block und schrieb etwas darauf. »Hier sind einige Nummern, die Sie anrufen können, wenn Sie Hilfe brauchen. Ich kann Ihnen nur empfehlen, diese Hilfen auch anzunehmen. Sie sind in einer Situation, die selbst für manche Erwachsene eine Belastung ist und unter der Sie zerbrechen können.« Sie fügte noch eine weitere Telefonnummer hinzu. »Unter dieser Durchwahl können Sie mich erreichen. Wundern Sie sich nicht, wenn die meiste Zeit der Anrufbeantworter drangeht. Ich bin selten in meinem Büro. Aber ich höre ihn regelmäßig ab. Gibt es eine Nummer, unter der ich Sie erreichen kann?«

Ich schrieb sie auf einen Zettel, den sie in die Krankenakte meiner Mutter legte.

»Was ist mit dem Jugendamt?«, fragte ich.

»Das hat mit dem hier nichts zu tun. Ich arbeite für den Sozialdienst des Krankenhauses. Der kümmert sich um Fälle wie Ihren.«

»Okay«, sagte ich.

»Wenn Sie etwas brauchen, sagen Sie mir Bescheid. Und ich halte Sie auf dem Laufenden bezüglich Ihrer Mutter, okay?«

Frau Neuburg stand auf. Das Gespräch war beendet. Sie verabschiedete sich, und ich ging nach Hause.

***

Es wurde bereits dunkel, als ich die Tür zu meinem Zweizimmerasyl aufschloss. Ich stand im Rahmen der Wohnungstür und sah im Dämmerlicht das aufgeklappte Bettsofa, die schmutzigen Klamotten, die geöffneten und halbausgeräumten Kartons.

»Alles gut?«, fragte eine Stimme hinter mir. Ich drehte mich um und sah unsere runde türkische Nachbarin mit ihrem Kopftuch. Sie trug rosa Frotteehausschuhe, die mindestens zwei Nummern zu klein waren.

»Nein«, gab ich leise zu.

»Mutter nicht gesund?«

Ich schüttelte den Kopf, und sie schnalzte mit der Zunge, teils missbilligend, teils mitfühlend. So als wollte sie sagen: Wenn es dicke kommt, dann so richtig.

»Schon gegessen?«, fragte sie.

Ich zögerte. Ich wollte mich nicht von ihr in ihre Wohnung einladen lassen. Nicht weil ich die Frau nicht mochte, sondern weil ich mich ganz einfach schämte.

Die Frau schien meine Gedanken zu lesen. »Warte«, sagte sie und verschwand im Wohnungsflur. Kurz darauf kam sie wieder. Sie trug einen Teller mit Köfte und Pide vor sich her, reckte das Kinn vor und drückte ihn mir in die Hand.

»Danke«, sagte ich unsicher und errötete. Eigentlich hatte ich keinen Hunger mehr, ich fühlte mich nur noch elend und schäbig.

»Iss, solange warm«, befahl sie.

Ich nickte und versuchte mich an einem Lächeln. »Ich bringe den Teller nachher zurück.«

»Wann immer«, sagte sie und ließ mich stehen. Die Wohnungstür fiel hinter ihr ins Schloss.

Ich aß im Stehen in der Küche, das Radio lief nebenbei. Dann räumte ich auf, zog die Betten ab und begann, die Kisten auszupacken, während im Bad die Waschmaschine auf Hochtouren arbeitete.

Diese Kisten!

Meine Mutter hatte sie gepackt, und ich wusste, dass sie voller Erinnerungsstücke an eine Zeit waren, die sich wie im Rückspiegel eines fahrenden Autos immer weiter entfernte.

Vor allem waren es Fotos. Kurz nachdem mein Vater gestorben war, musste ich alle Festplatten und Speicherkarten nach Bildern durchforsten, um davon Papierabzüge machen zu lassen. Meine Mutter wollte auf Nummer Sicher gehen, weil ich ihr erzählt hatte, dass die digitale Halbwertszeit solcher Datenträger ziemlich lausig war.

Also lud ich damals in mehreren Nächten Gigabytes an Daten hoch. Ich hatte mir sogar die Mühe gemacht, Fehlschüsse auszusortieren und eine Autokorrektur über die Ordner laufen zu lassen. Damals war ich froh gewesen, dass ich etwas zu tun hatte, das mich von meinen Träumen ablenkte.

Diese beschissenen Träume.

Im Leben vor dem Tod meines Vaters wohnten wir zur Miete in einer Doppelhaushälfte in einem ruhigen Vorort der Stadt, wo regelmäßig die Hecken geschnitten und die Bürgersteige gekehrt wurden. Das Haus war nicht sonderlich groß, der Garten ein Witz und der Carport ein Inbegriff der achtziger Jahre, wie er schlimmer nicht sein konnte. Der Müll wurde fein säuberlich in Gelb (für den grünen Punkt), Blau (für Altpapier), Braun (für Bio) und Schwarz (für den Restmüll) getrennt. Der Altglascontainer stand zwei Straßenecken weiter, der Gartenschnitt konnte jeweils am Wochenende an einer Sammelstelle abgegeben werden. Die Nachbarn waren alle um die siebzig und hatten kein Interesse an einer Familie, die mit einem Kind in diese Friedhofsidylle gezogen war. Trotzdem fühlte ich mich wohl, obwohl wir meist unter uns blieben.

Ich habe noch den letzten Gang durch unser altes Haus in Erinnerung. Viele der Möbel, die wir nicht mitnehmen konnten, waren verkauft und verschenkt worden oder auf dem Sperrmüll gelandet. Und dieser Abschied hat sich in mir festgebrannt. Seitdem träumte ich immer wieder, dass der Umzug kurz bevorstand und wir auf meinen Vater warteten, damit doch noch alles gut wird. Aber er kam nicht. Wir saßen schweigend am Tisch, meine Mutter und ich, und waren in einer bleiernen, staubschweren Zeit gefangen. Von Traum zu Traum wurde das Haus immer düsterer. So, als hätte man es schon vor langer Zeit verlassen.

Und uns darin vergessen.

Deutlicher kann das Unterbewusste nicht zu einem sprechen als mit diesen Bildern. Nur: Diese Erkenntnis änderte für mich gar nichts. Im Gegenteil. Die Träume wurden immer bedrückender. Wie Dämonen, die es sich auf meiner Brust bequem gemacht hatten und mich mit ihrer Last zu Boden drückten. Und manchmal sogar zu mir sprachen. Wenn das geschah, wusste ich, dass ich aufpassen musste. So viel dazu. Im Moment schwiegen sie. Aber ich wusste, dass sich das ganz schnell ändern konnte, wenn ich mich an diese beschissene Matroschka der Erinnerungen machte.

In den großen Kisten waren viele kleine Kartons und darin die Umschläge mit den ausgedruckten Fotos. Ich weiß nicht, wie viele es waren. Es mussten Tausende sein. Mutter hatte die Abzüge mit den letzten paar Kröten bezahlt, die wir noch hatten. Es war ein ziemlich teurer Spaß gewesen, die Erinnerung auf diese Weise zu konservieren.

Es gab ziemlich viele Bilder von meinem Vater. Mit mir. Ohne mich. Manchmal mit Freunden, die meine Mutter aber nach dem Tod meines Vaters mit ihrem Verhalten dann alle in die Wüste geschickt hatte. Grillabende. Ausflüge. Mein Vater und ich beim Musikhören. Manchmal, wenn er glaubte, allein zu sein, tanzte er zu seiner Musik. Und es war unglaublich, was alles für ihn tanzbar war. Selbstvergessen bewegte er sich durch den Raum, die Augen geschlossen, fließend, gleitend, wie ein Fisch im Wasser. Davon gibt es leider keine Fotos. Diese Bilder habe ich nur im Kopf.

Ich weiß nicht, ob mein Vater ein schöner Mann war. Schön im Sinne von attraktiv. Einer, auf den die Frauen standen. Ich glaube es jedenfalls nicht. Seine aschblonden Locken wichen aus einer hohen Stirn, und er war eindeutig zu dick. Aber wenn er lächelte, wirkte er auf eine verhuschte Weise glücklich.

Es gab nicht ganz so viele Fotos mit ihm und meiner Mutter zusammen. Die meisten waren Selfies, aufgenommen mit dem Smartphone, und er sah immer ein wenig verloren neben ihr aus. Sie, die vor Lebensfreude immer sprühte. Er, der der guten Laune nie zu trauen schien.

Es gab auch noch andere Bilder, die ich aufgenommen hatte. Auch mit dem Smartphone, einige aber mit einem Fotoapparat. Ich erinnerte mich, dass es irgendwann schwierig war, meine Eltern zusammen auf ein Bild zu bekommen. Am Zeitstempel der Abzüge konnte ich erkennen, dass die Veränderung ungefähr ein Jahr vor dem Tod meines Vaters begonnen hatte. Blicke, die in entgegengesetzte Richtungen gewandt waren. Verschränkte Arme, übereinandergeschlagene Beine.

Ich wollte alles schon wieder zurückpacken, als ich ein braunes Kuvert auf dem Boden des Kartons entdeckte. Er war unverschlossen. Ich schaute hinein und zog ein Foto heraus. Es unterschied sich von allen anderen, weil es hochkant und in Schwarzweiß aufgenommen worden war. Mein Vater stand vor der Schallplattenwand seines alten Arbeitszimmers, die Arme weit ausgebreitet, den Kopf in den Nacken gelegt. In der linken Hand hielt er eine brennende Zigarette, in der rechten den Fernauslöser der Kamera, dessen Kabel sich auf den Betrachter zuschlängelte. Eine unglaublich pathetische Pose, die so gar nicht zu ihm passte. Ich fand sie jedenfalls peinlich. Eigentlich wollte ich das Foto schon wieder zurück in sein Kuvert schieben, als ich es umdrehte. Auf der Rückseite hatte er etwas geschrieben. Ich erkannte seine seltsam schräg gestellte Handschrift. Mein Vater hatte dieses Bild meiner Mutter gewidmet.

Einen Tag vor seinem Unfall.

2

Am nächsten Tag ging ich wieder in die Schule. Ich hätte natürlich im Bett bleiben können, aber das war mir dann doch zu nah am Verhaltensmuster meiner Mutter. Und wohin das führen konnte, hatte ich ja gestern gesehen. Und trotzdem hatte ich einen Knoten im Magen, als ich aus dem Bus stieg.

Dennis hockte auf der Schulmauer und starrte in sein Smartphone. Als er mich sah – in diesem Moment wusste ich, dass er auf mich gewartet hatte –, rutschte er von der Mauer und schulterte seinen Rucksack. Er trug noch immer dieses Shirt, auf dem 333 – *I am only half evil* stand.

»Hey!«, rief er. »Sackgesicht!«

Keine Reaktion von mir. Nur die Augen starr nach vorne gerichtet.

»Du! Verlierer! Ich rede mit dir.«

Noch immer beachtete ich ihn nicht, als er zu mir aufschloss.

»Was soll die Scheiße?«, fuhr er mich an und schien vor gespielter Entrüstung beinahe in Lachen auszubrechen. »Was glaubst du Arschloch, wer du bist?«

»Lass mich in Ruhe …«, sagte ich so leise, dass ich die Stimme nur in meinem Kopf zu hören glaubte.

Dennis machte eine Geste, als hätte er etwas im Ohr. Einen Fremdkörper, der dort nichts verloren hatte. Er packte mich am

Arm und zog mich um eine Ecke. Andere Mitschüler schauten uns an, liefen aber weiter, als ginge sie das alles nichts an. Was ja auch der Fall war.

Dennis packte mich am Hals und presste mich gegen die Wand, sein Gesicht ganz nah vor meinem. Er roch nach Zigaretten, billigem Deo und altem Schweiß. Ich rang nach Luft.

»Willst hier einen auf dicke Hose machen, was?«, zischte er und versuchte mich mit seinem Unterarm noch fester an die Wand zu drücken. Die Luft wurde knapp.

Dennis grinste mich an. »Du gehörst hier nicht hin. Das spürst du doch selbst. Also, warum gehst du nicht nach Hause und ersparst allen deinen selbstmitleidigen Anblick?« Das Atmen fiel mir immer schwerer. »Du bist sooo klug, viel klüger als die ganzen anderen Verlierer hier. Und so sensibel! Du liest Klugscheißerbücher, hörst Klugscheißermusik und schaust Klugscheißerfilme. Keiner versteht dich! Du bist sooo allein! Buhu!«

Langsam ging mir die Luft aus, und mein Blick flimmerte mangeldurchblutet.

»Du weißt gar nicht, wer ich bin! Ist es nicht so?«, fuhr Dennis fort. »Du denkst, was will der Typ von mir?«

Ich spürte, wie mein Gesicht rot anlief, weil sich das Blut staute. Und dann …

Schneetreiben. Ich rase auf einen Brückenpfeiler zu. Die Flocken sind wie Sterne, die auf mich zustürzen.

Ich riss die Augen auf, wollte Luft holen, aber das ging nicht. Das Blut rauschte in meinen Ohren, pochte dumpf, und die Welt löste sich langsam auf. Der rote Vorhang fiel. Und das fühlte sich gut an. Ich glaube, in diesem Moment habe ich sogar gelächelt. Alles war so einfach. Ganz simpel. Ich musste nur loslassen.

Das wiederum brachte Dennis aus seinem gewalttätigen Konzept. Er blinzelte verwirrt und lockerte den Griff. Mein Kehlkopf rutschte wieder an seinen Platz, und ich versuchte zu husten. Was aber nicht ging. Ich fühlte mich wie eine gut geschüttelte Mineralwasserflasche, bei der man ein klein wenig den Verschluss losgedreht hatte. Die wohlige Zuversicht verschwand. Der Blick weitete sich wieder, mein Brustkorb sog die Luft gierig ein.

Ein Mädchen aus meinem Jahrgang hatte Dennis am Kragen seiner Lederjacke gepackt und ihn von mir weggezerrt. Mit einer brüsken Bewegung riss er sich von ihr los. Dabei machte er ein Gesicht, als hätte ihn eine Leprakranke angefasst. Mit einem Ruck seiner Schulter sorgte er für den passenden Sitz seiner Jacke.

»Verpiss dich, Fäheše!«

Das Mädchen verpasste ihm ohne zu zögern eine Ohrfeige, die seinen Kopf herumriss. Dennis schob anerkennend die Unterlippe vor, als er sich die Wange rieb.

»Du hast mehr drauf als dieser Arsch. Aber deswegen werde ich dich trotzdem ficken.«

Das Mädchen gab einen lauten Schwall unverständlicher Wörter von sich, doch Dennis grinste nur, als er ging.

Das Mädchen drehte sich zu mir um. »Und was bist du für ein Loser?«, fuhr sie mich wütend an.

Ich rieb mir den Hals und schluckte schwer. Mein Kehlkopf tat höllisch weh. »Ich heiße Vincent«, presste ich hervor.

»Ich weiß, wie du heißt! Ich will wissen, warum du dich von dieser armseligen Wurst so fertigmachen lässt?«

Ich schwieg. Was sollte ich auch schon sagen? Dass ich Angst hatte? Ich fühlte mich schon erbärmlich genug, da musste ich vor Fäheše nicht auch noch die Hosen runterlassen.

»Wirst du das melden?«, fragte sie mich. »Ich kann bezeugen, dass dieser Affe ohne Grund auf dich losgegangen ist!«

Ich bin kein Lyriker, der jetzt was von rabenschwarzen Haaren faselt, schwungvollen Augenbrauen und vollen Lippen. Das hatte sie zwar alles, aber das versetzte mir nicht diesen Stich. Auch nicht in seiner Summe.

Nein, es war ein Duft nach Jasmin, der von ihr ausging und eine ganze Reihe von Empfindungen und Bildern in mir hervorrief. Ähnlich wie bei dieser Psychologin, dieser Frau Neuburg. Aber anders. Irgendwie sinnlicher. Als wäre die ganze Scheiße um mich herum nur das Produkt schwarzer Galle, die sich in mein Blut ergossen hat. Also gar nicht existent, weil: Schwarze Galle gibt es ja nicht. Ich schüttelte den Kopf.

»Aber du *musst* es melden!«, sagte sie fassungslos.

So langsam hatte ich wieder genug Körpergefühl, um mich aufrichten zu können. Trotzdem musste ich mich gegen die Wand lehnen, denn mein Gleichgewichtssinn war noch nicht auf der Höhe.

»Wenn ich das tue, kann ich hier einpacken«, krächzte ich.

Fäheše sah mich mit einer Mischung aus Mitleid, Spott und auch Geringschätzung an. Dann kehrte sie mir den Rücken zu und ließ mich ziemlich beschämt und gedemütigt zurück. Ich hob meine Tasche auf, die in den Zwergmispeln der einfallslosen Schulbegrünung lag, und klopfte sie ab. Dabei sah ich ihr nach, und ich glaube, mein Mund stand die ganze Zeit offen.

***

Um es vorwegzunehmen: Der Vormittag zeichnete sich durch keinen erwähnenswerten weiteren Höhepunkt aus. Ich saß auf meinem Stammplatz, letzter Tisch hinten am Fenster, und spielte die Rolle des unbeteiligten Zuschauers mit stummer, aber hartnäckiger Hingabe. Fäheše mochte zwar in meinem Jahrgang sein, doch heute hatten wir keinen gemeinsamen Kurs. Ich sah sie jedenfalls den ganzen Vormittag nicht. Nicht in den Pausen und auch nicht nach Schulschluss, obwohl ich den Ausgang im Auge behielt. Zum Schluss, als der Hausmeister das Tor abschloss und es zu regnen begann, war ich der Einzige, der noch vor der Schule herumlungerte.

Ich hatte meinen Jackenkragen hochgeschlagen, um mich vor dem Wind zu schützen, der mir den Regen in den Nacken trieb. Der Akku meines Handys war leer. Ich hatte vergessen, ihn nachts aufzuladen. Also kein Soundtrack für diesen Scheißtag. Wahrscheinlich hätte ich eh nur »New Dawn Fades« von *Joy Division* gehört, wo »Melody Day« von *Caribou* angesagter war.

Klugscheißermusik.

Klugscheißerbücher.

Ich schritt im Rhythmus meines Atems weit aus und ließ mich treiben, das Gesicht in den Nieselregen gereckt, um mich herum der auf dem nassen Asphalt rauschende Feierabendverkehr. Ich hatte ein Ziel, denn das letzte Foto meines Vaters ging mir nicht aus dem Kopf. Meine Mutter hatte ich erfolgreich verdrängt.

Der Friedhof war an diesem Abend ein einziges Meer kleiner rot flackernder Lichter. Ich war schon lange nicht mehr an seinem Grab gewesen, aber ich wusste trotzdem genau, wo es lag. Das provisorische Kreuz, auf dem sein Name, sein Geburtstag und sein Sterbedatum standen, steckte schief im eingesunkenen Boden. Der Lack blätterte ab, das Holz wurde bereits grau. Die Blumen und der Kranz lagen schon längst auf dem Kompost, aber die Einfriedung war noch nicht angelegt worden, auch der endgültige Grabstein fehlte. Dafür war einfach kein Geld da gewesen. Vor mir lag also diese kleine, mit Unkraut überwucherte Senke. Kein Licht brannte auf diesem Grab, kein Gesteck schmückte es. Wenn es je ein Sinnbild trostloser Vernachlässigung gab, dann diese Totenbrache.

Im strömenden Regen sank ich auf die Knie und weinte endlich, und zwar richtig. Nicht dieses widerliche Heraussickern schlechter Gefühle, sondern ein wirklicher Dammbruch. Und ich schämte mich nicht dafür. Nicht für die Tränen, das Schluchzen und dieses Knien im Dreck.

»Warum weinst du?«, fragte eine Stimme hinter mir. »Heute ist der Día de los Muertos. Heute feiern die Toten ein Fest mit den Lebenden!«

Ich drehte mich um.

Da stand ein Mädchen, und alles an ihr war schwarz. Die Stiefel. Die zerrissenen Jeans. Der Pullover. Die kurzen Haare. Der Kajal, der ihr nasses Gesicht hinablief. Und die viel zu große Lederjacke, auf deren Rücken in ungelenken weißen Buchstaben das Wort »Suicide« gemalt worden war.

Ich musste sie lange mit offenem Mund angestarrt haben, denn sie grinste mich breit an, als sie sich neben mich hockte, die Arme auf ihre Knie gestützt. »Heute ist ein Tag der Freude, und du siehst aus, als wäre das Ende der Welt über dich hereingebrochen.« Sie streckte mir ihre Hand entgegen. »Ich heiße Jane.«

Ganz im Ernst: In diesem Moment war ich der festen Überzeugung, dass diese Jane nicht mehr alle auf der Latte hatte. Sie war nass bis auf die Haut, was sie nicht zu stören schien, und so schmutzig, als hätte sie sich durch die nasse Friedhofserde gewühlt.

»Du heißt?«

»Vincent«, sagte ich.

»Amos?«, fragte sie und nickte Richtung Holzkreuz. »Dein Vater liegt hier?«

»Ja«, sagte ich.

Sie machte ein Gesicht, als würde sie verstehen. Plötzlich fühlte ich mich vollkommen lächerlich, wie ich hier im Matsch hockte und mir mit Sicherheit eine beidseitige Lungenentzündung einfing, während dieses in Schwarz gekleidete Mädchen wie eine Erscheinung aus der Gruft neben mir stand und mich eindringlich beobachtete. Schließlich kramte sie aus einer Jackentasche ein Licht hervor.

»Ich habe noch eins gefunden. Möchtest du es vielleicht auf das Grab deines Vaters stellen?« Sie schraubte den goldfarbenen Deckel ab und hielt es mir hin.

»Ich habe kein Feuer«, sagte ich.

Jane grinste und holte aus ihrer Tasche ein Zippo. »Kein Problem.« Das Wetter war nicht unbedingt stürmisch, aber es regnete noch immer heftig und ausdauernd. Das Feuerzeug verrichtete seinen Dienst ohne Probleme. Ich schraubte den goldfarbenen Deckel wieder auf und stellte das Licht in die Mitte des Grabes.

»Kennst du ein schönes Gebet?«, fragte sie mich.

»Ich? Nein.« Ich war verwirrter denn je.

»Aber ich.« Sie ergriff meine Hand, bevor ich sie zurückziehen konnte.

Etwas traf mich mit einer trägen, unwiderstehlichen Wucht mitten ins Herz. Ich wollte etwas sagen, aber sie sah mich mit einem drohenden Gesichtsausdruck an, der »Wehe!« zu sagen schien.

Als sie das Gebet beendet hatte, stand sie auf und zog mich hoch. Mittlerweile fror ich schlotternd. Jane musterte mich aufmerksam, und dann, als hätte sie etwas in mir gesehen, das sie beunruhigte, sagte sie: »Du brauchst jemand, der auf dich aufpasst.« Sie schien sich dessen absolut gewiss zu sein.

»Das glaube ich nicht«, sagte ich vorsichtig. Ich war mir jetzt ganz sicher, dass Jane vollkommen verrückt war.

»Doch«, erwiderte sie. »Ganz bestimmt.« Sie wischte sich mit dem nassen Ärmel einen Regentropfen von der Nase. »Hör zu, ich will dir einen Deal vorschlagen. Du lässt mich bei dir wohnen. Und ich werde dich beschützen. Wie klingt das?«

»Ich lebe nicht alleine«, wehrte ich ab. »Ich lebe mit meiner Mutter zusammen.« Das war eine der dämlichsten Antworten, die ich hatte geben können. Eigentlich hätte es gereicht, wenn ich Jane gesagt hätte, sie solle sich zum Teufel scheren. Oder jemand suchen, der ihr hilft! Sie war verrückt, komplett, und eindeutig ein Fall für die Psychiatrie!

»Weiß deine Mutter, dass du gerade hier bist und dir den Tod holst?«

Ich verstummte, denn es ging dieses Mädchen verdammt nochmal überhaupt nichts an, was mich zum Friedhof gezogen hatte.

»Also, entweder macht sie sich gerade ziemliche Sorgen um

dich, oder sie ist der Grund, warum du hier bist.« Jane ließ nicht locker. »Ich setze jetzt mal voraus, dass du kein verantwortungsloses Arschloch bist. Dann hast du ein anderes Problem. Dein Vater ist tot, und deine Mutter steckt in Schwierigkeiten. Und damit auch du. Hab ich recht?«

Natürlich hatte sie recht. Deduktives Denken, sagte ich mir. Das ist alles. Darin war diese Jane wohl ziemlich gut.

»Hast du deine Zunge verschluckt?«, fragte sie mich.

»Das geht dich alles gar nichts an«, brachte ich schließlich hervor.

»Nein, tut es nicht. Aber, mein Lieber, es war mehr als nur das Schicksal, das uns an diesem Abend an diesem Ort zusammengeführt hat. Glaubst du nicht auch?«

»Nicht das Schicksal?«

»Es war Bestimmung!«, antwortete sie, als würde ich sehenden Auges blind durchs Leben laufen. Für sie schien das auf der Hand zu liegen. »Du brauchst jemand, der auf dich aufpasst.«

Und das sollte ausgerechnet sie sein? Ich musste es nicht sagen, sie wusste, was ich dachte: Wenn hier jemand Hilfe brauchte, dann sie.

»Okay. Dann bitte ich dich um einen Gefallen. Lass mich wenigstens heute bei dir übernachten. Ich brauche nur eine heiße Dusche, einen Teller Suppe und ein warmes Fleckchen, wo ich mich zusammenrollen kann. Wäre das in Ordnung für dich?«

Ich zögerte. Jane war vollkommen durchgeknallt. Aber nicht so wie Dennis. Ihr fehlte der boshafte Kern. Der Hass. Sie wirkte nur verloren in dieser kalten, dunklen Nacht.

»Okay«, hörte ich mich schließlich sagen. »Eine Nacht.«

Jane strahlte über das ganze Gesicht, drückte mir einen Kuss auf die Wange und sprang davon. Kurz darauf kehrte sie mit einem Seesack zurück, in dem sie wohl ihre Habseligkeiten verstaut hatte. »Dann lass uns gehen.«

Ich seufzte und fragte mich augenblicklich, ob ich die richtige Entscheidung getroffen hatte. Niemand, der auch nur für fünf Cent Verstand hatte, würde ein wildfremdes Mädchen von der Straße auflesen und es mit zu sich nach Hause nehmen. Aber Jane rührte etwas in mir an und löste ein warmes Gefühl aus. Ob sie nun verrückt war oder nicht.

Wir fuhren mit der S-Bahn zurück ans andere Ende der Stadt. Jane sagte kein einziges Wort, sondern schlief erschöpft ein, kaum dass sie neben mir Platz genommen und ihren Kopf an meine Schulter gelehnt hatte. Ich weckte sie, als wir die Endhaltestelle erreichten. Das letzte lange Stück durch das Hochhausviertel mussten wir zu Fuß gehen. Um diese Zeit mitten in der Nacht fuhr kein Bus mehr. Ich trug ihren Seesack, während sie müde und mit schweren Füßen neben mir herging. Jane schien bis ins Mark erschöpft zu sein, und ich fragte mich, wo und wie sie die letzten Tage verbracht hatte.

Ausnahmsweise benutzten wir den Fahrstuhl. Mit einem ungesunden, hohlen metallischen Geräusch schloss sich die innere Tür. Ein Ruck, und der Lift setzte sich in Bewegung. Jane war mit den Kräften am Ende. Sie umklammerte meinen Arm und lehnte sich mit geschlossenen Augen an mich. Es war eine neue Erfahrung für mich, dass jemand nicht nur meine Nähe suchte, sondern sogar auf sie angewiesen war. Selbst meine Mutter hielt stets Abstand zu mir.

Aber es war ein gutes Gefühl, gebraucht zu werden.

Der Aufzug hielt in meinem Stock. Mit einem kreischenden

Geräusch ging die Tür wieder auf. Ich umklammerte Janes Hüfte, hob den Seesack auf und trat mit ihr im Schlepp hinaus ins Treppenhaus. Sie hatte sich bestimmt seit Tagen nicht gewaschen, der Geruch war aber nicht zwingend unangenehm, eher weihnachtlich, wie Zimt.

Ich schloss die Wohnungstür auf und tastete nach dem Lichtschalter. Als die nackte Glühbirne aufflammte, schloss ich geblendet die Augen.

»He«, sagte ich. »Wir sind da.«

Jane blinzelte desorientiert, lächelte aber, als sie in mein Gesicht blickte.

»Schön …«, murmelte sie nur.

»Das Bad ist da vorne. Handtücher findest du im Regal, Duschgel steht auf dem Wasserkasten der Toilette.« Ich befürchtete, dass sie umfiel und sich eine ernsthafte Verletzung am Kopf zuziehen könnte. »Ich werde in der Zwischenzeit das Bettsofa neu beziehen.«

»Okay«, sagte sie nur, gab mir zu meiner Verblüffung einen weiteren Kuss auf die Wange, löste sich von mir und wankte ins Bad. Sie schloss die Tür hinter sich. Einen Moment blieb ich stehen und wartete. Ich hörte, wie die Gürtelschnalle ihrer Hose auf die Fliesen klirrte. Kurz darauf rauschte die Dusche.

Ich klappte die Couch aus und holte aus dem Bettkasten ein frisches Laken, zog Kissen und Deckbett ab und ging in mein Zimmer, um aus dem Kleiderschrank frische Bezüge zu holen. Ich machte mir sogar die Mühe, die passenden Farben auszuwählen, obwohl ich vermutete, dass es Jane egal war.

Die Dusche wurde abgestellt. Offensichtlich war sie nicht im Stehen eingeschlafen.

Ich trat aus meinem Zimmer, als die Badezimmertür aufging. Vor Schreck hätte ich beinahe das Bettzeug fallen lassen, denn Jane kam mir nackt entgegen. Nun ist es nicht so, dass ich nicht wusste, wie unbekleidete Mädchen aussahen. Ich hatte eine ungefähre Vorstellung von der weiblichen Anatomie. Aber live und in Farbe hatte sich mir noch nie ein weibliches Wesen präsentiert.

Ich versuchte, meinen Blick von ihr abzuwenden, aber es fiel mir verdammt schwer. Sie trat auf mich zu und schmiegte sich mit geschlossenen Augen an mich. Jane war noch immer nass. Wenn sie sich abgetrocknet hatte, dann nur sehr nachlässig.

»Schläfst du bei mir?«, fragte sie mich müde.

Ich versteifte mich noch mehr. »Nein«, sagte ich unsicher und vielleicht auch wenig entrüstet. »Nein, auf gar keinen Fall.«

»Okay«, sagte sie ein wenig entrückt lächelnd. »Aber wenn dir kalt wird, kannst du dich gerne an mir wärmen.«

Ich sagte nichts. Ich spürte nur, dass mein Herz mir bis zum Hals schlug. Sie löste sich von mir und sank auf das Bettsofa, wo sie sich auf den Bauch legte und fast augenblicklich einschlief.

Jane war am ganzen Rücken tätowiert. Aber nicht mit Blumen, Totenköpfen oder irgendwelchen asiatischen Ornamenten, wie sie gefühlt alle Mädchen hatten.

Jane trug von der Schulter bis zum Hintern hinab zwei detailliert gestochene Flügel, jede Feder ein einzelnes filigranes Kunstwerk.

3

Ich glaube, es war das Geräusch der Wohnungstür, das mich am nächsten Morgen weckte. Ich blinzelte ein paarmal in die Dunkelheit und tastete nach meinem Handy, um die Uhrzeit abzulesen. Aufstehen in Zeiten des Smartphones ist der Tod des analogen Weckers. Ich habe keinen, weil mein Schlaf so unruhig ist, dass mich selbst das leise Ticken des Sekundenzeigers wachhält. Dafür komme ich morgens umso schwerer aus den Federn.

Müde schlug ich die Decke beiseite, stand auf und fand das Sofa verlassen vor. Das Bettzeug war abgezogen und sauber zusammengelegt. Ich fuhr mir mit der Hand durchs Haar und suchte nach einer Nachricht, die Jane vielleicht hinterlassen hatte. Ich fand sie in der Küche, unter eine Thermoskanne gesteckt.

Vincent!
Ich danke dir für deine Gastfreundschaft. Ich weiß,
wie schwer es dir gefallen sein muss, einer Unbekannten
für eine Nacht Obdach zu gewähren. In der Thermos-
kanne ist noch etwas von dem Tee, den ich mir gemacht habe.
Und eine Scheibe Brot habe ich mir genommen.
Jane

Ich drehte den Zettel um, doch auf der Rückseite stand nichts geschrieben, kein PS, keine weitere Nachricht. Und die Leere der Rückseite enttäuschte mich, obwohl ich gar nicht wusste, was ich eigentlich erwartet hatte. Jane war weg. Wie die Erinnerung an einen nächtlichen Traum. Dunkel, aber auf eine seltsame Weise tröstlich.

Ich trank den Tee, den sie übrig gelassen hatte, und schaute auf die Uhr. Es war zwanzig nach sieben, ich hatte also noch Zeit genug, um pünktlich in die Schule zu kommen. Ich packte meine Sachen und machte mich auf den Weg.

Mir steckte noch immer die Attacke von diesem Typen in den Knochen, Dennis. Ich stehe nicht auf Mobbing. Schon gar nicht, wenn ich das Opfer bin. Und ich schämte mich noch immer für mein unrühmliches Verhalten. Also hielt ich Ausschau nach diesem dysfunktionalen Sack, sah ihn aber zu meiner Erleichterung nirgendwo. Weder auf der Mauer noch sonst wo auf dem Schulhof.

Dafür stand Fäheše bei den Fahrrädern und unterhielt sich mit einer Freundin. Es war ein ungewöhnliches Mädchen – ziemlich groß, die roten Haare raspelkurz geschoren. Sie war einen Jahrgang über mir. Glaubte ich. Ich hob schüchtern meine Hand zum Gruß, doch Fäheše runzelte nur die Stirn, als sie mich sah. Das Mädchen mit den kurzen Haaren beugte sich zu ihr und flüsterte ihr etwas ins Ohr, aber Fäheše zuckte nur mit den Schultern und wandte den Blick wieder von mir ab. Ich zögerte einen Moment und ging dann weiter.

Nach dem Biologieunterricht wurde ich zum Direktor gerufen. Dieses Mal musste ich nicht auf den unsäglich rutschigen Stühlen im Flur Platz nehmen, sondern wurde direkt zu Herrn Schreiber geführt, der genauso müde und erschöpft aussah wie an meinem ersten Schultag.

Schreiber kam ohne Umschweife zum Thema. »Es geht um Dennis Raguth«, sagte er und legte seine beiden Hände flach auf den Tisch. »Und zwar um das, was gestern geschehen ist. Sie können mir folgen?«

Ich setzte mich aufrecht hin und versteifte mich.

»Normalerweise bestehen wir darauf, dass es bei einem Mobbingfall zu einem Täter-Opfer-Ausgleich kommt«, fuhr Schreiber fort. »Dies geschieht aus zwei Gründen. Einmal geht es darum, dass das Opfer sich wehren kann, ohne Rache nehmen zu müssen. Verstehen Sie, was ich meine?«

Ich nickte.

»Zum anderen soll auch der Täter mit den Folgen seines Handelns konfrontiert werden. Er soll sich der Verletzungen bewusst werden, die er verursacht hat.« Schreiber verschränkte nun die Finger seiner Hände ineinander. »Bei Dennis hat das nicht funktioniert. Ich habe ihn bereits in ähnlichen Fällen zweimal für zwei Wochen von der Schule suspendiert, aber seine Fähigkeit zur Einsicht ist sehr beschränkt. Deswegen habe ich Dennis Raguth mit sofortiger Wirkung der Schule verwiesen.«

Ich wusste, dass damit der Fall nicht vom Tisch war. Und mich beschlich eine Ahnung, dass der Direktor es ähnlich sah.

»Gut«, sagte ich. »Kann ich jetzt gehen?«

»Ja.«

Ich erhob mich und war schon in der Tür, als der Schulleiter ebenfalls aufstand. »Vincent?«

Ich drehte mich um.

»Ich weiß, dass Sie gerade eine schwere Zeit durchmachen. Sie fühlen sich vermutlich isoliert, vielleicht sogar als Fremdkörper an dieser Schule. Aber darf ich Ihnen einen Rat geben? Öffnen Sie sich. Gehen Sie auf die Menschen zu. Versuchen Sie, Freundschaften zu schließen. Nicht alle sind wie Dennis. Und viele stehen Ihnen wohlwollend gegenüber, auch wenn Sie das vielleicht noch nicht wahrnehmen.«

Die Schule war für mich nach der sechsten Stunde zu Ende. Ich hatte lange überlegt, ob ich Fäheše ansprechen sollte. Für mich lag es auf der Hand, dass sie es war, die die Schulleitung informiert hatte. Aber die Fünf-Minuten-Pausen waren zu kurz, und die großen Pausen verbrachte sie mit dem rothaarigen Mädchen.

Aber jetzt war sie allein. Ich fing sie am Tor ab und versuchte mit ihr Schritt zu halten.

»Was willst du von mir?«, fragte sie mich.

»Du hast mit dem Direktor gesprochen«, antwortete ich.

»Und wenn?« Sie tippte im Gehen in ihr Smartphone.

»Dennis ist von der Schule verwiesen worden. Endgültig.«

»Na, Gott sei Dank«, murmelte sie und tippte weiter.

»Fäheše, es tut mir leid …« Weiter kam ich nicht, denn das Mädchen blieb abrupt stehen und sah mich fassungslos an.

»Wie hast du mich genannt?« Ihre Stimme war ruhig, aber nichtsdestotrotz kalt und schneidend.

»Fäheše«, stotterte ich. »Ist das nicht dein Name?«

»Darf ich fragen, wie du darauf kommst?«

»Dennis hat dich so genannt …«

Jetzt musterte sie mich von unten bis oben, vom Kopf wieder zurück zu den Füßen. »Du strengst selten dein Gehirn an, nicht wahr?«

Ich wurde rot. Und ich spürte es.

»Denn wenn du es tätest«, fuhr sie fort, »käme es dir vielleicht in den Sinn, dass der Name alles andere als schmeichelhaft sein könnte.«

»Wieso? Was bedeutet er denn?«, fragte ich hilflos.

»Das, mein Lieber, ist deine Extra-Hausaufgabe. Erkundige dich. Wenn du es herausgefunden hast, kannst du gern wiederkommen und dich entschuldigen!«

»Es ist kein türkischer Name?«, fragte ich sie.

Doch sie hatte sich bereits Kopfhörer in die Ohren gesteckt und konzentrierte sich wieder auf ihre getippte Konversation.

Der Protagonist bleibt stehen, während das Mädchen weitergeht. Kamerafahrt zurück in die Höhe, um zu zeigen, wie sehr sich die Hauptfigur zum Deppen gemacht hat. Abblende.

Fäheše, so stellte sich heraus, war so ziemlich eines der schlimmsten Wörter, mit dem man eine Frau bedenken konnte. Ich musste nicht ins Internet gehen, um herauszufinden, was es bedeutete. Ich brauchte nur die Nachbarin zu fragen, der ich am Nachmittag den Teller wieder zurückbrachte.

»Fäheše?«, fragte sie angewidert. »Woher kennst du das Wort?«

»Jemand hat ein Mädchen so genannt.«

»Fäheše ist wie *orospu*. Nur schlimmer.«

Damit wusste ich immer noch nicht, was Dennis zu ihr gesagt hatte.

Die Nachbarin sah meine Ratlosigkeit. »Mann geht zu Frau und bezahlt. Verstehst du?«, sagte sie unbehaglich.

»Fäheše bedeutet Nutte!«, rief jemand aus der Küche. Ein Kopf mit scharf ausrasierter Frisur erschien im Türrahmen. Die verbliebenen Haare glänzten gelig. »Und zwar eine ganz üble.«

»Oh«, sagte ich nur.

»Kann man übrigens auch zu Männern sagen.« Der Junge, wahrscheinlich der Sohn der Nachbarin, wischte sich mit einer Serviette den Mund ab. »Hat dich etwa jemand so genannt?«

»Nein«, sagte ich.

»Besser so. Warum willst du das wissen? Willst du dich hier in die Nachbarschaft intrigieren und dich mit jemand anlegen?« Er lachte unbefangen und ich lächelte verlegen zurück.

»Nicht unbedingt. Und ich glaube, das heißt integrieren«, sagte ich leise.

»Wie auch immer, *lan*.« Er machte eine wegwerfende Geste. »Mir egal.« Er ging wieder zurück in die Küche.

Ich trat verlegen von einem Fuß auf den anderen.

»Wie geht es Mutter?«, fragte mich die Frau, die noch immer resolut vor mir stand.

»Sie ist immer noch im Krankenhaus.«

»Und du bist hier? Nicht da?« Sie sah mich an, als wäre ich der schlechteste Sohn, mit dem eine Mutter geschlagen sein konnte.

»Ich wollte sie heute Nachmittag besuchen …«

Die Frau machte ein missbilligendes Geräusch. Ich befürchtete schon, dass ich es bei ihr verschissen hatte, denn sie ging in die Küche und begann sich lautstark mit ihrem Sohn zu unterhalten. Der stöhnte nur laut auf, und ich hörte, wie ein Stuhl zurückgeschoben wurde.

»Das sollst du deiner Mutter geben.« Er drückte mir zwei Tupperdosen in die Hand. »Das Essen in Krankenhäusern wär eine Katastrophe. Kann ich nur unterschreiben.«

»Sie wird nichts essen können«, sagte ich. »Meine Mutter liegt auf der Intensivstation.«

Der Bursche, um den ich auf der Straße einen weiten Bogen gemacht hätte, ließ die Schultern heruntersacken.

»Scheiße«, murmelte er. Unentschlossen betrachtete er die Plastikbehälter. »Dann iss du es. Ich kann das nicht wieder zurückbringen.« Er drückte mir das Essen in die Hand.

»Danke«, sagte ich.

»Wie heißt du?«, fragte er.

»Vincent.«

Er streckte mir die Hand entgegen. »Devin.«

Ich ergriff sie, und er sah mir fest in die Augen. Ich weiß nicht, ob das so ein seltsames Männerding war, aber ich hielt dem Blick stand. »Pass auf dich auf, Vincent«, sagte er.

»Ja, mach ich«, antwortete ich.

Devin brummte etwas Unverständliches, als wäre ihm die ganze Situation peinlich, sagte dann: »Guten Appetit«, und schloss die Tür, während ich mit seiner Gabe ziemlich ratlos da stand.

Fäheše. Scheiße.

Ich hätte mir mit Anlauf in den Hintern treten können. Natürlich hatte Dennis das Mädchen nicht mit seinem Vornamen angesprochen, es hatte in jedem Fall eine Beleidigung sein müssen. Ich hätte das Essen am liebsten an die Wand geworfen und laut geschrien. Aber ich riss mich zusammen, ging in mein Zweizimmerasyl und stellte die Dosen in den Kühlschrank.

»Darf ich Ihnen einen Tee anbieten?«, fragte mich Frau Neuburg, als sie hinter mir die Tür zu ihrem Büro schloss. Es war später Nachmittag, als ich mich endlich dazu hatte überwinden können, ins Krankenhaus zu fahren. Ich mochte diesen Ort nicht. Selbst der Friedhof, auf dem mein Vater lag, wirkte lebendiger als diese Waschbetonfestung.

»Danke«, sagte ich.

»Danke ja? Oder Danke nein?«

»Danke nein. Ich hatte heute schon einen.«

»Sie mögen ihn nicht?«

Ich schwieg, und sie lächelte.

»Wenn Ihnen mein Tee nicht schmeckt, ist das vollkommen in Ordnung.«

Frau Neuburg ging zu einem niedrigen Sideboard, auf dem eine große Thermoskanne und mehrere umgedrehte Tassen standen, von denen sie jetzt eine nahm und mit einer dunklen, dampfenden Flüssigkeit füllte. Sie schloss kurz die Augen, um das Aroma in sich aufzunehmen, und lächelte, als hätte sie gerade eine warme Erinnerung heraufbeschworen. Dann setzte sie sich hinter ihren Schreibtisch und forderte mich auf, ebenfalls Platz zu nehmen.

»Ich hatte Sie früher hier erwartet«, sagte sie und nippte an ihrer Tasse. Ich roch wieder die Sommerwiese, auf der jetzt Lavendel zu wachsen schien. Aber das war nur der Tee.

Mein Gesicht wurde warm, und ich spürte, wie ich errötete.

Der Knoten in meinem Bauch löste sich nicht auf. Im Gegenteil. Das schlechte Gewissen, das mich plagte, wühlte in meinen Eingeweiden.

»O bitte, verstehen Sie mich nicht falsch«, beeilte sie sich zu sagen und stellte die Tasse ab. »Das war kein Vorwurf! Im Gegenteil.«

»Im Gegenteil?«

Sie legte den Kopf ein wenig schräg. Eine sehr freundliche und zugewandte Körpersprache, die sie da zeigte. »Vincent, wie fühlen Sie sich?«

Das war eine Direktor-Schreiber-Frage, aber ich ließ sie ihr durchgehen. Ich wusste, dass sie sie ehrlich meinte. »Nicht sehr gut«, gab ich zu. Meine Eingeweide entwickelten ein Eigenleben und verknoteten sich weiter.

»Warum?«

Ich setzte mich auf meine Hände und wippte nach vorne. »Weil ich mich um meine Mutter kümmern müsste, aber froh bin, dass sie im Krankenhaus liegt.«

»Das ist nichts, wofür Sie sich schämen müssen«, sagte die Psychologin und tippte mit dem Finger gegen den cartesischen Taucher. »Zu viel Druck lässt einen untergehen. Ich glaube, das haben Sie erkannt.«

Ich war mir da nicht so sicher, aber wenn sie es sagte, würde es wohl stimmen. Sie war schließlich diejenige, die sich in diesem Geschäft auskannte.

»Wie lange wird meine Mutter noch bleiben müssen?«, wollte ich wissen.

»Auf der Intensivstation? Sobald sie aufwacht, wird sie verlegt.«

»Wie lange wird das dauern?«

Frau Neuburg blätterte kurz in einer Krankenakte, die mittlerweile etwas umfangreicher geworden war. »Das scheint keiner genau sagen zu können. Die Ursache für ihr Koma ist nicht bekannt. Eine Übermedikation ist nach Meinung der Ärzte jedenfalls nicht der Grund für ihren Zustand.«

»Nicht?« Jetzt war ich wirklich überrascht. Ich erinnerte mich an die Unmengen leerer Blisterpackungen, die ich vor der Notärztin versteckt hatte. Meine Mutter musste die Dinger wie Tic Tacs eingeworfen haben. Und dennoch hatten die Medikamente sie nicht vergiftet?

»Man kann sich nicht mit dem Mittel umbringen, das Ihre Mutter regelmäßig genommen hat«, sagte Frau Neuburg betont deutlich, als wollte sie etwas ganz bewusst klarstellen. »Das ist unmöglich.«

»Aha«, machte ich nur, noch immer ziemlich verwirrt.

»Können Sie mir den Zustand Ihrer Mutter vor der Einlieferung beschreiben?«

»Sie hat die meiste Zeit geschlafen. Bestimmt an die sechzehn Stunden am Tag. Das hat sich im Laufe der Zeit gesteigert.«

»Hat Ihre Mutter Selbsttötungsabsichten geäußert?«

Ich schüttelte den Kopf. »Nein. Nie. Sie war erschöpft und müde, aber nicht … wie nennt man das?«

»Suizidal.«

»Wenn sie es war, hat sie es vor mir verborgen.«

»Sie hat das Medikament in einer sechziger Dosierung genommen, nicht wahr?«, fragte Frau Neuburg und warf noch einmal einen Blick in die Akte.

Ich runzelte die Stirn, denn mir ging plötzlich auf, warum Frau Neuburg diese Frage stellte. »Sie haben keine Ahnung, warum sie nicht aufwacht.«

»Nein, haben wir nicht.« Sie zuckte ein wenig hilflos mit den Schultern.

Ich atmete vorsichtig ein und wieder aus. Genau genommen wusste ich nicht, ob ich erleichtert oder besorgt sein sollte. Meine Gefühle sprangen von einem Extrem ins andere. Ich räusperte mich, weil mein Hals auf einmal sehr trocken war.

»Ich möchte sie sehen«, sagte ich. »Geht das?«

Frau Neuburg lächelte. »Natürlich.«

Als ich meine Mutter in diesem Bett liegen sah, wurde mir wieder bewusst, warum ich den Besuch so lange aufgeschoben hatte. Der Schlauch, der ihr aus dem Hals hing und an ein Beatmungsgerät angeschlossen war, sah aus wie eine zu hoch angesetzte Nabelschnur, die Lebloses mit Leblosem verband. All die Kabel und Infusionsschläuche machten den Anblick auch nicht besser.

Ich versuchte, die Erinnerungen an eine Zeit zurückzudrängen, in der es schier unmöglich gewesen wäre, mir meine Mutter in solch einer verzweifelten Lage vorzustellen. Himmel, in einem anderen Leben war sie den Halbmarathon in unter zwei Stunden gelaufen. Sie hatte nicht nur den Willen gehabt, sondern auch die Kraft, all ihre Ziele beinahe mühelos zu erreichen! Ich weinte.

Und ich schämte mich dafür. Nicht, weil ich am Ende meiner Kräfte war. Das wäre noch in Ordnung gewesen. Sondern weil ich begann, die Hoffnung zu verlieren.

Denn obwohl ich verzweifelt versuchte, mit meiner Mutter in Kontakt zu treten, erhielt ich keine Antwort. Klar, ich wusste, sie lag im Koma, tiefe Bewusstlosigkeit, nicht zu vergleichen mit einem leichten Schlaf, aus dem man irgendwann erfrischt erwachte und dann voller Tatendrang ins Licht des neuen Tages blinzelte. Aber es ist ein Unterschied, ob sich jemand in einem schlafähnlichen Zustand befindet und dabei träumend die Welt um sich herum wahrnimmt. Oder ob sich die Seele an einen Ort geflüchtet hat, von dem man nicht weiß, wo er sich befindet.

Auf einmal musste ich an Jane denken, den Abend auf dem Friedhof, das Licht, das Gebet. Und jetzt, in diesem Moment, fragte ich mich, was sie getan hätte, wenn sie mit mir vor diesem Bett stehen würde.

Frau Neuburg machte alles richtig. Sie fasste mich nicht an oder nahm mich gar in den Arm. Sie hielt Abstand, war aber dennoch in meiner Nähe und verströmte ihren Geruch nach Sommerwiese, nach Heu und frisch gespitzten Bleistiften, den wahrscheinlich nur ich wahrnehmen konnte. Alle anderen bemerkten vermutlich nur das Desinfektionsmittel, mit dem der Raum steril gehalten wurde.

Ich sah zum Monitor, auf dem mehrere Zickzacklinien von links nach rechts zogen. Ich las Zahlen. Puls und Blutdruck, wie ich annahm. Ich wusste in etwa, welche Werte bei einem Menschen gesund waren. Ich hatte aber keine Ahnung, ob die Ziffern, die sich auf dem Display unentwegt änderten, irgendetwas über den Gesundheitszustand meiner Mutter aussagten. Jenseits des Komas, versteht sich natürlich.

Es ist erstaunlich, wie viel Verzweiflung ein Mensch ertragen kann. Ich bin der festen Überzeugung, dass es ein vollkommen falsch gewähltes Bild ist, wenn jemand von diesem unentwegten Druck berichtet, der zur Implosion führt. Es ist auch kein Schlag wie bei einem Knochenbruch. Vielmehr zerreißen einzelne außen liegende Fasern, während der Kern noch lange stabil erscheint.

Bei mir gab es keine Stille nach dem Schuss, der Schmerz hörte nie auf. Man ignoriert ihn vielleicht irgendwann, wie man einen Tinnitus irgendwann ignoriert.

Aber der Schmerz hörte nie auf. Nie. Und am Ende sind wir doch nur die Summe unserer Verluste.

Ich blieb eine halbe Stunde, dann konnte ich es nicht mehr ertragen und ging.

4

So beschissen die Schule für mich auch war, gab es doch einen Kurs, der mich bei der Stange hielt. Und das war Musik. Wir haben zwei Einheiten in der Woche, dienstags und donnerstags, immer in der sechsten Stunde. Also dann, wenn alle irgendwie müde auf dem letzten Loch pfeifen und die Konzentration bei den meisten bestenfalls auf Reserve läuft. Jeder unfähige Lehrer hätte seine Schüler um diese Zeit unfreiwillig in den Tiefschlaf geschickt. Herr Kilminster ist anders. Kilminster ist natürlich nicht sein richtiger Name. Eigentlich heißt er Schröder, an seinen Vornamen kann ich mich nicht mehr erinnern. Aus seiner Vorliebe für Metal macht er keinen Hehl. Er ist ein prototypischer Headbanger jenseits der vierzig, auf den ersten Blick. Herrn Kilminsters schulterlange Haare sind immer zu einem Pferdeschwanz zusammengebunden, und er trägt meist Motörhead-T-Shirts. Deswegen auch der Spitzname, den er wohl schon seit seiner Geburt trägt, so gut passt er zu ihm. Herr Kilminster – auf das »Herr« legt er tatsächlich Wert – hat nicht nur ein geradezu enzyklopädisches Wissen, was Musik aller Stilrichtungen und Genres angeht, Klassik inbegriffen. Nein, im Gegensatz zu allen anderen 80er-Jahre-Leichen aus dem Kollegium brennt er auch wirklich für das, was er tut. Er ist leidenschaftlich und erwartet diese Leidenschaft auch von uns. Egal ob Hiphop oder Alternative, Kendrick Lamar oder The Neighbourhood, er nimmt alles ernst. Und somit auch die Teilnehmer seines Kurses. Sein Sendungsbewusstsein ist fast missionarisch, ohne dabei die Aufdringlichkeit eines Priesters zu haben. Er spielt Bass in einer Band, die sich »Letzte Lockerung« nennt und zumindest an der Schule einen geradezu legendären Ruf genießt, weil eines der Konzerte mal von der Polizei aufgelöst worden sein soll und Herr Kilminster deswegen eine Nacht in Polizeigewahrsam verbrachte. Das erzählt man sich wenigstens. Legendenbildung halt. Konnte stimmen, musste aber nicht. Die Haltung zählt. Und Kilminsters Haltung ist meinem Empfinden nach ziemlich okay.

An diesem Donnerstag, als alle anderen schon den Raum verlassen hatten und ich noch immer meine Sachen zusammenpackte, sprach er mich an.

»Hast du mal fünf Minuten, Vincent? Dauert nicht lang.«

»Sicher«, antwortete ich und zog den Reißverschluss meines Rucksacks zu.

»Direktor Schreiber hat mir erzählt, dass du Klavier spielst.« Ich sah, dass er etwas in der Hand hielt, das wie zusammengerollte Notenblätter aussah.

»Ein wenig, ja«, sagte ich zögerlich. Was genau hatten die beiden miteinander besprochen? Hatte Direktor Schreiber Herrn Kilminster erzählt, dass ich ein Pflegefall sei, um den man sich mal kümmern musste? Wenn Herr Kilminster mich jetzt fragen würde, wie ich mich fühlte, würde ich gehen. Aber das würde er nicht tun. Der alte Headbanger hatte ein anderes Strickmuster. Gabba Gabba Hey.

»Frau Depenbrok hat die Leitung des Schulorchesters aufgegeben«, sagte Herr Kilminster. Frau Depenbrok war die andere Musiklehrerin und eine entfernte Verwandte von Frau Schuchardt, charakterlich gesehen. Eine dröge Hexe des Westens, die das Ding Dong noch nicht gehört hatte.

»Aha«, sagte ich nur.

»Ich habe also das Orchester übernommen.« Herr Kilminster kratzte sich am Kopf. »Und wie es der Teufel will, fehlt uns ein anständiger Pianist.«

Und da hatte er an mich gedacht.

Ich zeigte auf die Noten in seiner Hand. »Sie möchten hören, wie ich spiele?«

Er nickte, rollte das Heft auseinander, damit es wieder einigermaßen glatt war, und trat beiseite.

Im Musikraum stand ein Flügel, genau genommen ein Stutzflügel von Bösendorfer, nicht länger als eins vierzig. Ramponiert und zerkratzt, aber hervorragend gestimmt. Ich stellte den Hocker auf meine Höhe ein und testete die Leichtgängigkeit der Pedale. Dann stellte ich die Notenblätter in den Ständer. Überrascht sah ich auf.

»Satie? Die erste Gymnopédie? Echt jetzt?«

»Zu schwer?«

Es gibt wahrscheinlich in der ganzen neueren Musik keinen Komponisten, der so sehr zu Tode genudelt wurde wie Satie. Und von seinen Werken waren es vor allem die Gymnopédies, die auf Vernissagen oder Ausstellungen wie lebende Leichname melodisch zur Schau gestellt wurden. Man verging sich an einer Musik, die sich nicht mehr wehren konnte, und benutzte sie wie ein akustisches Möbelstück. Ich habe mal gelesen, das genau das die Absicht Saties war.

Viele, die Satie zu kennen glauben, finden seine Musik zu lala, zu oberflächlich. Zu simpel. Technisch gesehen ist der Schwierigkeitsgrad auch nicht besonders herausfordernd, besonders bei der ersten Gymnopédie. Doch wer in diese Falle tappt, wird an der Musik scheitern. Satie spielen heißt keine Rücksicht auf sich selbst nehmen. Ich denke, Herr Kilminster wusste das. Sonst hätte er mir was anderes gegeben.

Es war schon einige Zeit her, dass ich an einem Klavier gesessen hatte. Unser Bechstein-Pianino hatte zu den ersten Möbelstücken gehört, die verkauft wurden, um irgendwelche Schulden zu begleichen. Mir hatte es das Herz gebrochen, ich habe Klavierspielen geliebt. Neben all den Dramen des Unterrichts und des Übens war mein Zugang zu Satie, Barber und Brahms vergleichsweise leicht gewesen. Andere Menschen brauchen Alkohol als emotionales Transfermedium. Ich brauche Musik.

Also begann ich. Die Tempobezeichnung war adagio und addolorato, langsam und schmerzlich.

Wenn ich Musik höre oder spiele, habe ich selten konkrete Bilder im Kopf. Es ist eher eine atmosphärische Verdichtung wie kurz vor dem Einschlafen. Gefühle, die in andere Wahrnehmungsbereiche fließen. Ich rieche dann Erinnerungen und gehe in ihnen spazieren, ohne dass ich sie sehe.

Und so wanderte ich durch herbstnasses Laub, verlor mich im Duft von Kerzenwachs und Holz, schmeckte saure Äpfel und versank in Güte. Meine Hände, meine Finger konnten Wärme spüren, aber nicht greifen. Ich öffnete mit den Tönen ein Fenster von außen nach innen, sah für ein Dutzend tiefe Atemzüge vertraute Räume, die ich nie wieder betreten würde.

Dann waren die knapp vier Minuten zu Ende, die das Stück

dauert. Jemand klatschte, und ich blickte auf. Herr Kilminster drehte sich um.

»Vida«, sagte er nur.

Fäheše, die natürlich nicht so hieß, saß da, einen dicken grob gestrickten Schal um den Hals, eine helle Winterjacke über einer Jeans. Zwischen die Füße hatte sie ihre Tasche geklemmt. Mein Herz setzte zwei Schläge aus. Aber etwas in mir fiel auch an seinen Platz und fühlte sich gut an. Vida hatte die ganze Zeit zugehört.

»Was meinst du? Wäre er ein Gewinn für unser Orchester?«, fragte Herr Kilminster.

Vida schnäuzte sich die Nase und nickte. »Ja«, räusperte sie sich. »Ich glaube schon.« Sie klang erkältet.

»Vida spielt bei uns die erste Geige«, sagte Herr Kilminster zu mir gewandt. Ich hatte eine Ahnung, dass er das mehr als wörtlich meinte. So, wie sie da saß, mit ihren nun überschlagenen Beinen und der leicht zugewandten Sitzhaltung, gehörte sie hierher. Dieser Musikraum war ihr zweites Zuhause.

Ich stand auf und schulterte meinen Rucksack.

»Wenn du willst, hast du den Job«, sagte Herr Kilminster zu mir.

Wollte ich das? Ich war mir nicht sicher. »Wie oft wird geprobt?«, fragte ich.

»Wir fahren ein ehrgeiziges Programm«, sagte Herr Kilminster. »Zweimal in der Woche. Und der Anspruch ist ziemlich professionell.«

Ich vergrub meine Hände in den Jackentaschen und sah von Herrn Kilminster zu Vida und wieder zurück. Ich wusste, wie das lief. In der alten Schule war ich auch im Orchester gewesen.

Gerade jetzt im Herbst und in der Vorweihnachtszeit gab es ein Konzert nach dem anderen, mit ganz viel »O du fröhliche« und »Stille Nacht«.

Okay, Herrn Kilminster traute ich etwas Besseres zu. Aber im Endeffekt lief es darauf hinaus, dass ich ziemlich beschäftigt sein würde. Zugegeben: Mich reizte die Vorstellung, mit anderen Musik zu machen. Sie gab meiner aktiven Musikalität Zucker. Und dass Vida mit dabei war, machte mich hibbelig.

»Ich denk drüber nach«, sagte ich und spielte damit auf cool.

Vida stand auf und nahm ihre Tasche. »Wir sehen uns zur Probe«, sagte sie. Nicht zu mir, sondern zu Kilminster.

Vida. Das Orchester war natürlich eine geniale Gelegenheit, sie regelmäßig sehen zu können. Ich hätte sagen können: Ja klar! Mache ich! Wo sind die Noten? Ich bin mit von der Partie, aber so was von! Ich würde auch einen Handarbeitskurs besuchen, nur um Vida näher kennenzulernen.

Aber etwas in mir bremste mich aus. Irgendetwas sagte: Nö, keine gute Idee, halt den Ball flach, du hast genug um die Ohren mit deiner Mutter und all der Scheiße, in der du steckst. Keine Zeit, jetzt auch noch in einem Schulorchester mitzumachen.

»Ihr würdet wunderbar miteinander harmonieren«, sagte Herr Kilminster, als er seine Jacke anzog. »Du und Vida.«

Wir verließen den Musikraum, den er nicht abschloss. Als wir den L-Bau verließen, reichte er mir die Hand.

»Überleg es dir einfach. Mich würde es freuen.«

Ich nickte, und Herr Kilminster ließ mich freundlich lächelnd stehen.

***

Die ersten Tage des Dezembers zogen sich wie ein breites, zähes Band aus Grau und Schwarz durch die gleichförmigen Tage. Meine Mutter schlief noch immer ihren traumlosen Schlaf. Der erste Schnee fiel, taute sofort wieder und wurde durch einen Regen abgelöst, der aus tiefen, drückenden Wolken fiel. Autos fuhren den ganzen Tag mit eingeschaltetem Licht durch Straßen, in denen das Wasser in großflächigen Pfützen stand. Ich ging im Dunkeln aus dem Haus und kehrte nach Einbruch der Nacht wieder heim, weil ich meine Mutter im Krankenhaus besuchte. Eine Stunde nahm ich mir mindestens Zeit. Und ob ich meine Hausaufgaben zu Hause oder neben ihrem Bett machte, war ja eigentlich egal.

Es gab aber neben den Besuchen im Krankenhaus noch ein anderes Ritual, das ich jeden Tag vollzog. Ich suchte Abend für Abend das Grab meines Vaters auf und richtete es mit meinen bescheidenen Mitteln her. Irgendwie waren mir die Toten und Halbtoten zurzeit näher als die Lebenden.

Die Kerze, die Jane aufgestellt hatte, war längst heruntergebrannt. Ich überlegte kurz, ob ich sie wegwerfen sollte, brachte es aber nicht übers Herz und stellte sie neben das Holzkreuz. Sie war vom einzigen Menschen aufgestellt worden, der sich etwas daraus machte, ob dieses Grab geschmückt war oder nicht.

Ich hatte Gärtnerwerkzeug mitgebracht, das ich, wenn ich es nicht brauchte, in einem Jutebeutel unter einem der Eibenbüsche versteckte, die überall auf dem Friedhof wuchsen.

An diesem Abend war die Arbeit erledigt, das vertrocknete Unkraut gerupft und das Kreuz gerichtet. Der schwierigste Teil war es gewesen, den abgesackten Boden einzuebnen. Gute fünfzehn Zentimeter hatten gefehlt, damit alles wieder ordentlich und gerade aussah. Das klingt zwar wenig, war es aber nicht. Mit einem Eimer hatte ich mir die Erde vom Aushub frischer Gräber zusammengeklaut. Ich fand das vertretbar.

Es war fast zehn Uhr, als ich meine Sachen zusammensuchte und mich auf den Heimweg machen wollte. Es begann zu schneien, leicht und krisselig. Wie kalt es geworden war, merkte ich, als der Schnee nicht nur auf den Büschen und Bäumen liegen blieb, sondern auch auf dem Boden und den Grabsteinen. Ein eigentümlicher Zauber legte sich über den Friedhof. Eine Stille, die dem Ort angemessen war. Ich schulterte meinen Rucksack, schlug den Jackenkragen hoch, legte den Kopf in den Nacken. Und schloss die Augen.

Eiskristalle rieselten im toten Laub der Haselnusssträucher. Das Rauschen der Straße verstummte wie bei einem Hörsturz, ein dumpfer Druck mit einem kaum wahrnehmbaren Pfeifen. Ich verzog das Gesicht und presste die Hände auf meine Ohren. Die Welt verschob sich mit einem Ruck seitwärts. Etwas lag in der Luft. Ein Geruch, wie eine zarte Textur.

Ich öffnete die Augen.

Der Moment dauerte lange, bis sich mein Blick scharfstellte. Ich fühlte mich in meinem Körper fremd. Es war nicht mit Allerseelen zu vergleichen, als ich am Día de los Muertos das Grab meines Vaters aufgesucht hatte. Es war anders, drängender.

Neben dem Bereich, in dem mein Vater begraben lag, gab es einen noch viel älteren Teil, der sich hinter der aus dunkelroten Backsteinen errichteten Aussegnungshalle im milchigen Dunst verlor. Ich ließ den Eimer mit dem Werkzeug fallen. Das Geräusch war hohl und dumpf.

Benommen setzte ich einen Fuß vor den anderen, rutschte immer wieder auf dem Schnee aus, der jetzt in satten Flocken fiel und den Boden mit einer weißen, lockeren Schicht bedeckte.

Der alte Teil des Friedhofs unterschied sich von den neuen Gräbern wie der gewachsene Kern einer Stadt von einem lieblos hochgezogenen Neubaugebiet. Verwitterte Grabsteine mit neugotischen Verzierungen ragten dunkel in den nebligen Dunst. Mit Immergrün bewachsene Platten reihten sich aneinander, nur getrennt durch verrostete, teilweise weggebrochene gusseiserne Zäune. Ich stolperte weiter, versuchte die Namen auf den Steinen zu lesen, aber es war viel zu dunkel. Die dünne Schicht Schnee begann unter meinen Schuhen zu knirschen. Und dann hörte ich das leise Wimmern.

Ich blieb stehen. Lauschte.

Das Schluchzen schien von überallher zu kommen, zu wandern, in mir zu sein, dann hinter den Bäumen, bis ich mir sicher war, dass eine Gruft am hinteren Ende der Friedhofsmauer die Quelle des leisen Wehklagens war.

Als ich die Grabkammer erreichte, sah ich einen langsam ersterbenden Lichtschein unter der Tür hindurchflackern.

Ich drückte vorsichtig die Klinke herunter und stemmte mich gegen die Tür, die mit einem jämmerlichen Kreischen nach innen aufschwang. Hinten in einer dunklen Ecke lag ein schmutziges Bündel, das wie ein Müllsack aussah und vor dem ein letztes, fast vollständig heruntergebranntes Grablicht vor sich hinstarb. Als es kurz aufflackerte, erkannte ich, dass das Bündel ein Mensch in einem Schlafsack war.

»Jane?«, fragte ich. Ich konnte den Namen nur flüstern.

Ein verheultes Gesicht schob sich in das letzte Licht der

Kerze, glänzende Augen blinzelten mich aus einem schmutzigen Gesicht an.

»Vincent?«, wisperte Jane.

»Was tust du hier, um Himmels willen?«, fragte ich erschrocken.

Mit zitternden Fingern öffnete Jane den Reißverschluss ihres Schlafsacks. Dann stand sie auf und fiel mir in die Arme, drückte ihr schmutziges Gesicht an meine Brust und lachte wie ein kleines Kind.

»Ich habe auf dich gewartet«, sagte sie erleichtert.

Warum auf mich gewartet? Sie wusste doch, wo ich wohnte? Jane hätte einfach die Bahn nehmen können. Oder hatte sie mir nicht zur Last fallen wollen? Das ergab keinen Sinn! Überhaupt keinen!

Obwohl sie seit unserer letzten Begegnung bestimmt keine Dusche mehr gesehen hatte, roch sie nicht nach Schweiß, sondern noch intensiver als das letzte Mal nach Zimt, wie eine ganze Weihnachtsbäckerei. Es war bizarr. Sie hockte hier verwahrlost und bedenklich abgemagert in dieser schmutzigen Gruft, die eine grandiose Kulisse für einen klassischen Horrorfilm abgegeben hätte, fror sich die Seele aus dem Leib und verströmte einen Duft, der warm und heimelig war.

Aber von diesem Geruch ließ ich mich nicht täuschen. Nichts an diesem Ort war einladend. Sie durfte nicht hierbleiben, das war mir augenblicklich klar. Die Temperatur war unter null und der Schlafsack viel zu dünn.

Es gab also zwei Möglichkeiten: Entweder brachte ich sie zu einer Notunterkunft, was in Anbetracht meiner eigenen Situation wahrscheinlich die angemessene Entscheidung war. Oder ich nahm sie mit zu mir nach Hause. Ich wusste nicht, wie stabil Jane war. Sie heute Nacht in ein Obdachlosenheim zu bringen hätte ihr wahrscheinlich den Rest gegeben. Und ich fühlte mich für sie verantwortlich.

»Na gut«, sagte ich deswegen. »Komm mit. Du bleibst jetzt erst mal bei mir.«

»Danke«, sagte sie und drückte mich noch fester.

Ich ließ sie los, um ihre Habseligkeiten einzusammeln, und wickelte sie derweil in den klammen Schlafsack. Jane fror so erbärmlich, dass ihre Zähne klapperten. Dann hängte ich mir den Seesack, den sie als Kopfkissen benutzt hatte, über die Schulter.

Ich glaube, wenn uns jemand in dieser Nacht gesehen hätte, wie wir kraftlos aus dieser Gruft gewankt kamen, er wäre schreiend davongelaufen. Frankensteins Monster und seine Braut.

Aber wir waren allein. Niemand außer uns beiden Untoten trieb sich um diese Zeit auf dem Friedhof herum.

Es hatte mittlerweile aufgehört zu schneien. Der volle Mond brach durch immer größer werdende Wolkenlücken und ließ den Schnee in seinem silbernen Licht glitzern. Janes Schritte waren schleppend. Immer wieder sackte sie weg, und ich musste sie fester umklammern.

Der Heimweg wurde lang und anstrengend. Der schützende Zauber, der mich auf dem Friedhof umhüllt hatte, löste sich langsam auf, und die Welt war wieder kalt und nass und beschissen real. Als wir in der Hochhaussiedlung ankamen, war der Schnee verschwunden. Der Schutzheilige der Fahrstühle hielt seine Hand ein weiteres Mal über uns, und wir kamen ohne unfreiwilligen Zwischenhalt in meinem Stockwerk an. Mit meinen kalten Fingern stocherte ich den Schlüssel ins Schloss der Wohnungstür und stieß sie auf.

»Hast du Hunger? Durst?«, fragte ich Jane, während ich sie keuchend den schmalen Flur entlangbugsierte.

Sie schüttelte den Kopf wie ein Boxer, der in der letzten Runde seines wichtigsten Kampfes stehend k. o. war. »Schlafen …«, murmelte sie nur.

»Okay«, sagte ich ein wenig hilflos und überlegte, wo ich sie absetzen konnte. Das Sofa war zusammengeklappt und mein Bett eigentlich nicht frisch bezogen. Aber ich konnte nicht wählerisch sein, und so ließ ich sie auf meine Matratze fallen.

»Stopp!«, sagte ich, als sie sich in mein Bettzeug einrollen wollte. »Du hast deine Jacke noch an!«

Sie streckte mir ihren rechten Arm entgegen und drehte sich auf den Bauch, damit ich ihr das schwere Lederding ausziehen konnte. Die klobigen Stiefel waren nass und schmutzig – wie das Bett jetzt auch. Als das Schuhwerk auf den Boden polterte, sah ich, dass Jane barfuß war.

Ich deckte sie zu, und sie schlief augenblicklich ein.

So stand ich da. In einer Hand die Lederjacke, in der anderen die schweren Springerstiefel, während diese Chaoskönigin in meinem Bett lag und schnarchte. Erstaunlich. Ich kam mir wie in einer Wiederholung vor, einem Loop.

Nur dass die Geschichte anders weitergesponnen wurde. Heute bin ich mir sicher, dass ich Jane immer wieder begegnet wäre, bis sich die Geschichte so entfaltete, wie sie es dann in aller Konsequenz auch tat.

»Na klasse«, murmelte ich, verharrte einen Moment ratlos

und hängte dann die Jacke in den Flur, stellte die Stiefel in die Dusche und den Seesack neben das Bett. Dann legte ich mich auf das Sofa und kroch unter die Decke, die zusammengelegt am Fußende lag und noch immer nach meiner Mutter roch.

5

Am nächsten Morgen weckte mich das Schließgeräusch an der Wohnungstür. Ich schreckte verwirrt hoch und blinzelte in die Sonne, die durch die schmutzigen Fenster schien. Die Jalousien waren hochgezogen worden. Nicht von mir. Es sei denn, ich hätte einen frühmorgendlichen Anfall von Schlafwandel gehabt.

»Mutter?«, fragte ich schläfrig. Ich war noch nicht ganz bei mir. Der Nachgeschmack einer meiner wiederkehrenden Träume färbte das Erwachen ein, und ich stöhnte.

»Nein«, rief eine fröhliche Stimme aus dem Flur.

Erschrocken schlug ich die Decke beiseite und schlüpfte hastig in meine Hose, stolperte dabei fast über den Couchtisch. »Jane?«

Ich zuppelte gerade meinen Reißverschluss hoch, als sie mit zwei Einkaufstaschen im Türrahmen erschien. Sie lächelte mich breit an. »Dich kann auch nichts wecken, wenn du mal schläfst.«

Jane sah noch immer nicht wie das blühende Leben aus, aber bei weitem gesünder als gestern. Ihre Augen waren wach, und die schwarzen Haare standen in alle Richtungen ab, wie es nur aussah, wenn man sie so frisierte.

»Wie spät ist es?«, fragte ich und sah mich nach einer Uhr um.

»Irgendwas nach elf. Hast du Hunger? Ich war einkaufen. Deine Schränke waren ziemlich leer.«

Jane ging an mir vorbei, und ich roch plötzlich Erdbeeren, frisch wie ein Frühsommertag. Kein Zimt. Sie stellte die beiden Papiertüten auf die Anrichte in der Küche. »Müsli, Milch, Butter, Eier, Käse, Obst, ein Brot, wusstest du, dass der Supermarkt ein paar gute Biosachen hat?«

Ja, das wusste ich. Und ich wusste auch, wie teuer sie waren. Ich fragte mich, woher sie das Geld hatte.

»Joghurt, Quark, Fruchtaufstrich, keine Wurst, ich esse kein Fleisch, das ist viel zu ungesund, vor allem das aus dem Supermarkt, das ist mit Antibiotika vollgepumpt, aber du siehst klug aus, du weißt bestimmt, welche Folgen Massentierhaltung hat.«

Sie redete ohne Punkt und Komma. Ich glaube, sie holte kein einziges Mal Luft. Jane war die ganze Zeit in Bewegung und tänzelte von einem nackten Fuß auf den anderen – sie hatte sich tatsächlich im Flur die Stiefel ausgezogen.

»Für heute Mittag habe ich Nudeln mit Pesto geholt, ich habe keinen Mörser gefunden, sonst hätte ich selber eins zubereitet.« Sie holte weitere Schätze aus der Einkaufstüte. »Olivenöl, Reis, Schalotten, Kohlrabi, alles bio.«

»Wie hast du das alles bezahlt?«, fragte ich ängstlich.

Sie öffnete einen Küchenschrank und holte eine alte Kaffeedose hervor. Mir rutschte das Herz in die Hose. Darin hortete ich unser Bargeld. Oft genug war uns das Konto gepfändet worden, so dass wir immer ein paar Scheine als eiserne Reserve dort aufbewahrten. Am Anfang des Monats hatte ich die Dose mit hundert Euro aufgefüllt.

»Du solltest dir ein besseres Versteck suchen, das ist noch

schlimmer als diese Fake-Eintopfbüchsen, da kannst du es gleich unter die Matratze stopfen, dann liegt wenigstens dein Kopf drauf.« Sie hielt abrupt inne, blinzelte und schaute mich auf einmal sehr unsicher an. »War das keine gute Idee? Das Geld zu nehmen? Einzukaufen?«

Ich schüttelte matt den Kopf.

»Oh«, sagte sie nur und wirkte einen Moment verlegen, grinste dann aber wieder. »Na, jetzt werden wir erst mal frühstücken, ja? Du kannst schon mal dein Bettsofa fertigmachen, damit wir uns da hinsetzen können, du hast ja keine Stühle, aber ich sehe einen kleinen Tisch, können wir den nehmen, räumst du ihn frei?«

»Okay«, stotterte ich.

»Fein, was magst du lieber? Tee oder Kaffee?«

»Tee.«

»Gute Wahl. Pfefferminztee?«

Den mochte ich eigentlich nicht, weil er für mich immer nach Krankenhaus schmeckte, aber ich nickte. Jane steckte die Hand in eine Papiertüte und fischte einen Bund Grünzeug heraus. »Frische Minze!«, sagte sie triumphierend.

Sie hielt mehrere Kassenbons in die Höhe. »Hast du ein Haushaltsbuch?«

»Ich? Nein«, stotterte ich.

»Dann werden wir eins kaufen und die Belege abheften, damit wir wissen, wie viel jeder ausgegeben hat und wie wir die Ausgaben miteinander verrechnen, okay?«

Ich nickte erneut und fragte mich ein wenig ängstlich, wie lange Jane bleiben wollte. Und woher sie die Kohle für ihren Haushaltsanteil nehmen wollte.

Ich deckte den Tisch, und wir frühstückten. Es war ein Samstag und die Schule so weit weg, dass ich mir wegen all des Durcheinanders, das mich die ganzen Tage und Wochen verfolgt hatte, keine Gedanken machen wollte. Meine Mutter war in diesem Moment weit weg. Vida auch. Jane war da.

Und wie sie da war!

Ich beobachtete mit einer Mischung aus Befremden und Faszination, wie sie einen kunstvoll angerichteten Teller mit Käse und kleingeschnittenem Obst aus der Küche brachte und sich erwartungsfroh zu mir aufs Sofa setzte. Es war schon lange her, dass sich jemand die Mühe gemacht hatte, eine Mahlzeit mit so viel Freude zuzubereiten. Meistens gab es was aus der Dose. Oder eine Pizza. Ich hatte deswegen in den letzten Monaten ein wenig Speck angesetzt. Armut macht dick.

Jane lächelte mich an, als sei dieses Frühstück die normalste Sache der Welt. Sie nahm sich ein Apfelschiffchen und schob es sich in den Mund.

»Warum lebst du alleine?«, fragte sie mich mit vollem Mund. »Wo ist deine Mutter?«

»Sie liegt im Krankenhaus«, antwortete ich und schmierte mir ein Brot, das ich mit einer Scheibe Käse belegte. Keine abgepackte Kaumasse einer Billigmarke, sondern irgendwas Französisches.

Jane hielt im Kauen inne. »Schlimm?«

»Wie man's nimmt. Sie liegt im Koma.«

»Ach du Scheiße«, sagte sie entsetzt. »Hatte sie einen Unfall?«

Ich schüttelte den Kopf. »Man weiß es nicht.«

Ihr Blick war ungläubig. Sie hatte die Hand nach einem weiteren Obststück ausgestreckt, zog sie aber wieder zurück. »Wie? Man weiß es nicht? Was soll das heißen? Ist sie einfach so umgefallen?«

»So ähnlich«, sagte ich, biss in mein frisch gebackenes Brot und betrachtete Jane aus den Augenwinkeln. Sie aß nicht weiter, sondern sah mich prüfend an.

»Man hat erst gedacht, sie hätte versucht, sich mit Antidepressiva das Leben zu nehmen. Dann aber keine Spuren davon in ihrem Blut gefunden«, fuhr ich fort. Scheiße, warum erzählte ich ihr das alles? Es ging sie eigentlich überhaupt nichts an.

Aber obwohl Jane in diesem Moment alles andere als ausgeglichen war, wuchs meine Faszination von Minute zu Minute. Ein Mädchen wie dieses war mir noch nie begegnet. Sie war wie ein Kaleidoskop, das immer wieder neue Bilder hervorbrachte, keines wie das vorangegangene. Sie berührte etwas in mir. Wie Vida, und doch anders. Beide waren unglaublich präsent, man konnte sie nicht übersehen. Und beide waren auf ihre Art vielsagend schön. Okay, bei Jane würde das wahrscheinlich nicht jeder unterschreiben. Aber mich haute sie einfach um. Besonders an diesem Morgen, da auf der Couch.

Sie hatte meinen Blick bemerkt, beugte sich mit einem lauten Lachen zu mir herüber, nahm mein Gesicht in beide Hände und küsste mich ohne Vorwarnung. Sie schmeckte gut, und ich errötete auf der Stelle.

»Hey!«, sagte Jane überrascht, als sie in mein Gesicht sah. »Es ist alles gut.« Sie kniff prüfend die Augen zusammen. »Oder etwa nicht? Bin ich dir jetzt zu nahegekommen?«

»Nein, nein, schon in Ordnung«, stotterte ich und tastete nach dem angebissenen Käsebrot, das mir dann aber doch aus den zitternden Händen fiel. Gott, was war ich doch für eine Jungfrau.

Jane gab mir noch einen Kuss, aber diesmal auf die Wange. »Gut«, sagte sie, als wäre jetzt etwas geklärt, irgendein sonderbarer Vertrag geschlossen worden. »Wirst du heute deine Mutter besuchen?«

Ich nickte.

»Ich könnte dich begleiten, wenn du magst.«

»Warum solltest du das tun?«, fragte ich ein wenig verstört.

»Vincent?«, sagte sie leise und legte eine Hand auf meinen Arm. »Schau mich bitte an.«

Jane hatte sich verändert. Die Hektik in ihrer Stimme, die Rastlosigkeit, das Überdrehte: Das alles war mit einem Mal verschwunden. Und ich, ich fühlte, wie sich etwas in mir löste und hochstieg.

»Ich wollte, sie wäre tot«, flüsterte ich und wandte den Blick von ihr ab.

Ihre Hand lag noch immer auf meinem Arm. »Möchtest du, dass ich dich begleite?«, wiederholte sie.

Ich roch etwas. Nicht mehr den Duft nach Zimt, der gestern von ihr ausging, als ich sie aus der Gruft gezogen hatte. Und auch nicht nach Erdbeeren, wie vorhin, als sie mit den Einkäufen in die Küche gegangen war. Es waren frisch gespitzte Bleistifte und Sommerheu. Wieso roch Jane wie die Psychologin vom Sozialdienst des Krankenhauses? Ich zog die Nase hoch.

»Ja«, sagte ich schließlich, aus dem Bauch heraus. »Ja, es wäre schön, wenn du mich begleitest.«

***

Wir gingen zu Fuß. Jane meinte, dass es eine gute Idee sei, in diesen dunklen Wintermonaten so viel Zeit wie möglich an der frischen Luft zu verbringen, sonst käme man seltsam drauf. Sie schien etwas davon zu verstehen.

Der Weg zum Krankenhaus fühlte sich für mich an wie eine Pilgerschaft. Ein kurzer, kalter Jakobsweg. Es hatte wieder zu schneien begonnen, und diesmal waren es nicht schwere, satte Flocken, die träge vom Himmel fielen, sondern schneidende kleine Eiskristalle, die der Wind in unsere Gesichter peitschte.

Die Stadt versank in einem kalten Grau, der Horizont löste sich auf. Bäume und Autos waren nur noch geisterhafte Schemen im dichten Schneetreiben. Selbst das Rot der Rücklichter wirkte leblos. Die Dinge verloren in diesem unwirklichen Zwielicht ihre Konturen, ja sogar ihre Masse, reduzierten sich auf geometrische Formen. Aus diesem grauen Nichts erhob sich nach und nach das Krankenhaus wie eine dunkle Festung in einem toten Land.

Jane hatte aus ihrem Seesack einen dicken Schal geholt und ihn sich mehrfach um den Hals geschlungen. Er war genauso schwarz wie der Rest ihrer Kleidung. Ich fragte mich, ob das irgendeine Marotte von ihr war und sie Buntes nicht leiden konnte. Die Winterjacke, die ich ihr angeboten hatte, war nämlich rot gewesen, und sie hatte sie mit einem Blick abgelehnt, der zu fragen schien, ob ich noch ernsthaft bei Trost sei. Also trug sie nur ihre schwere Lederjacke mit der Aufschrift »Suicide«.

Die Türen des Haupteingangs glitten lautlos beiseite und ein Schwall warmer Luft hüllte uns ein, als wir unter das Vordach traten und den Schnee von Schuhen und Kleidung klopften.

Die Lobby war menschenleer, die Information nicht besetzt. Niemand war da.

Ich wusste, wo wir hingehen mussten, und Jane folgte mir, ohne eine Frage zu stellen. Sie war sehr still geworden. Immer wieder sah sie sich beklommen, beinahe verzagt um und ergriff meine Hand, als müsste sie sich vergewissern, dass sie nicht alleine war an diesem Ort. Dass sie mich begleitete, war ein Liebesdienst. Das wurde mir jetzt klar. Ich erwiderte den Druck ihrer Hand und hielt sie fester.

Die Intensivstation befand sich im siebten Stock. Ich wollte den Fahrstuhl nehmen, doch Jane zog mich weiter zum Treppenhaus.

Die Spirale des Treppenhauses verlor sich irgendwo im zwanzigsten Stock und schien sich wie bei Hitchcocks *Vertigo* förmlich in die Länge zu ziehen, so dass mir schwindlig wurde, als ich den Kopf in den Nacken legte. Stufe für Stufe stiegen wir nach oben, wobei Jane darauf achtete, dass sie immer an der Wand entlangging und den Handlauf benutzte. Wieder schien sich die Welt zu bewegen und zu verrücken, aber diesmal nicht horizontal, sondern vertikal von unten nach oben. Ich fühlte mich benommen. Eine Übelkeit stieg in mir auf, wie man sie beim Fliegen hat, wenn die Maschine bei Turbulenzen plötzlich absackt.

Wir erreichten den siebten Stock und ich rang nach Atem. Jane drängte sich an mich wie ein verängstigtes Kind und klammerte sich fest an meinen Arm.

Die Tür zur Station öffnete sich von alleine, als wir uns ihr näherten. Der Flur war völlig verwaist, ebenso das Stationszimmer, so als wären alle Ärzte und Schwestern gleichzeitig für eine Zigarettenpause vor die Tür gegangen. Jane zog mich weiter.

Das Ritual, das man vor dem Betreten der Intensivstation zu durchlaufen hatte, war immer das gleiche. Jacken wurden aufgehängt, Taschen abgelegt. Dann schlüpfte man in einen dieser grünen Kittel, die so sehr gestärkt waren, dass sie ein knitterndes Geräusch machten, wenn sie aufgeschüttelt wurden. Doch Jane strebte weiter auf das Ende des Korridors zu. Und ich folgte ihr wie in Trance.

Wir gingen den leeren, kalten Flur entlang, bis wir vor einer zweiten Tür standen, die nur von innen geöffnet werden konnte. Ich wusste das, denn ich hatte mich oft genug über die Wechselsprechanlage angemeldet und darauf gewartet, dass der Summer betätigt wurde.

Doch auch die zweite Tür öffnete sich ohne unser Zutun, und Jane trat als Erste hindurch. Auf der Schwelle blieb sie stehen, drehte sich zu mir um und streckte erneut ihre Hand aus, die ich mit einem immer stärkeren Gefühl des Schwindels ergriff.

Die Abteilung schien nur aus rechten Winkeln zu bestehen, leicht zu pflegenden Flächen, Linoleum, Plastik und Stahl. Jane war wie das manifest gewordene Chaos an diesem Ort, sie zog Unberechenbarkeit hinter sich her wie eine Wirbelschleppe, so dass die Luft zu flimmern schien. Lebendiges traf auf Lebloses, das vorgab, Lebendiges schützen zu wollen.

»Meine Mutter liegt in dem Zimmer dort hinten«, sagte ich und deutete mit dem Finger ans Ende des Flurs. Meine Stimme klang hohl und dumpf, als hätte ich die Worte in eine Milchkanne gesprochen.

Das Vierbettzimmer war vollgestellt mit Instrumenten, Monitoren und anderen blinkenden Apparaten. Ein wenig erinnerte es mich an eine Säuglingsstation, denn man konnte vom Flur durch eine große Fensterscheibe hineinschauen. Nur eins der Betten war belegt, und ich weiß noch, dass ich mich deswegen wunderte, denn bei meinem letzten Besuch war das Zimmer voll gewesen.

»Du wartest hier«, sagte Jane leise. Der Geruch nach frisch gespitzten Bleistiften und Sommerheu war überwältigend.

»Was hast du vor?«, wollte ich wissen. Mir war speiübel, als hätte meine Achterbahn einen abrupten Richtungswechsel vollzogen.

Sie lächelte, strich mir mit der Hand über die Wange und gab mir einen Kuss auf die Stirn. Dann ging sie durch die Tür.

Ich sah von außen, wie sie langsam zum Bett meiner Mutter ging. Das Einzige, was uns trennte, war diese Fensterscheibe. Ich konnte also sehr genau beobachten, was nun geschah.

Jane zog sich aus.

Ich schnappte nach Luft und schaute mich hektisch um, aber noch immer war niemand zu sehen. Niemand, der hätte einschreiten können. Jane war vollkommen ruhig. Es war, als vollzog sie mit dem Entkleiden ein Ritual, dem man mit Respekt begegnen musste. Sie stieg aus den Stiefeln, zog sich den Pullover über den Kopf, öffnete ihre Hose und entledigte sich ihrer Unterwäsche, bis sie nackt vor dem Bett meiner Mutter stand. Ich wollte etwas sagen, etwas rufen, aber ich konnte es einfach nicht. Meine Muskeln gehorchten mir nicht mehr.

Ich sah die Tätowierung auf ihrem Rücken in all ihrer Schönheit. Die beiden wundervollen Flügel, so liebevoll gestochen, die ihr hinab bis zum Gesäß reichten.

Jane drehte sich zu mir um.

Mit dem einen Arm bedeckte sie ihre Brüste, mit der anderen Hand ihre Scham. Wieder lächelte sie mich traurig an. Sie war so schüchtern und so schön, dass mein Herz zu zerreißen drohte.

Dann ließ sie die Arme sinken, straffte sich für einen Moment und beugte sich zu meiner Mutter hinab. Es schien, als flüsterte sie ihr etwas ins Ohr. Und dann tat sie etwas, was ich am allerwenigsten erwartet hatte. Jane streckte den Zeigefinger ihrer rechten Hand aus und legte ihn auf das Grübchen unterhalb der Nase meiner Mutter.

Sie holte tief Luft.

Atmete tief aus.

Ich spürte, wie die Welt in ihren Grundfesten bebte. Mir wurde so schwindlig, dass ich mich an der Wand abstützen musste. Ein überwältigendes Gefühl der Schuld drehte mir den Magen um und ließ mein Herz rasen.

Die Monitore, an die meine Mutter angeschlossen war, spielten verrückt.

Ich stürmte durch die Tür. Jane drehte sich zu mir um. »Lass uns gehen«, flüsterte sie.

Doch ich konnte mich nicht rühren. Die Zickzacklinien des Überwachungsmonitors schlugen wild aus. Blutdruck und Puls zeigten vollkommen irrsinnige Werte an, während meine Mutter noch immer reglos in ihrem Bett lag.

»Es geht ihr gut«, sagte Jane.

»Woher willst du das wissen?«, fuhr ich sie fassungslos an.

»Wenn du dich fürchtest, hoffe auf mich«, sagte Jane und zog sich mit fließenden Bewegungen wieder an.

»Was?«, fragte ich vollkommen entgeistert. »Geht's noch?

Ich will wissen, was du mit meiner Mutter gemacht hast, und du gibst mir diese scheißkryptische Antwort?«

Jane hatte es geschafft. Sie hatte es wirklich geschafft! Ich war immer stolz darauf gewesen, meine Gefühle im Griff zu haben, jede noch so anstrengende Situation zu kontrollieren, mich von nichts umwerfen zu lassen! Und jetzt merkte ich, wie ich kurz davor war, wie eine Bombe hochzugehen. Ich wollte mich von Jane losreißen, die mich an der Hand gepackt hatte, doch ihr Griff war zu fest. Sie ließ mich nicht los und zerrte mich hinter sich her.

»Hoffe auf mich!«, sagte sie ganz ruhig.

Mir gingen die Worte aus. Ich kam diesem Mädchen nicht bei. Alles, was Jane tat, schien für mich ohne Sinn und Verstand zu sein, als zimmerte sie sich die Welt so zurecht, wie es ihr gefiel. Jane bewegte sich ganz klar auf einer komplett anderen Daseinsebene und sah die Welt durch ein zersprungenes Glas. Ein verdrehtes Kaleidoskop. Oder was auch immer.

»Vertraue mir.«

»Das kann ich nicht!«, sagte ich, als ich hinter ihr her durch die automatischen Türen stolperte, die sich von alleine öffneten und schlossen. »Hast du eine Ahnung, wie du rüberkommst?«

»Rüberkommst?« Jane sah mich von der Seite wie ein weltkluges Kind an, das in seinem kurzen Leben zu viel gesehen und zu viel erlebt hatte.

»Was du für ein Bild von dir vermittelst! Klingt das besser?«, schrie ich sie an.

»Nein, aber ich ahne, worauf du hinauswillst.«

»Na, besten Dank.«

»Dafür musst du dich nicht bedanken …«

»Ach, halt doch einfach mal den Mund!«, schnitt ich ihr das Wort ab. »Schluss! Aus! Ja? Du bist ein Irrlicht. Vollkommen unberechenbar. Du tust Dinge, die kein normaler Mensch tut!«

Wir traten hinaus in den winterkalten Abend. Der frostige Wind überzog mein Gesicht mit tausend Nadelstichen. Jane hielt noch immer meine Hand umklammert. Ich spürte, wie müde und erschöpft sie war.

»Ich weiß sehr genau, was ich tue«, sagte sie leise. »Das habe ich immer.«

»Was genau ist da drinnen passiert?«, herrschte ich sie an. »Los! Sag es mir!«

»Wenn du in den Spiegel schaust, siehst du auf der Oberlippe unter der Nase ein Grübchen.«

»Ja, und?«

»Ein Arzt würde dir jetzt erklären, dass dieses Grübchen Philtrum heißt. Er würde dir sagen, dass es in der Embryonalphase entsteht, wenn die einzelnen Teile des Gesichts zusammenwachsen.«

»Aber es ist etwas anderes«, sagte ich vorsichtig.

»Ja. Es ist die Stelle, auf die ein Engel seinen Finger legt, um einem neugeborenen Menschen das Leben einzuhauchen.«

Ich starrte sie an, fassungslos.

Jane glaubte, was sie sagte! Sie war tatsächlich davon überzeugt, ein Engel zu sein. Eine Art himmlische Mary Poppins, mit bipolarer Störung. »Deine Mutter wird erwachen«, fuhr Jane ernst fort, als erwartete sie ein Ereignis von einer herausragenden und extrem schmerzhaften Notwendigkeit.

»Du hast ihr den Weg zurück gezeigt«, sagte ich.

»Sie weiß, was sie tun muss. Ja«, sagte Jane traurig. »Vincent, es tut mir so leid.«

Ich holte tief Luft und sagte gedehnt: »Okay.« Mir fehlten die Worte. Alles war eine Spur zu dick aufgetragen, zu dunkel, zu verzweifelt. Zu schwer.

Aber tief im Inneren wusste ich, dass Jane recht hatte. Die Situation war mehr als dramatisch. Und auch dessen war ich mir sicher: Im Grunde ging es gar nicht um meine Mutter. Sondern um mich. Du brauchst jemanden, der auf dich aufpasst. Das hatte Jane auf dem Friedhof gesagt. Und sie schien ihre Sache sehr ernst zu nehmen.

»Lass uns nach Hause gehen«, sagte sie. »Mir ist kalt.«

»Mir auch«, gab ich müde zu.

Jane hakte sich bei mir ein. »Halt mich ein wenig fest. Würdest du das tun?«

Ein warmes Gefühl der Zuneigung durchströmte mich. Jane mochte ein Irrlicht sein, aber sie war in der kurzen Zeit, die ich sie kannte, eine Konstante für mich geworden. Mein Leuchtturm.

Halt mich ein wenig fest, hatte sie gesagt.

Dabei hielt sie mich fest.

6

Mein Leben als Film: Es ist der frühe Montagmorgen, die Sonne geht gerade auf, der Blick fällt von oben auf die Straße vor der Schule, auf der sich Autos und Fahrräder stauen. Ein riesiges Durcheinander, das sich auf wundersame Weise selbst organisiert. Ein Bus hält an der Ecke, die Kamera wendet sich ihm zu und fliegt in dem Moment heran, als der Held aussteigt, sich umschaut, den Rucksack schultert. Alles ein wenig in Zeitlupe und unterlegt mit »Head Over Heels« von Tears for Fears, damit es auch so richtig nach *Donnie Darko* aussieht. Die Kamera heftet sich an meinen Rücken, versteckt sich sozusagen hinter mir, zeichnet meinen Gang auf, die raumgreifenden Schritte, folgt mir in die Schule, macht eine Vierteldrehung auf meine linke Seite, so dass sie mich im Profil aufnimmt, als ich Vida sehe und sie meinen Blick erwidert. Sie sieht die Veränderung, die in mir vorgegangen ist. Ich schaue wieder nach vorne, die Kamera nimmt wieder ihre alte Position ein und folgt mir weiter, ich drücke die Tür auf, betrete die Eingangshalle, links die Hausmeisterloge, rechts der kleine Raum der Schülervertretung, geradeaus der verglaste Raum der Schulbibliothek. Ich nehme die Treppe links hinauf in den ersten Stock, Unterstufenschüler laufen lachend und kreischend an mir vorbei, doch man hört dieses Lachen und Kreischen nicht, denn die Musik liefert noch immer den Soundtrack für meinen grandiosen Auftritt. Ich betrete den Biologieraum, peile die Lage, schaue mich um, während sich die Kamera wieder aus meinem Rücken löst und hinaufschwebt, um mich im Raum zu verorten. Die anderen Schüler aus meinem Kurs laufen an mir vorbei, und ich bin wie ein Fels in einem Strom, der um mich herumfließt.

O Gott! Was für eine einzige große, pathetische Scheiße! Ich zog die In-Ears aus meinen Ohren, und die Musik erstarb. Kamera aus. Ich setzte mich wieder in die letzte Reihe.

»Hi.« Vida nahm neben mir Platz. Ich zuckte zusammen.

»Hi«, erwiderte ich – und hielt inne. Der Duft nach Jasmin, der an ihr haftete! Ich hörte in meinem Kopf wieder Musik. Eine andere als zuvor. Der Zauber kehrte zurück. Gefühle, für die ich keinen Namen hatte, die aber einen Kern in mir berührten, die mich wie ein Kind das Gesicht in die Sonne recken ließen. Kein dunkles Ende, sondern lichter Aufbruch. Die Welt war schön, stellte ich ganz profan fest. Nackte Füße im feuchten Gras. Wärme auf der Haut. Und ein Gefühl von Geborgenheit, das mir die Tränen in die Augen trieb. Ich konnte nicht anders, als Vida genauer zu betrachten und ein wenig näher an sie heranzurutschen. Sie ging nicht auf Abstand.

»Du spielst gut Klavier«, sagte sie. »Ich bin beeindruckt.«

Du spielst gut Klavier. Das war ein Satz, der von mir hätte stammen können.

»Danke«, antwortete ich und räusperte mich.

»Ja?«, fragte Vida, als erwartete sie, dass ich noch etwas sagte.

»Ich glaube, ich muss mich bei dir entschuldigen.«

Sie sah mich ein wenig verständnislos an.

»Fäheše«, sagte ich. »Das war nicht gut.«

»Nein, war es nicht«, sagte Vida.

»Ich hätte mir denken können, dass Dennis keine Komplimente macht.«

»Ja, das hättest du«, sagte Vida. »Entschuldigung angenommen.«

Ich lächelte etwas verrutscht und begann meine Sachen auszupacken. Sie wendete ihren Blick nicht von mir ab, und das machte mich nervös. Was wollte sie hier hinten? Normalerweise saß sie immer ganz vorne, mindestens in der zweiten Reihe.

Es gibt Mädchen, die spielen in einer ganz anderen Liga als man selbst, was ja auch okay ist. Man kann ganz gut aus der Ferne für jemanden schwärmen. Manchmal war das auch besser so, dann war man aus der Schusslinie und lief nicht Gefahr, mit runtergelassener Hose erwischt zu werden. Irritierend wurde es erst, wenn man plötzlich wahrgenommen wurde.

»Spielst du schon lange?«, fragte sie.

»Ja, einige Zeit. Zwölf Jahre.« Mir fiel auf, dass ihre Erkältung, die sich bei meinem Kilminster-Vorspiel so deutlich gezeigt hatte, verschwunden war.

»Du solltest dir wirklich überlegen, Kilminsters Angebot anzunehmen und dem Orchester beizutreten.«

Ich hätte sie nun meinerseits fragen können, wie lange sie schon Geige spielte, was ihre Lieblingsstücke waren. Ob sie Bach lieber mochte als Mozart. Aber das tat ich nicht. Stattdessen sagte ich: »Nimmst du irgendein bestimmtes Parfüm?«

»Nein«, antwortete sie langsam, fast misstrauisch.

Ich kam mir jetzt doch ein wenig wie ein Trottel vor, aber ich konnte nicht mehr hinter meine Schamgrenze zurücktreten. »Du riechst gut.«

Vida lachte nicht. Stattdessen sah sie mich an, als müsste sie das Bild korrigieren, das sie sich von mir gemacht hatte. »Wonach?«

Ich zögerte. »Jasmin«, sagte ich.

Vida wurde blass. »Ist alles in Ordnung?«, fragte ich nervös. »Habe ich was Falsches gesagt?«

Vida antwortete nicht. Sie schien in sich hineinzuhorchen, als würde eine innere Stimme mit ihr sprechen.

»Vida?«

Sie zuckte hoch. »Nein, mach dir keine Gedanken.«

»Sicher?«, fragte ich.

»Sicher.« Vida klang jetzt genervt.

Und dann sagte sie nichts mehr. Die ganze Stunde nicht. Ich konnte ihr Unbehagen spüren, hatte aber keine Ahnung, was es hervorgerufen hatte. Als es schließlich klingelte, raffte sie hastig ihre Sachen zusammen, wünschte mir einen schönen Tag und verschwand.

***

Den Rest des Vormittags ging mir Vida aus dem Weg, als hätte ich die Beulenpest. Ich sah sie in den Pausen wieder mit dem rothaarigen Mädchen zusammenstehen. Sie unterhielten sich ernst und gar nicht mehr heiter oder gar giggelig. Die Unterhaltung stockte, als die Rothaarige mich sah. Vida hingegen schaute angestrengt auf ihr Handy, als wäre sie plötzlich in einen Chat vertieft.

Im Unterricht wusste ich, wo mein Platz war. Letzte Reihe hinten am Fenster, egal welcher Raum. Und dieses Wissen gab mir das Gefühl einer gewissen Daseinsberechtigung. Doch die Pausen waren Scheiße. Die Bänke unter den Bäumen waren besetzt, genauso wie die windgeschützten Ecken am L-Bau und dem heruntergekommenen Varielbau. Die coolen Leute, oder zumindest die, die sich dafür hielten, lungerten bei der SV herum. Die Hausmeisterbude war das Refugium der Unterstufe, denn dort wurden Chips, Süßkram, belegte Brötchen und Getränke verkauft. Ein paarmal hatte ich mich in die Bücherei gesetzt und in irgendwelchen Zeitschriften geblättert, aber die hatte ich auch irgendwann durch und über. Außerdem mochte ich ein Drinnie sein, aber ohne meine Dosis Frischluft am Vormittag wäre ich im Unterricht eingeschlafen.

Ich hatte keine Ahnung, wie Jane den Morgen verbracht hatte, vermutete aber, dass sie noch immer im Bett lag. Sie hatte sich, besonders nach der Episode im Krankenhaus, so erschöpft gefühlt, als hätte ein Vampir sie ausgesaugt. Als ich die Wohnungstür öffnete, schlug mir etwas entgegen, was nach Swans klang. Laut. Bohrend. Mit tiefen Bässen. Ich betrat das Wohnzimmer und ließ meinen Rucksack fallen. Jane, die nur einen Slip und ein schwarzes T-Shirt trug, stand auf einem Stuhl und lächelte mich an, als sie das letzte Bild einer ganzen merkwürdigen Serie an die Wand heftete.

»Hi! Wie war dein Tag!«, rief sie gegen den Lärm an.

Ich drehte Michael Gira die Lautstärke runter. Im Moment konnte ich »My Birth« nicht ertragen. »Ich sehe, du hast meine Anlage gefunden.«

»Ja!«, sagte sie voller Freude. »Warum hast du sie nicht angeschlossen?«

»In letzter Zeit war mir nicht nach Musik. Vor allem nicht nach solcher.«

Sie sprang vom Stuhl herunter und ich roch ihren Erdbeerduft. Ich betrachtete die Wände, an die teilweise sehr ramponierte Bilder von Polarlichtern gepinnt waren.

»Gefallen sie dir?« Jane hüpfte nervös von einem Fuß auf den anderen.

Ich trat näher an eines der Bilder heran. Es war der simple Farbausdruck eines grünlich schimmernden, schemenhaften Vorhangs, der die Dunkelheit einer kargen Berglandschaft durchdrang. Sie musste dieses Bild schon lange haben, es war mehrmals gefaltet worden und an den Rändern rissig. Sie hatte wie bei den anderen Bildern auch die Ecken mit Tesafilm verstärkt, damit die Reißzwecken besser hielten.

»Hast du auch so etwas?«, fragte Jane.

»Einen Sehnsuchtsort?«

Sie nickte.

»Nein, den habe ich nicht. Aber ich würde gerne die Uhr zurückdrehen.« Ich zog den Karton mit den Fotos aus der Ecke und klappte ihn auf.

Jane setzte sich im Schneidersitz auf den Boden und schaute in die Kiste. »Darf ich?«

»Klar«, sagte ich.

Jane holte einen Stapel Umschläge mit Bildern aus verschiedenen Jahren heraus und legte ihn neben sich. Schließlich griff sie nach dem braunen Umschlag und zog das Schwarzweißfoto heraus. Sie betrachtete es kurz und legte es mit dem Gesicht nach unten neben den Stapel der anderen Bilder, auf den sie nun deutete. »Zeig mir die Fotos, die dir wichtig sind. Und erzähl mir bitte nichts zu ihnen«, sagte sie.

»Okay«, sagte ich überrascht. Jane machte eine auffordernde Geste, und ich begann, einige Bilder herauszusuchen. Es waren Aufnahmen aus unterschiedlichen Zeiten. Keine Geburtstagsbilder oder Einschulungsfotos. Sie zeigten eher ein kleines Glück: mit fünf Jahren eingehüllt in ein Badetuch unter einem schattenspendenden Baum, auf den Knien eine Schale Erdbeeren.

Mein quasi suizidaler Hamster Ludwig, der die irritierende Angewohnheit hatte, immer wieder Vorhänge hinaufzuklettern, nur um sich dann von oben in die Tiefe zu stürzen.

Meine Eltern eng umschlungen tanzend, während ich, den Kopf auf meine Arme gelegt, an einem Tisch sitzend schlafe.

»Stopp«, sagte Jane, als hätte sie mitgezählt. Sie begann die Fotos vor sich auszubreiten und ging dabei scheinbar sehr überlegt vor. Als legte sie eine Patience. Zum Schluss deckte sie das Schwarzweißbild auf und legte es dazu. In die Mitte. Mein Herz schlug schneller.

»Siehst du es?«, fragte mich Jane.

»Ich sehe etwas«, gab ich zu.

»Ein Muster, das dich beunruhigt«, sagte sie.

Ich nickte. »Ja, aber ich kann es nicht genau erkennen.«

Jane presste die Lippen aufeinander, als wüsste sie etwas, das sie nicht preisgeben durfte. Sie legte die Bilder zusammen, steckte das Bild meines Vaters aber nicht in das Kuvert zurück. »Möchtest du es vielleicht an einem anderen Ort aufbewahren?«

Ich stand auf, ging zu einer anderen Kiste und holte einen

passenden Bilderrahmen heraus. Dann schob ich das Foto hinein und stellte es auf den Tisch.

Jane nickte und lächelte, als wollte sie sagen: Gut gemacht.

»Sag mal«, fragte ich unvermittelt und setzte mich auf die Couch. »Rieche ich eigentlich nach irgendwas? Habe ich einen bestimmten Duft an mir?«

Jane drehte sich zu mir um. Sie schüttelte den Kopf. »Da ist nichts, nada. Tut mir leid.«

»Nicht vielleicht ein Hauch von Jasmin?«, fragte ich vorsichtig.

Jane sah mich erstaunt an. »Nein. Obwohl es ein entzückender Duft ist. Auch bei einem Mann.«

»Du riechst nach Zimt oder Erdbeeren, je nachdem, in welcher Stimmung du bist. Zimt ist es, wenn du müde und erschöpft bist. Erdbeeren, wenn du wach und lebendig bist.«

Jane setzte sich zu mir, legte ihre Hand in meine und lehnte ihren Kopf an meine Schulter. Sie roch wie ein Sommertag. Ich hatte einen Knoten im Hals. Jane spürte, wie ich mich versteifte, und sah zu mir auf. »Machst du dir Gedanken?«

»Ja, natürlich tue ich das!«

»Du hast Angst, dass ich wie deine Mutter sein könnte«, stellte sie fest.

»Ich habe Angst, dass du etwas tun könntest, was dir schadet«, formulierte ich umständlich. Himmel, sie trug auf ihrer Jacke den Schriftzug »Suicide«! Musste ich da noch mehr sagen?

»Du musst dir um mich keine Gedanken machen. Du bist nicht für mich verantwortlich«, sagte sie fest und sehr präsent.

Ich lächelte bitter. »Na ja. Immerhin habe ich dich aus einer Gruft geholt, und da hast du alles andere als ausgeglichen auf mich gewirkt.«

»Wie ich bereits sagte: Ich habe auf dich gewartet. Und das konnte ich nur an einem Ort, den du kanntest. Du hättest mich sonst nicht gefunden.«

»Ich verstehe nicht, was du meinst«, antwortete ich verwirrt.

»Du musstest dich mir zuwenden, Vincent. Mich annehmen. Ich muss ein Teil deines Lebens werden, damit ich gehen kann.«

Ich hätte das alles jetzt als kryptischen Humbug abtun können, esoterischen Mumpitz, gefühliges Geschwafel. Aber das konnte ich nicht. Zwischen Jane und mir gab es ein Band, das sich nicht erklären ließ. Wir waren wie ein Geschwisterpaar, bei der Geburt getrennt, das durch einen glücklichen Zufall zueinandergefunden hatte und nun ohne große Worte in einem tröstlichen Gleichklang miteinander sprach.

»Ich weiß, dass du mich liebst, obwohl ich für dich anstrengend bin«, sagte Jane, als hätte sie meine Gedanken gelesen. »Weil ich der Teil deines Lebens bin, den du noch nicht zulässt.«

»Und du?«

»Ich?«

»Ja. Was bin ich für dich?«

»Die Frage wirst du dir selbst beantworten können, wenn es so weit ist«, sagte Jane. »Aber ohne deine Liebe werde ich aufhören zu existieren, Vincent.«

»Was meinst du damit?« fragte ich erschrocken »Willst du dich dann umbringen?«

Jane seufzte: »Bitte, lass uns über was anderes reden, ja?«

»Nein! Du hast damit angefangen. Ich will wissen, was du damit meinst! Ich trage schon die Verantwortung für meine Mutter, und jetzt kommst du mir mit so einem Scheiß?«

»Vincent, vergiss einfach, was ich gesagt habe«, antwortete Jane müde.

Sie wollte sich von mir abwenden, aber ich hielt sie an den Schultern fest, die viel zu schmal und zerbrechlich waren. »So einfach kommst du mir nicht davon.«

Tränen liefen über Janes Gesicht. »Ich habe Angst, dass meine Kraft nicht ausreicht, um dich zu retten. Ich bin nur so stark, wie du es zulässt.«

»Warum machst du es nicht so wie bei meiner Mutter?«, fragte ich bissig.

»Wie meinst du das?«, fragte sie mich.

»Na, warum legst du nicht einfach deinen Finger auf meine Lippen. Machst dieses Wiederbelebungsding.«

»Weil es bei dir nicht funktionieren wird«, sagte sie mit leiser Stimme.

»Weil ich schon zu tot bin?«

»Vincent, darf ich dir einen Rat geben?«

»Na?«, fragte ich misstrauisch.

»Du musst hier raus. Und damit meine ich jetzt nicht diese Wohnung. Ich meine dieses Leben.«

»Ein guter Rat«, sagte ich grimmig. »Ich werde ihn mir zu Herzen nehmen, wenn sich die Umstände ändern.«

»Aber die Umstände ändern sich nicht von allein«, sagte Jane. »Lass dich auf Vida ein.«

»Woher weißt du von ihr?«, fragte ich erschrocken.

»Du hast mir erzählt, was geschehen ist?«, sagte sie, als müsste sie mir auf die Sprünge helfen. »Von diesem Dennis, und wie Vida deinen Arsch gerettet hat?«

»Habe ich das?«, fragte ich unsicher. Ich konnte mich nicht dran erinnern.

»Hast du«, beruhigte mich Jane. »Geh zur Probe. Mach in diesem Orchester mit, auch wenn dort nur diese sentimentale Scheiße gespielt wird.«

Ich machte ein Würgegeräusch. »Darauf habe ich überhaupt keine Lust.«

»Aber auf Vida«, entgegnete Jane. »Und dieser Kilminster scheint auch nicht so verkehrt zu sein. Du solltest diesem Laden eine Chance geben und nicht so tun, als wärst du nur auf der Durchreise. Wann ist die nächste Probe?«

»Morgen«, brummte ich.

Jane strahlte über das ganze Gesicht, nahm mein Gesicht in beide Hände und gab mir einen Kuss. Er kam so unerwartet, dass ich überrascht die Augen aufriss und nach Atem rang.

»Alles gut?«, flüsterte Jane, als sich unsere Lippen lösten.

Ich schluckte und nickte, obwohl es das überhaupt nicht war. Meine Gefühle tanzten wie ein Boot, das plötzlich in stürmischer See hin und her geworfen wurde. Ich musste mich festhalten. Es war, als hätte ich meine Schwester geküsst. Die Vertrautheit und Nähe, die Verbindung zwischen uns, strahlte auf einmal in einem besonderen Licht. Ich fühlte mich warm und angenommen von einem Menschen, der ganz anders als ich tickte, mein Komplementär war.

Jane errötete. Sie schien genau zu wissen, was mir gerade

durch den Kopf ging. Sie gab mir noch einen Kuss, aber diesmal auf die Wange. »Wirst du hingehen?«

Ich nickte. »Ja. Das werde ich tun.«

»Gut«, sagte sie erleichtert.

7

Die Orchesterprobe fand um halb vier statt und sollte zwei Stunden dauern. Meine Haltung zu dem ganzen Unternehmen war nach wie vor zwiespältig. Ich hatte keine Lust, mich ernsthaft mit dieser Schule auseinanderzusetzen. Für mich war sie eine Zwischenstation, ein notwendiges Übel. Ich sah mich auf der Durchreise, mit einem temporären Halt auf freier Strecke – auch wenn ich zu Hause erst mal alle Kisten ausgepackt hatte. Aber das hatte ja nichts zu bedeuten.

Andererseits war da Vida. Ich wusste, dass uns Herr Kilminster als das größte musikalische Traumduo seit Cindy und Bert sah. Und das wollte ich mir zunutze machen. Ich wollte mit ihr reden. Ich wollte wissen, womit ich sie so geschockt hatte. Denn je mehr ich über die Situation nachdachte, desto mehr verwirrte mich der Eindruck, den Vida an diesem Tag auf mich gemacht hatte. Jeder in unserer Klasse stand auf sie. Aber niemand hatte die Eier in der Hose, sie auch anzusprechen. So viel bekam ich aus der letzten Reihe immerhin mit. Offensichtlich wirkte die Mischung aus klischeefreier Schönheit und selbstbewusster Eigenständigkeit auf manche ein wenig toxisch. So, als würde Vida sich eine bestimmte Klientel vom Hals halten wollen, auch wenn das alles etwas nach Arroganz riechen mochte. Ich wusste nicht, warum, aber ich war mir sicher, dass sie nicht auf diesem

Ticket fuhr. Welches es stattdessen war, wollte ich unbedingt herausfinden.

Es hatte den ganzen Tag geregnet. Jetzt, um Viertel nach drei, wurde es bereits dunkel, als ich die vier Stufen des L-Baus hinaufschritt, eine einstöckige Waschbetonmonstrosität aus den sechziger Jahren. Warum das Gebäude L-Bau hieß, war unklar, denn sein Grundriss war quadratisch. Vier Klassenräume waren um eine Eingangshalle angeordnet, deren trübe Oberlichter um diese Zeit wie blinde Taucherglocken aussahen. Ging man die Treppe hinunter, kam man zu den Kunst- und Werkräumen, die aber um diese Zeit verlassen waren.

Ich betrat Raum 3, den Hauptmusikraum, in dem die Proben stattfanden. Die Tische waren schon beiseite gestellt worden, und die Hälfte des Orchesters packte ihre Instrumente aus. Ich war überrascht, wie jung die meisten Mitglieder waren. Viele kamen aus der Mittelstufe, nur wenige aus meinem Jahrgang oder höher. Mehr Mädchen als Jungs. Einige standen kichernd in kleinen Gruppen zusammen, andere sortierten ihre Noten.

Vida war noch nicht da.

Herr Kilminster blickte auf und lächelte, als er mich sah. »Schön, dass du gekommen bist, Vincent.« Er streckte mir die Hand entgegen.

»Wo soll ich mich hinsetzen?«, fragte ich.

Mit einer raumgreifenden Geste wies er auf den Flügel. »Wir üben gerade für das Weihnachtskonzert am 14. Dezember.«

Das war knapp. Wenn er was Anständiges auf die Beine stellen wollte, musste das Orchester ziemlich gut sein. Kilminster holte aus seinem Pilotenkoffer eine Mappe mit Noten, die er mir reichte. Mein Name stand in kleinen, krakeligen Buchstaben rechts oben in der Ecke.

»Oh«, machte ich. »Sie waren sich ziemlich sicher, dass ich aufkreuzen würde.«

»Ich habe mit mir eine kleine Wette abgeschlossen, ja«, sagte er.

Ich schlug die Mappe auf und blätterte durch die Prospekthüllen.

»Kriegst du das hin, oder ist das unter deiner Würde?«, fragte er mich.

»Alles gut«, sagte ich.

»Fein«, antwortete er und gab mir einen Klaps auf die Schulter.

Ich zog meine Jacke aus, stellte die Tasche ab und setzte mich an den Flügel. Die letzten Orchestermitglieder kamen und nahmen geräuschvoll schurrend auf ihren Stühlen Platz. Vida war nicht dabei. Herr Kilminster klatschte in die Hände.

»Seid ihr so weit?«, rief er.

»Immer, Chef«, sagte ein Junge, der sein Visor Beanie von Supremebeing über beide Ohren gezogen hatte. Er sah eher nach Haftbefehl aus als nach Gruber/Mohr.

»Timo mit der dicken Lippe«, sagte Kilminster. »Trompete gut geölt?«

Timo setzte sein Horn an und spielte die Titelmusik von *Children of Sanchez*. Nicht unbedingt wie Chuck Mangione, aber sauber phrasiert und sicher intoniert.

»Angeber«, brummte Kilminster grinsend.

»Jo. Und wer ist er da?«, sagte er und nickte in meine Richtung.

Kilminster warf einen kurzen Blick über die Schulter, als würde er noch auf jemanden warten. »Unser neuer Pianist«, sagte er. »Vincent Amos.«

»Kann der denn auch was?«, fragte Timo.

»Sonst wäre er nicht hier«, sagte Herr Kilminster, der mit den Gedanken nicht ganz bei der Sache zu sein schien. Er warf noch einmal einen Blick über die Schulter und wollte schon fortfahren, als die Tür aufgerissen wurde.

»Entschuldigung, wenn ich zu spät bin«, keuchte Vida und wickelte den Schal ab, während sie ihren Geigenkoffer abstellte. »Mir ist der Bus vor der Nase weggefahren.«

»Ja, so geht das manchmal«, sagte Kilminster auf einmal sehr vergnügt. Mein Herz setzte zwei Schläge aus.

Vida legte ihren Mantel auf einen Tisch und wollte sich setzen, als Kilminster die Hand hob.

»Ah, warte mal einen Moment.«

»Ja?«, fragte Vida.

»Wir haben unseren Pianisten«, sagte Kilminster.

Vida, mit ihrem Hintern auf dem halben Weg zur Sitzfläche ihres Stuhls, hielt in der Bewegung inne. Unsere Blicke trafen sich.

»Oh«, sagte sie nur und richtete sich langsam auf.

Ich freue mich auch, dich zu sehen, dachte ich.

Kilminster hielt irritiert inne, hob beide Augenbrauen, sah von ihr zu mir und wieder zurück.

»Zu deiner Frage, Timo, ob der da auch was kann: Du wirst es gleich sehen. Beziehungsweise hören.«

Würde er das?, fragte ich mich unbehaglich.

Kilminster nahm an Vida Maß, baute neben dem Klavier einen Notenständer auf und gab ihr eine Partitur.

»Was ist das?«, fragte sie.

»Brahms, zweite Violinsonate«, sagte Kilminster und gab mir das gleiche graue Heft.

»Hohoho«, machte Timo nur, und ich hätte am liebsten eingestimmt. »Machen wir heute einen auf dicke Hose?«

Kilminster sah mich fragend an. Ich blies die Backen auf. Ja, man konnte Brahms spielen, musste es aber nicht. Ich fragte mich, wen er mit dieser Nummer beeindrucken wollte. Vielleicht wollte er uns testen. Oder das Beste aus uns herausholen. Aber Kilminster war nicht boshaft. Ich wusste, dass ich die zweite Violinsonate beherrschte. Auf dem Klavier und auf der Geige. Aber ich wusste nicht, was sie mit mir machen würde. Ich war neugierig, also nickte ich.

»Was ist mit dir?«, fragte er Vida.

»Ich muss meine Geige erst stimmen«, sagte sie. »Es ist kalt draußen.«

Alle anderen Schüler waren nun sehr gespannt. Ich auch. Vida war in der Defensive. Und das behagte ihr offensichtlich gar nicht. Ich konnte sehen, wie sie die Lippen zusammenpresste.

Ich gab ihr den Kammerton und wartete, bis sie alle Saiten gestimmt hatte. Sie drehte an den Feinstimmern und strich noch einige Male mit dem Bogen über die Saiten, um warm zu werden. Dann nickte sie.

Vida spielte anfangs ziemlich mechanisch, beinahe lustlos. Also versuchte ich diese Lustlosigkeit ein wenig auszugleichen. Nicht zu sentimental, aber auch nicht absichtslos.

Ich forderte sie heraus.

Und sie ließ sich auf mich ein. Wir sprachen miteinander

ohne Worte. Es waren reine Gefühle, die aufeinandertrafen, sich gegenseitig verstärkten, sich umtanzten.

Als der letzte Ton verhallte, war es still. Ganz still. Vida sah mich kurz an, wandte dann aber den Blick ab, als wäre die Verbindung, die sich während des Spiels zwischen uns aufgebaut hatte, zu viel für sie.

Timo zog die Mütze vom Kopf und klatschte. Erst langsam und dann immer schneller. Die anderen erwachten jetzt auch und stimmten mit ein. Kilminster grinste, als wäre eine komplizierte Gleichung mit mehreren Unbekannten ziemlich geschmeidig aufgegangen.

»Beantwortet das deine Frage?« Kilminster sah Timo an.

»Komplett und unbedingt.« Er verzog anerkennend den Mund und setzte seine Mütze wieder auf.

»Okay, Leute«, sagte Kilminster und klatschte in die Hände. »Zeit für ›In excelsis‹. Einen Durchlauf auf die Schnelle, damit wir sehen, wo wir stehen.«

Ich stellte die Noten für das Weihnachtskonzert vor die Brahms-Partitur, während Vida sich auf ihren Platz vorne im Orchester setzte. Kilminster schaute mich fragend an, ob alles klar sei, und ich nickte. Vida wirkte noch immer ein wenig blass um die Nase, aber sie schien ebenfalls bei der Sache zu sein.

Kilminster gab den Takt vor, und wir legten los.

***

Die Probe verlief erstaunlich gut. Kilminster hatte nicht gelogen. Die Mitglieder des Orchesters konnten tatsächlich spielen.

»Okay«, rief er. »Bis Donnerstag. Selbe Stelle, selbe Welle. Sara?«

Ein Mittelstufenmädchen, das Bratsche spielte, drehte sich zu ihm um. »Ja?«, sagte sie und rückte ihre große Pudelmütze zurecht.

»Hast du noch fünf Minuten? Nichts Schlimmes, ich wollte mit dir nur noch mal über deine Grifftechnik sprechen.«

Sara machte einen etwas verzagten Eindruck, ergab sich aber dann doch ihrem Schicksal und setzte die Mütze wieder ab.

Ganz kurz überlegte ich, ob ich Vida abpassen sollte, ließ es aber bleiben. Für diesen Tag hatte mir unser Austausch gereicht. Ich war müde und wollte nur noch nach Hause. Also packte ich meine Tasche und wandte mich zum Gehen.

»Vincent, trägst du dich bitte noch in die Liste ein?«, rief Kilminster.

»Welche Liste?«, fragte ich.

»Die Teilnehmerliste. Name, Adresse, E-Mail und Telefon. Liegt auf dem Tisch dahinten neben meiner Tasche.«

Ich fand die Mappe und trug mich als Letzter auf der Liste ein. Dann stutzte ich. Vida Rostami stand an dritter Stelle. Wenn ich ein Stalker gewesen wäre, hätte jetzt mein kleines schwarzes Herz schneller geschlagen. Aber ich war kein Stalker. Stimmte doch, oder? Trotzdem, dachte ich. Es konnte ja nichts schaden. Und Wissen war bekanntlich Macht. Wenn ich mir jetzt alles aufschrieb, war es so, als würde ich ein Stück von ihr mit zu mir nach Hause nehmen. Eine Verbindung herstellen.

Gott, ich bin pervers, dachte ich, als ich ihre E-Mail-Adresse und Handynummer abschrieb. Die Adresse kritzelte ich nicht auf den Zettel, den ich in meine Hosentasche steckte. So weit wollte ich dann doch nicht gehen.

Ich verabschiedete mich und ging hinaus. Wenn ich mich beeilte, würde ich meinen Bus noch erwischen.

Doch entweder war ich nicht schnell genug, oder der Bus fuhr zu früh. Jedenfalls sah ich nur noch seine Rücklichter, die sich im fließenden Feierabendverkehr verloren.

Ich setzte mich unter das Dach des Wartehäuschens, das von einer Reklamewand diffus beleuchtet wurde, und lehnte mich mit geschlossenen Augen an die Plexiglaswand.

»Kann ich dich mal kurz sprechen?«

Vida stand vor mir. Sie hatte mich bestimmt gerade beobachtet und würde mich jetzt zur Rede stellen.

»Ja, gut, klar«, stammelte ich.

»Oder hast du es eilig?«, fragte sie eine Spur zu hastig.

Ich schüttelte den Kopf. »Nein, ich habe gerade den Bus verpasst.«

»Gehen wir ein paar Schritte.«

»Klar.«

An den hinteren Teil der Schule grenzte ein kleiner Park mit alten Buchen und einem Spielplatz, der um diese Zeit verwaist war. Vida setzte sich auf eine Tischtennisplatte, rückte ihre Mütze zurecht und ließ die Beine baumeln. Ich blieb vor ihr stehen, die Hände in meinen Jackentaschen vergraben. Ein Flugzeug flog über uns durch die Nacht. Vida holte tief Luft.

»Ich hatte eine Großmutter, eine weise Frau, die noch als Kind auf dem Feld gearbeitet hat und keine Schule besuchte. Aber sie wusste mehr vom Leben als jeder andere Mensch. Damals, in den frühen Siebzigern, war im Iran noch der Schah an der Macht. Die Zeit war gefährlich für die Familie meiner Großmutter. Sie gehörte den Bahai an.«

»Du bist keine Türkin?«, fragte ich überrascht.

»Wie kommst du denn darauf?«

»Na ja, wegen Fāheše«, sagte ich.

»Die Bezeichnung für Nutte ist auf Türkisch und Farsi gleich. Dennis ist da ziemlich polyglott aufgestellt«, sagte Vida grimmig. »Mein Großvater hatte eine Anstellung als Lagerarbeiter. Schichtdienst. Akkord. Er sah nicht viel von seiner Familie. Aber er legte sehr viel Wert darauf, dass seine Kinder eine anständige Ausbildung bekamen, auch die Töchter, darunter meine Mutter. Sie wurde in Tus geboren, ganz in der Nähe von Maschhad. Unsere Familie ist sehr stolz, da sie sich in der direkten Nachkommenschaft Abu l-Qāsims sieht.«

Ich sah sie ratlos an.

»Firdausi?«, fragte sie. »Er hat das Buch der Könige verfasst, das persische Nationalepos.«

»Sorry, sagt mir nichts«, gab ich hilflos zu.

Vida seufzte und winkte ab, als sei das im Moment nicht wichtig.

»Wie gesagt: Unsere Familie ist sehr stolz. Und die Frauen bei der Wahl ihrer Männer sehr anspruchsvoll. Als mein Großvater starb, brach der Verlust meiner Großmutter fast das Herz, denn er war ihre große Liebe. Gemeinsam waren sie wie eine Person, ein Mensch. Immer wieder erzählte sie, wie sie ihren Navid kennengelernt hat.« Vidas Stimme wurde leiser. »Es war auf einer Feier. Er war der beste Freund ihres ältesten Bruders. Und Navid muss der Blitz getroffen haben, denn er wich den ganzen Abend nicht von ihrer Seite. Er konnte wunderbar auf der Tar spielen, einer Laute, und er spielte nur für sie. Voller Gefühl und Herz. Es war so auffällig gewesen, dass alle schon zu tuscheln begonnen hatten, weil es sehr unschicklich war, denn eigentlich war sie schon verlobt. Aber ihr Bruder, mein Großonkel, stand ihr zur Seite und nahm sie in Schutz.«

Vida sah mich jetzt an und schien nach den richtigen Worten zu suchen. »In unserer Familie gibt es eine Legende. Oder einen Mythos. Nenn es, wie du willst. Diese Legende sagt, dass sich zwei Menschen, die zusammengehören, blind erkennen. Ohne Worte. Eine Blume spielt dabei eine Rolle. Du ahnst, welche?«

»Jasmin«, sagte ich und konnte nicht anders: Mir lief ein Schauer über den Rücken.

Vida nickte. »Nur wenn es echte Liebe ist, die in ihm wächst, riecht der Mann diese Blume. Navid hat sie sein ganzes Leben lang an meiner Großmutter gerochen, obwohl sie nie ein Parfüm benutzt hat. Und jetzt riechst du sie an mir!« Ihre Stimme klang regelrecht verzweifelt. »Kannst du mir das erklären?«

»Nein, kann ich nicht. Ich wusste bis eben ja gar nichts davon«, sagte ich.

»Vincent, du bist ein lieber Kerl! Du hast ein Herz aus Gold, dessen bin ich mir sicher«, sagte Vida. »Aber versteh mich nicht falsch, du bist überhaupt nicht mein Typ.«

Diese Worte holten mich augenblicklich auf den Boden der Realität zurück. Ich sackte ein klein wenig in mir zusammen.

»Hast du dich in mich verliebt?«, fragte sie mich.

»Weiß ich nicht«, sagte ich zögernd.

»Bitte sei ehrlich!«

Ich konnte ihr wirklich keine klare Antwort darauf geben,

weil ich verdammt nochmal nicht wusste, wie es sich anfühlte, verliebt zu sein. Und bis zu diesem Augenblick hatte diese Frage in meinem Leben auch keine Rolle gespielt.

»Funktioniert das auch umgekehrt?«, wollte ich wissen.

»Bitte?«, fragte Vida verwirrt.

»Hat deine Großmutter auch etwas gerochen? An deinem Großvater?«

»Ja«, antwortete sie. »Ja, das hat sie in der Tat.«

»Und nach was? War es auch eine Blume?«

»Flieder.«

Ich nahm meinen ganzen Mut zusammen. »Wie ist es bei mir? Riechst du da auch Flieder?«

Ein kurzes Zögern. »Nein, gar nichts. Du hast keinen eigenen Geruch.« Das war schlicht gelogen. Ich hatte es sofort gespürt, als sie die zwei Sätze ausgesprochen hatte. Ich roch Jasmin und sie Flieder.

»Aha«, sagte ich.

»Weißt du, ich bin nicht im Entferntesten romantisch veranlagt. Ich weiß, wie ich auf Jungs wirke. Und die sind eher plump in ihrer Anmache. Aber ich glaube an die Geschichte, die mir meine Großmutter erzählt hat. Denn sie trifft auf alle ihre Töchter zu.«

»Deine Mutter auch?«

»Ja, natürlich.«

Ich zögerte. »Was würdest du tun, wenn ich deinen Geruch sozusagen erwidern würde?«

»Stell mir doch nicht so eine Frage!«, stöhnte sie und rieb sich mit beiden Händen ihr Gesicht, als wäre sie müde und könnte sich nur mühsam wach halten.

»Du klingst, als wäre das keine besonders erstrebenswerte Aussicht für dich.«

Vida sah mich an, als hätte ich ihr jetzt den Rest gegeben. »Du machst mich echt fertig, weißt du das? Erstrebenswerte Aussicht! O Mann! Redest du immer so?«

Ich wusste darauf keine Antwort, versuchte mich aber an einem Lächeln, von dem ich nicht wusste, ob es mir gelang.

Vida holte ihr Smartphone aus der Jackentasche und warf einen Blick auf das Display. »Es ist spät. Vielleicht sollten wir das hier vertagen. Ich muss mich erst einmal sortieren.« Sie rutschte von der Tischtennisplatte. »Wir sehen uns morgen.«

»In der Schule. Ja. Wir sind im selben Jahrgang, da wird sich das nicht vermeiden lassen.«

»Übst du dich hier gerade in Sarkasmus?«

Ich zuckte mit den Schultern.

»Pass auf, mit wem du dich da anlegst. In der Disziplin bin ich besser als du.« Sie sah mich kurz an, lächelte und ging dann, ohne sich noch einmal umzudrehen.

Ich rutschte auf die Tischtennisplatte, wo Vida kurz zuvor gesessen hatte. Der Platz war noch warm. Was hatte sie gesagt? Eigentlich sei ich überhaupt nicht ihr Typ? Eigentlich? Also, im engeren Sinne? Aha, und im weiteren? Natürlich war ich in sie verknallt, aber wer, bitte schön, gibt das so schnell aus der Hüfte geschossen zu? Ich jedenfalls nicht. Ich wollte lieber zwischen den Zeilen lesen. Nach hoffnungsgebenden Worten suchen, an denen sich mein verzagtes Herz klammern konnte.

Und das, meine sehr verehrten Damen und Herren, war keine kluge Strategie.

8

Es gibt diese Vorfreude, die man hat, wenn man nach der Schule abends heimkommt. Man öffnet den Kühlschrank, holt die Frischhaltebox hervor, schneidet sich zwei Brötchen auf, belegt sie mit Wurst und Käse, am besten mit beidem gleichzeitig, gibt einen Schlag Remoulade dazu und öffnet sich eine kalte Cola. Eine Gurke dazu. Tomaten. Fertig. Und ab an den Rechner. Schauen, was es Neues gibt. Oder was spielen. Da meine Kiste ziemlich alt war und ich auch kein Geld für neue Games hatte, zockte ich *Minecraft*, purer Lego-Eskapismus: Wenn die Welt draußen einem zu oft in den Arsch beißt, bastelt man sich halt selber eine. Die beißt einen höchstens im Survival-Modus.

Über meinen PC kam ich auch an meine Musik. Für Streaming-Dienste wie Spotify hatte ich kein Geld, aber YouTube und SoundCloud waren auch okay. Eigene Playlist gebastelt, und schon konnte ich zu Warpaint an meiner kleinen Mittelerde schrauben. Meditation. Ruhe. Kein Wham-Bam-Thank-You-Ma'am. Kein Schleichen und Massakrieren. Häuser bauen, Felder bestellen und ein wenig nach Erzen schürfen. Mehr brauchte ich nicht. Manchmal schaute ich auch Let's Plays von Spielen, die ich mir nicht leisten konnte. Aber am Ende blieb ich doch bei *Gronkh* hängen, weil mir alle anderen zu doof waren.

Wie gesagt: Stulle, Cola, Zocken – das war mein Plan. Diese Vorfreude auf einen entspannten Abend löste sich in jenem Moment auf, als ich der gähnenden Leere des Kühlschranks gegenübertrat.

»Jane!«

Ein schwarzer Haarschopf schaute vorsichtig zur Küche herein.

»Ja?«, fragte sie schuldbewusst.

Ich öffnete die Kühlschranktür so weit, dass sie hineinschauen konnte.

»Was? Ist? Das?«

»Kennst du Werwölfe?«, fragte Jane vorsichtig.

»Nicht persönlich«, sagte ich und schloss übellaunig die Tür. »Aber ich habe von ihnen gelesen.«

»Wenn ich manisch bin, werde ich zum Werschwein. Dann fresse ich alles auf, was ich finde«, gab Jane kleinlaut zu.

»Das ist nicht dein Ernst!« Ich öffnete die Küchenschränke. Keine Konserven. Keine Nudeln, kein Reis. Nada.

Jane hob zum Pfadfinderschwur die Hand. »Mein zutiefst empfundener!«

»Ich bin pleite!«, sagte ich hilflos. »Dein Besuch im Supermarkt hat so ziemlich alle meine finanziellen Reserven aufgebraucht.«

»Ach, Geld sollte eigentlich nicht das Problem sein«, sagte Jane leichthin.

»Es freut mich, dass du solch eine heitere Sicht auf diesen Aspekt des Lebens hast«, fuhr ich sie wütend an. »Ich versuche mühsam, meine paar Kröten zusammenzuhalten. Und du fällst ziemlich egoistisch über meine Vorräte her!«

»Alles, was du mir gibst, kommt dir zugute«, sagte Jane.

»Ist das auch so ein Bibelspruch?«, sagte ich fassungslos.

»Nein, der ist von mir«, antwortete Jane unbeeindruckt. »Hör zu, ich weiß, wo wir im Prinzip alles umsonst bekommen können. Vorausgesetzt, du bist sportlich genug.«

»Ich bin nicht sportlich«, sagte ich schmallippig.

»Das befürchte ich auch«, sagte Jane. »Aber wir sollten es drauf ankommen lassen. Hast du noch einen zweiten Rucksack?«

»Auf meinem Kleiderschrank, in meinem Zimmer. Was hast du vor?«

»Kommt, wir wollen uns begeben jetzo ins Schlaraffenland«, rezitierte Jane.

»Seht, da ist ein lustig Leben und das Trauern unbekannt«, fuhr ich fort und spürte, wie meine Wut sich verabschiedete.

Jane grinste mich an.

»Das kenne ich«, sagte ich. »Das musste ich mal für die Grundschule auswendig lernen.«

»Bildungsbürgerarsch«, sagte Jane und warf mir den Rucksack zu. »Los jetzt.«

***

Zitat Wikipedia: **Containern**, auch **Mülltauchen** oder **Dumpster Diving** genannt, bezeichnet die Mitnahme weggeworfener Lebensmittel aus Abfallcontainern.

Das Containern erfolgt in der Regel bei Abfallbehältern von Supermärkten, aber auch bei Fabriken. Die Lebensmittel werden meist wegen abgelaufener Mindesthaltbarkeitsdaten, Druck- und Gammelstellen oder als Überschuss weggeworfen. Viele dieser

Lebensmittel sind jedoch ohne wesentliche Geschmacks- und Qualitätseinbußen und ohne erhöhtes gesundheitliches Risiko eine gewisse Zeit genießbar.

Was Jane vorhatte, war somit klar. Sie wollte beim Supermarkt, der ein paar Straßen weiter eine Filiale hatte, über das Tor klettern und schauen, was dort alles an kulinarischen Kostbarkeiten weggeworfen wurde. Im Prinzip war es Einbruch oder mindestens Hausfriedensbruch in Tateinheit mit Diebstahl, das konnte man sich auch durch ein besonderes ökologisches oder politisches Bewusstsein nicht schönreden. Außerdem erreichte es für mich eine neue Qualität des eigenen sozialen Niedergangs, dass ich jetzt schon in Mülleimern auf die Suche nach Essbarem ging.

»Vincent, mein Lieber, es hat nichts mit Armut oder asozialem Verhalten zu tun, wenn man nach Lebensmitteln wühlt, deren Mindesthaltbarkeitsdatum um einen Tag überschritten ist«, sagte Jane, als sie umständlich über das Tor kletterte, hinter dem sich die rückwärtige Seite des Supermarktes befand, wo neben der Anlieferungsrampe die halbgeöffneten, überquellenden Müllcontainer standen. Es war ein XXL-Center, keine kleine Klitsche. Der nun leere Kundenparkplatz war in das gleißende Licht mehrerer Straßenlaternen getaucht. Nur der Bereich der Anlieferungsrampe, wo die Müllbehälter aufgereiht waren, lag im Schatten.

Ich sah keine Möglichkeit, mich an den Gitterstangen des verriegelten Tores hochzuziehen. In meinem ganzen Leben habe ich noch keinen Klimmzug geschafft. Also nahm ich den Maschendrahtzaun, bohrte meine breiten Füße in die engen

Rauten und kletterte umständlich hinauf. Oben angekommen, ließ ich mich vornüberkippen, wobei sich mein Rucksack in einem vorstehenden Draht verfing. Schlüsselbund, Pfefferminzbonbons und diverser Kleinkrams fielen auf den dreckigen Boden. Jane half mir und fing mich auf, als mich die Kraft in den Armen verließ.

»Hast du die Taschenlampe?«, flüsterte sie.

Ich pflückte meinen Rucksack vom Zaun und holte eine kleine LED-Leuchte aus der Hosentasche. »Hier«, sagte ich.

Jane drückte den Knopf und ließ den bläulichen Lichtstrahl über den nassen Asphalt wandern. »Voilà«, sagte sie, als sie den verbogenen Deckel des ersten Containers anhob. Ich riss die Augen auf und stieß einen leisen Pfiff aus. Was ich sah, war so unglaublich, dass es mir die Sprache verschlug.

Da waren ein Dutzend Pakete Brot, mehrere Beutel mit Kartoffeln und eine ganze Kiste mit nahezu perfekten Gurken.

»Keine Bioware, aber immerhin«, sagte Jane.

»Immerhin, in der Tat«, pflichtete ich ihr bei.

Der nächste Container. Käse. Quark. Joghurt. Milch.

»Das reicht aus, um eine sechsköpfige Familie einen ganzen Monat durchzubringen!«, sagte ich fassungslos.

»Und das ist der Müll eines einzigen Tages!«, sagte Jane. »Morgen Abend sind die geleerten Container wieder voll mit Lebensmitteln. Wahrscheinlich ein anderes Sortiment, keine Gurken oder so. Dafür aber vielleicht Tomaten und Zucchini.«

»Scheiße, haben wir überhaupt genug Taschen dabei?«

»Wir nehmen uns das, was wir für die nächsten Tage brauchen, den Rest lassen wir hier.«

Ich fischte staunend einen Stapel mit abgepackter italienischer Edelsalami aus den Tiefen des rechten Behälters. Das Mindesthaltbarkeitsdatum war erst übermorgen! Es war unglaublich. Und empörend zugleich. Ich konnte mir nur die Billigmarken der Discounter leisten, und hier landeten teure Delikatessen so einfach im Müll?

»Warum sollten wir das tun?«, fragte ich entrüstet und raffte zusammen, was ich zusammenraffen konnte, Käse und Wurst und Obst und Joghurt, und stopfte es in meinen Rucksack, bis ich den Reißverschluss nicht mehr schließen konnte. Ich war Sir Walter Raleigh und hatte Eldorado gefunden.

»Vincent …«, sagte Jane vorsichtig.

»Na, komm schon«, sagte ich ungeduldig. »Gib mir deinen Rucksack.«

»Vincent, wir brauchen das alles nicht.«

»Aber dann wird es weggeschmissen!«

Jane nickte bedrückt. »Ja, das wird es wohl. Oder jemand anderes holt es sich.«

Ich fühlte etwas in mir aufbrechen. Etwas, das sich gar nicht gesund anfühlte. Eine Wut, die ganz tief in mir wurzelte und wie Säure ätzte. Ich spürte, wie ich seit dem Tod meines Vaters den Kontakt zur Welt verloren hatte. Sie war mir fremd geworden. All die Lebensmittel, die auf den Müll wandern sollten und die diese plötzliche Gier in mir ausgelöst hatten, riefen nun einen abgrundtiefen Ekel hervor. Ich starrte auf meinen Rucksack, packte ihn am Griff und schleuderte ihn mit einem lauten Schrei von mir fort.

Keuchend drehte ich mich zu Jane um. »Es muss sich was ändern«, sagte ich.

»Ja, das muss es«, flüsterte Jane und nahm mich in den Arm.

»Ich kann so nicht mehr weitermachen.«

»Nein, das kannst du nicht.« Ihre Stimme wurde von meiner Jacke gedämpft, in die sie ihr Gesicht vergraben hatte. »Dann bist du bereit für die Veränderung?«

»Jane, ich bin bereit für *jede* Veränderung«, antwortete ich.

»Auch wenn sie dich viel, sehr viel Kraft kosten wird?«

Ich schob Jane ein Stück von mir fort und schaute in ihr Gesicht. Sie sah mich mit großen Augen an wie ein Kind, das sich nachts im Wald verlaufen hatte. »Wovon sprichst du?«

Sie lächelte traurig. Und dann klingelte mein Handy.

Es war Frau Neuburg. Und was sie mir berichtete, ließ meine Knie weich werden. Sie sagte nicht viel, aber ich konnte das Zittern in ihrer Stimme hören. Als sie fertig war, legte ich auf und starrte lange auf das Telefon mit dem gesprungenen Display. Dann sah ich Jane in die Augen. Sie wusste es. Dennoch sprach ich es aus.

»Meine Mutter ist aus dem Koma erwacht.«

***

Es war kurz nach Mitternacht, als ich am Krankenhaus ankam. Frau Neuburg holte mich in der Lobby ab. Sie sah ziemlich übernächtigt aus. Es war nicht anzunehmen, dass sie wie das ärztliche Personal oder die Pflegekräfte im Schichtdienst arbeitete. Dass sie also hier war und auf mich wartete, war ein Gefallen. Tatsächlich war sie tief berührt, als sie mir die Hand reichte.

»Eigentlich ist es ein Wunder«, sagte sie, als wir uns gemeinsam auf den Weg zur Intensivstation machten. »Die Hirntätigkeit Ihrer Mutter war ziemlich eingeschränkt. Und dann hat irgendwas in ihr einen Schalter umgelegt.«

Wir durchliefen die übliche Prozedur, die Jane und ich bei unserem gemeinsamen Besuch so vorsätzlich übersprungen hatten, und streiften uns die grünen Kittel über. Dann gingen wir durch die automatischen Türen den Korridor entlang bis zum letzten Raum auf der linken Seite.

Ich sah meine Mutter durch die Glasscheibe in ihrem Bett liegen. Ihre Augen waren geöffnet und der Blick müde. Sie wurde weiterhin künstlich beatmet.

Aber sie war wach.

Ich klopfte an die Scheibe, und sie drehte sich zu mir um. Ein Lächeln zauberte sich auf ihr Gesicht, sie hob die Hand, um mir zu winken. Ich winkte zurück.

»Kann ich zu ihr?«, fragte ich die Schwester. Ich war den Tränen nah.

Sie öffnete die Tür. »Aber nicht zu lang. Nur zehn Minuten, in Ordnung?«

Ich trat ein.

Die Schwester schob eine Stellwand heran und zog den Vorhang am Fenster zu, damit wir ein wenig Privatsphäre hatten. Dann ließ sie uns allein.

»Hi«, flüsterte ich.

Hallo, formte meine Mutter mit ihrem Mund. Wegen des Tracheostomas konnte sie nicht reden. Ihr fehlte die sprichwörtliche Luft dazu.

»Wie geht es dir?«

Ihre Lider waren noch immer schwer, und die Gesichtsfarbe hatte nichts vom rosigen Teint eines Menschen, der sich öfter an der frischen Luft bewegt. Aber sie rang sich zu einem matten Lächeln durch und machte mit der Hand eine abwägende Bewegung. *Geht so.*

»Na, im Vergleich zu den letzten Tagen bist du heute das blühende Leben.« Ich wischte mir mit dem Handrücken über die Nase.

Sie nickte fragend in meine Richtung. *Wie geht es dir?*

»Gut«, sagte ich. »Besser.« Ich traute mich nicht, meine Mutter anzufassen. Ich befürchtete, dass sich dies hier als Traum entpuppen konnte und meine Mutter noch immer im Labyrinth ihres Geistes gefangen war. Und wenn ich sie berührte, würde ich erwachen. Wie in diesen beschissenen, immer wiederkehrenden Träumen. Dessen war ich mir sicher.

Doch meine Mutter hatte diese Angst nicht. Sie drehte ihre Hand und öffnete sie.

Vorsichtig streckte ich meine Hand aus. Unsere Fingerspitzen berührten sich.

Es war, als würde ein Funke überspringen. Die Wucht der Berührung raubte mir förmlich den Atem.

Der Schmerz schnürte mein Herz so fest ein, dass es einen langen Moment zu schlagen aufhörte. Ich blickte in einen Abgrund bleierner Hoffnungslosigkeit. Ein Gefühl von Schuld schien sich wie ein schwarzer Tumor in meiner Mutter ausgebreitet zu haben und löschte allmählich den letzten Lebenswillen aus, der nur noch eine schwach flackernde Flamme war. Ich ließ nicht los. Wenn ich das tat, würde ich sie verlieren. Also drückte ich ihre Hand fester, stemmte mich mit aller Macht gegen den Schmerz und gab meiner Mutter einen Kuss auf die Wange. Das Licht wurde heller.

Und in diesem Moment spielten die Monitore verrückt.

Ihr Puls und ihr Blutdruck schossen in die Höhe, nur um gleich darauf in den Keller zu rauschen. Die wandernde Kurve verlor ihre Regelmäßigkeit und schlug wild aus, das Piepen des Alarms nahm kakophonische Züge an.

Erschrocken sprang ich auf, und die Verbindung zu meiner Mutter löste sich. Dann war ein Mann in einem weißen Kittel bei ihr, spritzte etwas in den Infusionsschlauch, und sie sackte auf ihr Kissen zurück. Schloss die Augen. Schlief ein. Und die Werte normalisierten sich.

***

Wir saßen im Büro der Psychologin: Frau Neuburg, der behandelnde Arzt Dr. Sachs und ich. Frau Neuburg hatte wie immer einen Tee aufgebrüht. Fenchel-Anis-Kümmel, den ich aber nicht mochte und deswegen ein Glas Leitungswasser trank.

Dr. Sachs blies in seine Tasse und schien nachzudenken. Er hatte die Beine übereinandergeschlagen und versuchte eine Souveränität auszustrahlen, die er im Moment aber nicht hatte. Was auf der Intensivstation geschehen war, schien ihn mächtig zu irritieren.

»Okay«, sagte er und stellte die Tasse auf Frau Neuburgs Schreibtisch ab. »Also, fassen wir mal zusammen. Vor mehr als einem Monat wird Frau Amos bei uns eingeliefert. Sie ist nicht ansprechbar, und alle Symptome deuten auf ein Koma hin, dessen Ursache wir aber nicht kennen. Medikamentenmissbrauch kann sehr bald ausgeschlossen werden. Die Blutwerte bewegen sich in normalen Parametern. Eine andere Erkrankung kann ebenfalls nicht festgestellt werden. Die Gefäße sind alle einwandfrei, es gibt keine Einblutung und kein Schädelhirntrauma, das von einem Unfall hergerührt haben könnte. Kurz: Wir wissen nicht, warum Frau Amos ins Koma gefallen ist. Und wir wissen erst recht nicht, warum sie wieder aufgewacht ist. Haben Sie vielleicht eine Ahnung, was geschehen sein könnte, als die Anzeigen des Kontrollmonitors verrücktspielten?«, fragte mich Dr. Sachs.

Eigentlich war es klar. Zum ersten Mal seit dem Tod meines Vaters hatte ich meine Mutter erreicht. Dort, in ihrem inneren dunklen Ort, an den sie sich zurückgezogen hatte, um keine Schmerzen mehr zu spüren. Ich war mir sicher, dass sie sich physisch nie hatte umbringen wollen. So mit Sprung aus dem Fenster, Strick am Treppengeländer oder mit einer Überdosis Tabletten. Nein, sie hatte etwas in sich abtöten wollen. Nämlich ihr wundes Herz, von dem sie wusste, dass es nie wieder heilen würde. Nur dass die Rechnung nicht aufgegangen war.

»Ich glaube, man kann das eine nicht vom anderen trennen.«

Dr. Sachs hob die Augenbrauen. »Wie bitte?«

»Das Herz vom Leben«, sagte ich nachdenklich. Jane hätte jetzt hier sein müssen, sie konnte das viel besser erklären.

Dr. Sachs sah überrascht zu Frau Neuburg, doch als sie seinen Blick nicht auffing, seufzte er, schlug mit den flachen Händen auf die Oberschenkel und stand auf. »Okay. Ich werde einen Bericht schreiben, wobei ich nicht weiß, wie ich ihn formulieren soll. Und dann werde ich dafür sorgen, dass Frau Amos so bald wie möglich auf die Normalstation verlegt wird. Schönen Abend noch.«

Sprach's und ging, wobei er die Tür nicht gerade leise hinter sich zuzog.

Und wie immer blieb Frau Neuburg völlig ruhig.

Ich hingegen befand mich in einem Zustand des gepflegten Irrsinns. Im Moment hätte ich jeden Scheiß als Realität akzeptiert und nicht hinterfragt: UFOs über Hasenhausen. Jesus, der im hiesigen, schon lange geschlossenen Freibad übers nicht vorhandene Wasser wandelt und Bier in Wodka verwandelt. Elvis, der von den Toten auferstanden ist und nun den heiligen Rock'n'Roll predigt.

»Ich schlage vor, dass Sie nach Hause gehen, Vincent«, sagte Frau Neuenburg. »Im Moment können wir nichts weiter tun. Außer warten. Ich denke, morgen wird das Tracheostoma entfernt. Ich will den Entscheidungen von Dr. Sachs nicht vorgreifen, aber ich glaube, Ihre Mutter wird noch einige Zeit im Krankenhaus verbringen müssen. Sie muss mobilisiert werden, bevor sie in eine Rehaklinik verlegt werden kann. Was danach geschieht, hängt davon ab, wie sie sich erholt.« Es war ihr anzusehen, dass ihr die ganze Geschichte ebenfalls Rätsel aufgab.

Willkommen im Club, dachte ich nur.

***

»Du hast diesen Arzt ganz schön aus der Fassung gebracht«, sagte Jane, als wir uns vor dem Krankenhaus trafen und ich erzählte, was sich zugetragen hatte. Sie hatte keinen Fuß mehr in dieses Krankenhaus setzen wollen, und ich konnte sie verstehen. Es schneite noch immer. Der Heimweg war lang und würde anstrengend sein. Ein Bus fuhr natürlich nicht mehr.

Ich antwortete ihr nicht, denn ich hatte meine Gedanken noch immer nicht ganz sortiert. Noch vor wenigen Wochen war meine Existenz eine einzige Null-Linie gewesen. Dann war Jane in mein Leben getreten, und die Kurve hatte ausgeschlagen. Eher nach oben als nach unten. Sie tat mir gut, auf ihre ganz spezielle chaotische Weise. Jane hatte nicht nur meiner Mutter das Leben wiedergegeben, sondern auch mir. Es war ein anderes Leben, aber das war auch gut so. Mein altes wollte ich ohnehin nicht wiederhaben. Ich ergriff ihre Hand wie so oft, wenn ich mich unsicher fühlte. So gingen wir eine Weile durch den tiefen Schnee.

»Ich habe einen Wunsch«, sagte ich schließlich.

»Welchen?«, fragte Jane.

»Ich möchte, dass du mich nie verlässt.«

Jane schwieg nachdenklich, ließ aber meine Hand nicht los. »Diesen Wunsch kann ich dir erfüllen«, sagte sie schließlich. »Vielleicht anders als du denkst, aber er wird in Erfüllung gehen.«

»Das ist schön«, sagte ich nur. Dumm und glückselig wie ich in diesem Moment war, achtete ich nicht auf die genaue Formulierung ihrer Antwort. »Du bedeutest mir nämlich sehr viel.«

»Das freut mich«, sagte Jane. »Ich weiß nicht, ob du ahnst, wie sehr.« Sie drückte meine Hand fester.

Jane konnte manchmal so anstrengend sein wie eine falsch gestimmte Geige nervtötend. Aber sie war immer warm und lebendig und mir zugewandt. Also schob ich meine Angst, sie zu verlieren, in die hinterste Ecke meines Herzens und ging mit ihr nach Hause.

9

In dieser Nacht träumte ich so intensiv wie schon lange nicht mehr diesen Traum, der mich seit dem Tod meines Vaters verfolgte. Ich sitze mit meiner Mutter am Esszimmertisch, und wir warten auf ihn. Manchmal ist dieses Bild der Ausgangspunkt des Traums, manchmal der Endpunkt. Was davor oder danach geschieht, färbt nach dem Erwachen das Gefühl für den ganzen Tag. Ich sehe in meinen Träumen meine Eltern nie gemeinsam. Entweder spielt mein Vater die Hauptrolle oder meine Mutter. Ich scheine das Bindeglied zu sein. Der Fluchtpunkt, in dem sich alles bündelt. Und das ist verdammt anstrengend. Ich habe einmal gelesen, dass es möglich ist, seine eigenen Träume zu beeinflussen und in sie einzugreifen. Luzides Träumen nennt man das. Man weiß, dass man träumt, und man kann dann die Dramaturgie des Traumes beeinflussen. Als ich zum ersten Mal einen dieser luziden Träume hatte, war es wie eine Offenbarung für mich. Losgelöst von den Naturgesetzen der realen Welt kann ich fliegen, wenn ich das möchte. Die Kulissen, in denen ich mich bewege, werden zur Gestaltungsmasse meiner Kreativität. Allein durch meinen Geist kann ich diese Welt verändern. Nur nicht die Menschen, von denen ich träume.

Aber ich kann mit ihnen sprechen.

Es geht immer um meine Eltern und um mich und die Zeit nach dem Tod meines Vaters, den wir sehr lange nicht akzeptiert hatten. Ich ohnehin nicht. Ich hatte nie Abschied nehmen können. Seine Leiche war nach dem Unfall alles andere als vorführbar gewesen. Er hatte sich nicht angeschnallt, so dass die Wucht des Aufpralls ihn durch die Windschutzscheibe geschleudert hatte. Aber vielleicht ist es auch gut so, dass ich ihn nur lebendig in Erinnerung habe. Vielleicht hat mir das eine Reihe unappetitlicher Albträume erspart. Jedenfalls ist mein Vater in meinen Träumen so vital, wie er es am Ende seines gelebten Lebens selten war.

Der Traum, den ich in dieser Nacht hatte, fiel aus dem Rahmen. Ich kehre spätabends heim. Es ist eine Winternacht, nicht farblos und kalt, sondern warm und bunt und lebendig. Einer dieser Abende in der Vorweihnachtszeit, in der man beisammensitzt, Karten spielt, Tee trinkt, Plätzchen isst und Mandarinen pellt. Überall brennen Kerzen, die ein goldenes Licht ausstrahlen. Ich steige die Treppen hinauf zum Arbeitszimmer meines Vaters.

Er sitzt an seinem Schreibtisch. Vor ihm steht ein schmuckvoll eingewickeltes Paket. Er blickt auf und lächelt mich an.

»Ich wünsche dir alles Gute zum Geburtstag«, sagt er.

Er hatte immer einen kleinen Abreißkalender an der Wand, und ich kontrolliere das Datum, denn ich weiß, dass etwas nicht stimmt. Mein Geburtstag ist im Frühjahr, nicht im Winter. Das Datum, das auf dem kleinen Blättchen steht, ist die Zahl Pi, bis auf sieben Stellen nach dem Komma ausgerechnet.

Und da weiß ich, dass es ein Traum ist. Ich drehe mich um, setze mich zu meinem Vater an den Tisch und falte die Hände.

»Ich habe heute nicht Geburtstag«, sage ich.

Das Lächeln meines Vaters wird eine Spur unsicherer. »Natürlich ist heute dein Geburtstag. Ich habe ein Geschenk für dich.« Das Papier ist mit einem goldenen und silbernen Muster bedruckt. Das Geschenkband ist weiß. Alles sieht sehr kostbar aus. Mein Vater macht keine Anstalten, mir das Paket zu überreichen. Es steht vor ihm und somit zwischen uns.

»Warum hast du uns verlassen?«, frage ich ihn.

Sein Gesicht bleibt bei meiner Frage maskenhaft starr, der Körper scheint wie aus Wachs gegossen.

Ich öffne den Mund und will eine Antwort einfordern, bis mir einfällt, dass er nicht den Koffer gepackt hat oder nur mal kurz Zigaretten holen gegangen ist. Ich weiß, dass er in der Nacht seines Todes die Kontrolle über den Wagen verloren hat. Der Aufprall gegen den Brückenpfeiler hat ihn augenblicklich getötet. Im Blut hat man später keinen Alkohol nachweisen können, keine Spuren von Medikamenten. Alles andere hätte mich gewundert. Mein Vater hatte kein Alkoholproblem. Meine Eltern tranken nicht. Keinen Wein, kein Bier und schon gar keine härteren Sachen. Weder zum Essen noch aus irgendwelchen Geselligkeitsanlässen, die es bei uns ohnehin so gut wie nie gab. Meine Eltern haben eher zurückgezogen gelebt und kaum Freunde gehabt.

Jedenfalls: Der Traum beginnt mir Angst zu machen. Je mehr ich mir darüber bewusst werde, dass dies die Welt des Schlafs ist, desto hölzerner wird diese Welt. Lebloser. Alles um mich herum ist die billige Kulisse eines amateurhaften Theaters. Ich fühle mich beobachtet und drehe mich um, nur um Dennis in die Augen zu schauen. *333 – I am only half evil.*

»So geht das«, sagt er.

Okay, das reicht. Ich habe genug. Es ist Zeit, zu gehen. Ich schließe die Augen und wache auf.

***

Es war halb sechs, als ich mit verklebten Augen auf den Wecker schaute. In der Wohnung über mir strullerte jemand laut ins Klo. Wasser rauschte. Irgendwo lief ein Radio. Ich setzte mich auf und rieb mir den Schlaf aus den Augen. Dann tappte ich zum Fenster, zog die Jalousie hoch und schaute in die morgendliche Dunkelheit hinaus.

Dennis. Nur ein paarmal war ich diesem Typen begegnet, und schon verfolgte er mich bis in meine Träume.

Ich wühlte aus der Schublade meines Kleiderschranks einen Satz frischer Unterwäsche und Socken, dann zog ich die Klamotten des gestrigen Tages noch einmal an. Die Schultasche war bereits gepackt. Ich musste mir nur noch Frühstück machen.

Noch bevor ich das Licht im Wohnzimmer einschaltete, wusste ich, das Jane nicht da war. Das Bett war gemacht, und auf dem Kissen lag ein Zettel. Mein Herz krampfte sich einen Moment zusammen, bis ich sah, dass ihre Sachen noch da waren. Der Seesack stand in der Ecke.

Ich las die Nachricht.

Vincent, mein Lieber!
Ich wollte dich nicht wecken, weil ich weiß, dass du selber eine unruhige Nacht hattest. Du hast ansteckende Träume,

und es gibt einige Dinge, über die ich nachdenken
und die ich klären muss.
Fühl dich warm umarmt, ich denke an dich.
Jane

Fühl dich warm umarmt, ich denke an dich. Ein nicht greifbares Unbehagen erfüllte mich. Aber ich schob es beiseite wie alle Fragen, die unbeantwortet im Raum standen. Und auf die ich ehrlich gesagt auch keine Antwort haben wollte.

Ich schloss die gekippte Balkontür – es war saukalt in der Wohnung, und ich fragte mich, wie Jane so hatte schlafen können – und ging, ohne Licht anzumachen, in die Küche. Ich belegte mir einige Brote und brühte mir einen Tee auf. Pfefferminze, frisch. So weit reichte Janes Einfluss schon. Ich aß und trank ohne Freude, dann machte ich mich auf den Weg.

Die faden Stunden in der Schule saß ich auf einer tauben Arschbacke ab, obwohl mir Vida wieder aus dem Weg ging. Bis auf ein »Hallo – Wie geht's – Gut, danke« geschah nicht viel zwischen uns. Wenn ich das in einem Buch beschreiben müsste, hätte ich massive Probleme, die richtigen Worte zu finden. Das kurze Gefühl der Vertrautheit, das sie mir nach der Probe geschenkt hatte, war nicht mehr da. Wir waren uns wieder fremd. Und das tat ziemlich weh. Was für ein Scheißspiel. Ich meine: Sie hatte wirklich den Arsch in der Hose gehabt, als sie sich diesem Dennis entgegengestellt hatte. Aber vor mir war sie auf der Flucht! Warum? Wegen dieser Duftgeschichte? Und dass wir deswegen füreinander bestimmt waren?

Schon bald waren Ferien, und dann war vierzehn Tage Sendepause. Ich dachte an Jane und Vida. Und ich wusste nicht, wen ich an diesem Tag vermissen sollte, verdammte Hacke. Ich fühlte mich leer und erschöpft, schaltete mein Gehirn auf Autopilot und versuchte durch den Tag zu kommen, ohne mich an der Welt wundzuscheuern. Was aber nicht sonderlich gut klappte.

Jane war noch nicht da, als ich heimkam. Und ehrlich gesagt hatte ich auch nicht erwartet, sie hier vorzufinden. Ich klappte das Sofa zusammen und ließ mich auf die Polster fallen. Dann holte ich das Handy aus meiner Hosentasche, wobei der Zettel zu Boden fiel, auf den ich Vidas Telefonnummer geschrieben hatten.

Oh, dachte ich.

Einen kurzen Moment überlegte ich, ob ich sie anrufen sollte, aber ich war nicht der Typ, der gerne telefonierte. Es kostet mich regelrecht Überwindung und Magenschmerzen, eine Nummer zu wählen und freundlich zugewandt drauflosreden. Geht einfach nicht. Schon gar nicht, weil sie mir in den letzten Tagen so erfolgreich aus dem Weg gegangen war. Ich war ja kein Stalker, oder?

Der Vida-Kontakt war schnell eingerichtet, und ich schaute, ob sie auch bei WhatsApp gelistet war. Und tatsächlich, da war sie. Vida hatte als Profilbild das Foto einiger eng beieinanderstehender Birken.

Und sie war online.

Dieses eine kleine geschriebene Wort, *online*, war für mich in diesem Moment realer als alles um mich herum. Diese Wohnung. Der trübe Blick aus dem Fenster. Diese verkackte dunkle Blase, in der ich lebte.

Vida aber war da!

Ich konnte ihr eine Nachricht schicken. Und diese Nachricht

würde auch ankommen. Fast augenblicklich. Ich musste sie einfach nur schreiben.

Hi, Vida. Seh gerade, dass du online bist, und hab gedacht, ich sag mal hallo.

Nein, vergiss es. Das war obernoterzpeinlich.

Wie geht's dir? Alles gut?

Ich stöhnte und rieb mir die Stirn. Das war mindestens genauso unmöglich. Verdammt, ich hatte keine Ahnung, wie ich sie ansprechen sollte! Irgendwie kam ich mir wie ein funktionaler Autist vor. Einigermaßen alltagstauglich, aber dann doch kommunikationsunfähig. Plötzlich hatte ich eine ganz andere Idee. Ich schickte ihr einen Link.

VINCENT

https://www.youtube.com/watch?v=09OjR0newhw

Das *online* verschwand kurz, nur um gleich wieder aufzutauchen. So als hätte sich jemand umgedreht und wäre stehen geblieben.

VIDA

?

Vincent? Bist du das?

VINCENT

Ja.

VIDA

Woher hast du meine Nummer?

VINCENT

Von der Orchesterliste.

Eine laaaange Pause, dann:

VIDA

Was möchtest du?

VINCENT

Ich wollte hören, wie es dir geht.

Das war bestenfalls die halbe Wahrheit. Ich vermisste sie natürlich. Das konnte ich für mich behalten und auf diesem Gefühl herumkauen, bis es schal wurde. Oder aber aufrichtig sein.

»Steh zu deinen Gefühlen. Sonst wird es mehr als nur ein gebrochenes Herz geben.« Janes Worte. Glaubte ich. Und instinktiv wusste ich, dass ich hier auf den Punkt kommen musste. Sonst war dieses Gespräch schnell beendet.

VINCENT

Du fehlst mir.

Ich war froh, dass ich die Worte nur tippen musste. Die Stimme wäre mir ganz bestimmt gebrochen. Wenn ich überhaupt einen Ton hervorgebracht hätte.

Mein Herz raste. Ich spürte es bis hinauf in den Hals. Was würde sie schreiben? Würde sie darauf eingehen? Scheiße, würde sie überhaupt antworten? Ich starrte auf das kleine Wort *online* und hoffte, es würde nicht verschwinden.

Tat es aber.

Okay, dachte ich. Den Wagemutigen gehört nicht immer die Welt. Ein wenig Ernüchterung machte sich breit. Schau an, dachte ich, offensichtlich ist Vida doch nicht so souverän, wie sie zu sein vorgibt. Ich starrte noch fünf Minuten auf das Display, dann legte ich das Handy weg und rieb mir die Augen. Ich wusste, dass Jane komplett tiefenentspannt war. Sie wünschte mir von ganzem Herzen, dass ich mich verliebte. In Vida. In wen auch immer. Nacheinander, gleichzeitig, von Herzen, aber möglichst ohne Schmerzen.

Und dennoch hatte ich ein schlechtes Gewissen. Jane war fort, und ich flirtete mit Vida. Jane hatte ihre Sachen zwar dagelassen, war aber ohne Schlüssel gegangen. Zumindest hatte ich ihr keinen gegeben. Der meiner Mutter war irgendwo, vielleicht versteckt im Nirwana einer Sofaritze oder auf dem Boden des Schmutzwäschekorbs. Der Ersatzschlüssel – es hatte drei gegeben, als wir hier einzogen – war in einem Umschlag. Und den Umschlag hatte ich irgendwo hingetan, damit er nicht verloren ging. Wenn Jane also zurückkam, war sie darauf angewiesen, dass ich da war, um sie hereinzulassen.

Plötzlich brummte das Handy zweimal. Ich aktivierte das Display und sah, dass ich eine Nachricht auf WhatsApp hatte.

Vida. Sie schrieb gerade etwas.

VIDA

Tut mir leid, meine Mutter ist gerade reingekommen.

Das war die erste Nachricht. Dann las ich die zweite, die jetzt erschien.

VIDA
Das tut mir leid, Vincent.

Na klasse. Ich war in der Mitleidsabteilung gelandet. Vincent, das arme Hascherl. Ich tippte: *Vergiss es einfach, ich will dich nicht stören,* und wollte gerade auf *Senden* drücken, als ich sah, dass Vida ebenfalls etwas schrieb.

VIDA
Sollen wir uns treffen? Hast du Lust?

Es gab nicht annähernd genügend Emojis, um das Gefühl zu beschreiben, das dieser eine Satz in mir auslöste. Ich atmete tief durch und schloss für einen kurzen Moment die Augen. Ich fühlte mich … leicht? Erfüllt? Glücklich? Alles drei Stufen auf meiner höheren positiven Gefühlsskala, auf denen ich mich schon lange nicht mehr bewegt hatte.

Nein, dachte ich, frag dich jetzt nicht, was ausgerechnet ein Mädchen wie sie an jemandem wie dir findet. Mach es nicht kaputt. Genieß es einfach. Lass los und gib dich dem Gefühl hin.

VIDA
Bist du noch da?

Ich löschte die Nachricht, die ich Gott sei Dank nicht verschickt hatte, und tippte erneut.

VINCENT
Ja, bin ich. Ich musste gerade nur mal durchatmen.

VIDA

Das dachte ich mir.

VINCENT

Und ich dachte mir, dass du dir das dachtest.

Plötzlich hatte ich den unbändigen Drang, aus dieser Bude rauszukommen. Es war zwei Uhr, und die Sonne schien. Das erste Mal seit vielleicht einer Woche. Um vier würde das anders aussehen. Dann wurde es dunkel.

VINCENT

Ich würde gerne eine Runde spazieren gehen.
Magst du mitkommen?

Wieder diese Pause. Ich konnte geradezu spüren, wie sie nachdachte, abwägte. Oder unterhielt sie sich noch auf einem anderen Kanal?

VIDA

Ich habe heute Nachmittag leider keine Zeit.
Aber ich wollte abends auf ein Konzert gehen.

VINCENT

Du gehst allein auf Konzerte?

VIDA

Nein, eigentlich nicht. Deswegen frage ich dich.
Kennst du das Borderland?

VINCENT

Ich habe davon gehört.

Und die Geschichten, die man sich über den Club erzählte, waren ziemlich wüst.

VIDA

Nicht dein Ding?

VINCENT

Doch. Aber ich fürchte, ich werde mir den Eintritt
nicht leisten können.

Pause. Einundzwanzig, zweiundzwanzig, dreiundzwanzig.

VIDA

Schade.

VINCENT

Ja.

Wieder eine Pause, diesmal noch länger.

VIDA

Würdest du dich von mir einladen lassen?

Diesmal war ich es, der nachdenken musste. Ich wollte Vida unbedingt sehen. Und die Vorstellung, mit ihr einen obskuren Club mit interessantem Ruf zu besuchen, war sehr verlockend.

Aber ich wollte nicht, dass sie mich als Pflegefall mit eingeschränktem Aktionsradius wahrnahm.

VIDA
Bist du noch da?

VINCENT
Bin ich.

VIDA
Hör zu, mir ist es eigentlich scheißegal, ob du Kohle hast oder nicht. Ich würde da gerne hin und ich könnte mir vorstellen, dass dir die Musik gefällt. Bist du dabei?

Whoa! Erst ging sie mir aus dem Weg, und jetzt drängte sie mich zu einer Entscheidung. Musste ich das jetzt verstehen?

VINCENT
Danke für die Einladung.

Vida schickte mir einen Link.

VIDA
Das ist die Adresse. Um acht Uhr geht es los. Sollen wir uns um sieben treffen?

VINCENT
Am Eingang?

VIDA

Ganz bestimmt nicht. Das ist mir zu kalt. Wir treffen uns drinnen.

Sie schickte mir eine PDF-Datei. Es war das Ticket. Das ging schnell.

VINCENT

Dann um sieben im Borderland. Ich freue mich.

Vida ging offline. Kein Gruß zum Abschied. Kein »Bis später«. Kein »Ich freue mich auch«.

Borderland. Ich hoffte, der Name war kein Programm. Wenn sie auf heißkalt stand, würde es sehr anstrengend werden. Und davor hatte ich Angst, denn anstrengend hatte ich schon genug.

Jane ließ sich den ganzen Nachmittag nicht blicken, und ich hatte auch keine Möglichkeit, sie anzurufen. Soviel ich wusste, besaß sie kein Telefon. Und wenn, dann kannte ich die Nummer nicht. Sie würde warten müssen, bis ich heute Abend wieder nach Hause kam, und das machte mich ziemlich sauer. Warum tat sie das? Sie musste doch wissen, dass ich keine ruhige Minute hatte, wenn sie solche Dinger riss!

Ich lud das Ticket in meine Dropbox und ging zum nächsten Copyshop, um es auszudrucken. Ich hatte keinen Drucker und konnte mir auch keinen leisten, aber die zehn Cent hatte ich noch übrig. Dann nahm ich den Bus in die Stadt, wobei ich kurz überlegte, am Friedhof auszusteigen, um nach Jane zu schauen, verkniff mir das aber. Es war ihr Ding. Sie hatte gesagt, dass sie eine Auszeit brauchte. Also sollte sie diese Auszeit haben. Ich konnte sie verstehen. Mein Leben war in der letzten Zeit ein ziemlich nerviger Hüttenkoller.

Viel zu früh, schon um sechs Uhr, stand ich vor dem Borderland. Trotzdem war schon Einlass. Also ließ ich mein Ticket einscannen und mir einen Stempel auf den Handrücken drücken. Drinnen gab ich meine Jacke an der Garderobe ab, bezahlte dafür einen Euro und bestellte mir ein Krušovice. Es würde wahrscheinlich das einzige für heute bleiben, mein Budget war mit diesem Bier erschöpft.

Das Borderland war keine normale Konzerthalle, mit Theke und vielleicht ein paar Tischen, einer großen Bühne und einer noch größeren Fläche zum Tanzen. Oder was auch immer man machte, wenn es ein Konzert gab. Das Borderland war anders, und zwar ziemlich. Es war nämlich ein ehemaliger Puff. Und die neuen Besitzer hatten sich keine Mühe gemacht, diesen Umstand auch nur irgendwie zu verbergen.

Die Wände waren mit rotem Samt ausgeschlagen, die abgewetzten Sessel und Sofas waren der Traum eines jeden Deko-Liebhabers, für den selbst der Barock noch zu sachlich war. Auf einem schmalen Wandtisch standen kleine bunte Fläschchen mit der Aufschrift »Trink mich«, nur war das nicht möglich, denn sie waren festgeklebt. Ich betrachtete interessiert das Gemälde einer nackten Südländerin, die sich auf einer Chaiselongue drapiert hatte. Daneben hing ein großer, querformatiger Druck, Mutter Maria mit dem Jesuskind im Wald, umgeben von lauter Rehkitzen. Kotzen, so habe ich mal gelesen, kann auch eine Art von Beifall sein.

Ich versuchte mir ein Bild vom Grundriss dieses Etablissements zu machen, aber das fiel mir ziemlich schwer. Das Borderland war ein Labyrinth aus Zimmern und Räumen, die ineinander übergingen. Es gab überall Séparées und kleine Nischen, Kandelaber und Lüster und Lichterketten. Die meisten Möbel waren gruselige Fundstücke vom Sperrmüll. In einem Raum standen altmodische analoge Flipper, die im Moment noch unbenutzt vor sich hin brummten. Ein weiterer Raum war in Schwarz gehalten und diente, der weißen Leinwand nach zu urteilen, als Kino.

Vieles am Inventar war nur bedingt jugendfrei. So standen überall verstreut kleine, gutausgeleuchtete Vitrinen, in denen sehr detailgetreue Gipsabgüsse sowohl männlicher als auch weiblicher *private parts* präsentiert wurden. Alle waren mit einem Preisschild versehen. Auf manchen der Schilder klebte ein roter Punkt, wohl als Zeichen dafür, dass sie bereits verkauft worden waren. Die männlichen Objekte verkauften sich offensichtlich deutlich besser als die weiblichen. Wie das wohl kam?

Das Borderland füllte sich immer mehr, und ich war mir nicht ganz sicher, ob die Konzertbesucher auch zu den Stammgästen gehörten. Manche durchwanderten wie Alice diesen Kaninchenbau und versuchten tatsächlich, die kleinen Flaschen zu öffnen. Andere bewegten sich wie Fische im heimischen Gewässer, pflegten aber eine eigene Kleiderordnung, die die Grenzen zwischen männlich und weiblich ganz bewusst zu ignorieren schien. Frauen – und ich war mir sicher, dass es Frauen waren – trugen klassische Zweireiher mit Weste oder sahen aus, als hätten sie in ihren karierten Hemden und Wollmützen gerade noch vor der Tür eine Kiefer gefällt. Und da war das Mädchen mit den kurzen roten Haaren. Sie trug ein weißes Bundeswehrsporthemd. In der Tarnhose und den Docs sah sie wie eine Marineinfanteristin aus. Durchtrainiert genug war sie, fehlte nur noch eine Railgun.

Andere Männer trugen Lack und Leder, Latex oder PVC, ohne dabei jedoch bedrohlich auszusehen. Sie waren eher so entspannt, als würden sie auf einen Kostümball gehen. Oder auf eine Party, das traf es, glaube ich, besser. Ein Mann (und es war ein Mann, ich hatte jedenfalls noch nie eine Frau gesehen, die 1,90 Meter groß war) hatte sich so atemberaubend geschminkt, dass er vor sinnlicher Weiblichkeit geradezu strahlte.

»Hi«, sagte Vida, die plötzlich atemlos neben mir stand. Ihre Wangen leuchteten rot von der Winterkälte. »Tut mir leid, wenn ich etwas spät bin.«

»Alles gut«, sagte ich.

»Du hast dir schon etwas zu trinken besorgt?«

Ich hielt die leere Flasche hoch und nickte.

»Magst du noch eins? Ich geb einen aus.«

»Gerne«, sagte ich.

Vida nahm das Leergut, ging zur Theke und kam mit zwei Bier wieder zurück. Sie drückte mir eins in die Hand und stieß an. Scheherazade trank böhmisches Bier. Ich konnte den Blick nicht von ihr wenden.

»Wie gefällt dir das Borderland?«, fragt sie mich.

»Ganz gut.« Ich nippte an meiner Flasche und versuchte, so souverän wie möglich zu klingen, ahnte aber, dass mir das nicht wirklich gelang. »Wie bist du auf den Laden gekommen?«

»Mir geht es wie dir: Ich brauche gute Musik. Habe ich von meinem Vater.« Das erklärte vielleicht einiges, aber nicht, warum sie hier öfter war.

»Er ist Musiker?«, fragte ich.

»Nein, Internist. Genau genommen Onkologe. Wenn er operiert, braucht er immer den richtigen Soundtrack.«

»Aha.«

Eine unangenehme Pause machte sich breit, in der Vida immer mal wieder jemanden mit einem Winken grüßte. Von wegen keine Lust, alleine auf ein Konzert zu gehen. So wie es aussah, kannte sie die Hälfte der Leute hier zumindest vom Sehen.

Vida fasste mich sanft am Arm an. »Ich muss gerade mal jemanden begrüßen. Ist das okay, wenn ich dich hier kurz stehen lasse?«

»Klar, mach nur«, sagte ich.

»Dauert nicht lange.« Sie durchquerte den Raum und stellte sich zu ein paar Mädchen, die sie überschwänglich begrüßten. Eins davon war die Rothaarige und eine andere die Trans-Amazone.

»Du hast wahrscheinlich schon eine Ahnung, warum die Schlampe nicht auf dich steht«, sagte eine Stimme dicht bei mir. Ich zuckte zusammen. Dennis stand neben mir und prostete mir mit seinem Bier zu. »Wie steht die Latte? Alles im rechten Winkel?«

Ich drehte mich um und wollte gehen, aber Dennis stellte sich mir in den Weg. »Sie ist eine alte Lesbe! Dass sie nicht mit dir vögeln will, hat nichts mit dir zu tun. Sie steht prinzipiell nicht auf Schwänze, habe ich schon ausprobiert. Vielleicht tröstet dich das ja.« Er zeigte mit dem Finger auf die rothaarige Marineinfanteristin. »Vida und Anoush sind schon lange zusammen. Anoush ist übrigens bi und ganz bestimmt nicht mono. Vielleicht hast du ja bei ihr mehr Glück. Sie beobachtet dich jedenfalls schon die ganze Zeit.«

Ich wollte an Dennis vorbei, doch er packte mich am Arm.

»Fäheše und ich, wir haben noch eine Rechnung offen, wenn du verstehst, was ich meine. Das mit Schreiber war kein guter Move von ihr. Der Rausschmiss.« Dennis schnalzte mit der Zunge und schüttelte missbilligend den Kopf. »Da werden sie und ich uns noch mal drüber unterhalten müssen. Magst du ihr das ausrichten?«

Ich schwieg, und Dennis seufzte. »Du bist ein lieber Kerl. Ehrlich, ich mag dich. Auch wenn ich vielleicht ein wenig ruppig zu dir war. Schwamm drüber? Schwamm drüber. Aber weißt du, was? Du brauchst dringend jemanden, der auf dich aufpasst. Sonst kommst du noch unter die Räder.« Er tätschelte mitleidig meine Wange und ging.

Die Musik, die die ganze Zeit im Hintergrund gespielt hatte, wurde ausgestellt, das Licht gedimmt. Auf der Bühne tat sich was.

»Alles okay bei dir?«, fragte mich Vida.

»Hm?« Ich hatte erst jetzt bemerkt, dass sie wieder da war.

»Du siehst aus, als hättest du den Teufel gesehen.«

»Nein, alles gut«, sagte ich.

Die Band trat auf das kleine Podest, zwei Jungs, nicht viel älter als ich, und ein Mädchen. Kein Schlagzeug, kein Keyboard, keine Gitarre oder Bass. Stattdessen ein Cello und zwei Violinen. Das Trio schien ein wenig aus der Zeit gefallen zu sein, trug bunte, selbstgeschneiderte Kleidung und hatte sich sehr eigenwillig geschminkt. Ein wenig auf SciFi getrimmt, wie man sich das in den Sechzigern vorgestellt hatte. Der Cellist trug zudem keine Schuhe. Dafür leuchteten seine Socken grün wie frisch gepflückter Waldmeister. Alle drei setzten sich auf ganz normale Küchenstühle, richteten die Mikrofone aus und spielten.

Der Korpus des Cellos wurde dabei wie eine Tabla getrommelt. Es gab sogar eine Fußmechanik wie bei einer Bass Drum. Ein Board mit Effektgeräten lag in Fußreichweite und wurde ausgiebig benutzt. Aber es gab keinen Computer, keine Samples. Das rhythmische Spiel der Streichinstrumente reichte aus, um eine sanfte Welle zu erzeugen. Vida begann sich im Rhythmus zu bewegen, erst die Schultern und der Kopf, dann die Hüften und Arme. Und dann tanzte sie, selbstvergessen und ihres Körpers sehr sicher. Neid erfüllte mich. Alles schien leicht für sie zu sein, als sie in der Musik aufging und sich wie Schilf im Wind bewegte. Sie drehte sich zu mir um und streckte die Hand aus. Ich ergriff sie, bewegte mich aber nicht, und sie ließ sie wieder los. In diesem Moment wäre ich am liebsten gegangen, so sehr schämte ich mich für mein Unvermögen, den Stock aus meinem Arsch zu ziehen. Vida tanzte immer fließender und raumgreifender. Ihr langes schwarzes Haar schien in der Luft zu schweben, als bewegte sie sich unter Wasser. Und ich? War wie ein kantiger Stein in dieser Strömung. Ein Fremdkörper.

Also trat ich zu Seite und zog mich zurück. Schritt für Schritt.

Ich hatte nicht bemerkt, dass jemand hinter mir stand, und drehte mich erschrocken um, als ich die Amazone anrempelte. »Entschuldigung«, stotterte ich.

»Alles gut. Sie ist toll, nicht wahr?«, sagte die Amazone. »Ich schaue Vida immer wieder gerne beim Tanzen zu. Woher kennt ihr euch?«

»Schule. Wir gehen in denselben Jahrgang.«

»Ah. Ich verstehe. Und du hast dich in sie verliebt.«

Mein Mund klappte auf.

»Oh, das ist offensichtlich«, sagte die Amazone. »Jeder verliebt sich in sie. Selbst mich verzaubert sie immer wieder.« Sie streckte ihre Hand aus. »Charleen.«

»Vincent«, erwiderte ich. Charleen irritierte mich vollkommen. Ich hatte noch nie eine Frau mit Bassstimme erlebt, die einen Kopf größer als ich war.

»Schön, dass du hier bist, Vincent«, sagte Charleen und strahlte mich mit ihrem umwerfenden Lächeln an. »Was magst du trinken?«

»Ein Wasser wäre in Ordnung.«

»Es kann auch etwas anderes sein, das weißt du schon, oder?«

»Wasser ist okay. Ich hatte schon zwei Bier.«

Charleen ging vor. Doch anstatt ihre Bestellung abzugeben, stellte sie sich hinter den Tresen. »Groß oder klein?« Sie zeigte auf zwei Gläser.

»Groß?«, fragte ich.

Sie schob mir das Wasser über den Tresen, machte sich eine Apfelsaftschorle und stieß an. Mir fiel auf, dass sie nicht bezahlte.

»Bist du beeindruckt?«, fragte sie.

»Vom Borderland?«

Charleen lachte. »Auch.«

»Sehr«, gab ich zu.

Charleen grinste breit. »Fein. Der Club gehört mir.«

Ich sah sie überrascht an.

»Einer muss ja die Rübe für so was hinhalten«, sagte Charleen und nahm einen Schluck. »Du glaubst nicht, wem ich alles regelmäßig beim Ordnungsamt einen blasen muss, damit mir der Laden nicht geschlossen wird.«

»Äh«, machte ich nur. Das war jetzt eine Information, die ich nicht zwingend hatte haben wollen.

Charleen lächelte. »Ich mag dich.«

»Danke«, antwortete ich.

»Nein, ehrlich! Du hast so etwas Unschuldiges an dir. Das gefällt mir.«

»Wer ist Vida?«, fragte ich Charleen.

»Warum fragst du sie das nicht selbst?«

»Ich glaube, ich bin nicht mutig genug«, gab ich zu.

»Das tut mir leid.«

»Wie ist das eigentlich ...«, fragte ich zögerlich.

»Na?«

»Ich meine ... steht sie überhaupt auf Jungs?«

Charleen sah mich lange an. Sie seufzte. »Sagen wir so. Vida hat schon viele Herzen gebrochen. Und versteh mich da jetzt bitte nicht falsch! Sie legt es nicht darauf an. Es passiert einfach.«

»Und bei Jungs geschieht das wohl häufiger als bei Mädchen.«

Charleen zuckte mit den Schultern und nickte. »Ja. Deswegen hat es mich so gewundert, sie mit dir hier zu sehen. Vida ist hier noch nie mit einem Jungen aufgekreuzt.«

Also hatte Dennis recht. Scheiße. Ich stellte mein Glas ab. »Danke für die Einladung.«

»Keine Ursache«, sagte Charleen verwirrt. »Du willst gehen?«

»Ist wohl besser so.«

»Warum? Weil Vida dich mitgebracht hat und jetzt alleine tanzt?«

»Nein.«

»Hat sie dich angelogen?«

Ich schüttelte den Kopf.

»Dich ausgenutzt? Schlecht behandelt?«

Ich schwieg.

»Es geht mich ja nichts an. Aber wenn du jetzt gehst, machst du es nicht einfacher. Weder für sie noch für dich.«

Ich holte tief Luft. Alles fühlte sich falsch und richtig zugleich an. Ich wollte gehen und bleiben. Ich wollte mit Vida zusammen sein, fürchtete mich aber davor, dass sich mein Hasenherz tothoppelte.

»Geh tanzen«, sagte Charleen.

»Auf gar keinen Fall«, platzte es aus mir heraus.

»Du hast so viel Musik in dir! Lass sie raus.«

»Danke für das Wasser.«

Vida tanzte noch immer, jetzt mit dem Mädchen im Bundeswehrshirt, war aber dabei komplett in sich selbst versunken. Ich schob mich zu ihr durch und berührte ihre Schulter. Sie brauchte einen Moment, um sich zu orientieren, aber als sie mich sah, wusste sie es.

»Du gehst«, stellte sie fest.

»Ja«, sagte ich. Vidas Partnerin, die offensichtlich mehr mit ihr teilte als nur die Tanzfläche, runzelte die Stirn in einer Mischung aus Sorge und Missbilligung. Vida gab ihr ein Zeichen, das ich aber nicht deuten konnte. Die Rothaarige bewegte sich weiter im Rhythmus der Musik, behielt uns aber im Blick.

»Dann komm gut heim«, sagte Vida. Der Geruch nach Jasmin war durchdringend. Und was immer sie riechen mochte, es zeigte Wirkung, denn sie wich meinem Blick aus und tanzte weiter.

***

Als ich heimkam, lag Jane schlafend auf der ausgezogenen Couch, das Kopfkissen umklammernd. Sie trug einen Slip, das T-Shirt war so weit hochgerutscht, dass die tätowierten Flügel wie abgeschnitten aussahen. Ihre Füße waren schmutzig, die Beine und Arme zerkratzt, als hätte sie sich durch ein dorniges Dickicht geschlagen. Die Haustür war geschlossen, dafür war die Balkontür wieder gekippt. Ich schloss sie und zog Jane die Bettdecke über die Schulter. Sie murmelte etwas Unverständliches, schlief aber weiter.

Lange blieb ich vor ihrem Bett stehen und betrachtete sie. Ich fühlte mich wie ein Verräter, als hätte ich etwas Schlechtes, etwas Böses getan. Aber ich wollte nicht alleine sein, nicht in dieser Nacht, nach diesem Abend. Ich zog die Schuhe aus, hob die Decke an und kroch zu ihr.

»Hallo, Vincent«, flüsterte Jane.

»Hallo«, antwortete ich.

Sie drehte sich zu mir um und stützte den Kopf auf ihre Hand. Es war dunkle Nacht, aber der Lichtschein der Stadt fiel durch das Fenster, so dass ich ihr Gesicht sehen konnte. Es war müde und erschöpft.

»Wo bist du gewesen?«, fragte ich.

»Draußen«, sagte sie nur.

»Und wie bist du wieder reingekommen?«

»Über den Balkon. Ich bin raufgeflogen. Du vergisst, dass ich ein Engel bin.«

Ich starrte sie verständnislos an.

»Vincent, ich habe den Ersatzschlüssel in dem Kuvert gefunden«, sagte Jane. »Ich hoffe, es war okay, dass ich ihn mir genommen habe.«

»Natürlich«, sagte ich.

»Ich habe ihn auf die Musikanlage gelegt. Falls du ihn suchst.«

»Danke«, sagte ich.

»Wie war dein Abend?«

»Ganz okay«, sagte ich.

»Das glaube ich nicht.« Sie strich mir mit der Hand über die Wange. »Sonst wärst du nicht zu mir gekommen.«

»Nein, der Abend war Scheiße«, gab ich zu.

»Das Mädchen aus deiner Schule? Vida?«

»Ja.«

»Es entwickelt sich nicht gut?«

Ich schüttelte den Kopf.

»Komm her«, flüsterte Jane und streckte den Arm aus. Ich rollte mich neben ihr ein.

»Manchmal«, sagte Jane, »ist es schwierig. Herauszufinden, was man will. Und was man braucht.«

»Die Frage ist nur, in welche Kategorie gehört Vida«, antwortete ich.

Jane richtete sich auf. »Ich sagte nicht: *wen* man will und *wen* man braucht.«

»Das habe ich schon verstanden. Aber gibt es da einen Unterschied?«

»Die Frage stellst du jetzt nicht im Ernst, oder?«

»Meine Mutter braucht mich«, erwiderte ich knapp.

»Ja. Weil sie keine eigenen Entscheidungen treffen kann. Und du deswegen die Verantwortung für sie übernommen hast.«

»Hatte ich eine andere Wahl?«

»Natürlich. Du hättest dir Hilfe holen können. Das wäre auch eine Form der Verantwortung gewesen.«

»Wie bitte?«, sagte ich wütend. »Ich habe mir das nicht ausgesucht!« Ich rückte von Jane ab, knipste die kleine Lampe auf dem Beistelltisch an – und erschrak, als ich in ihr ausgezehrtes Gesicht schaute. Wie eine Krebskranke im letzten Stadium sah sie aus.

»Jane ...«

»Und ich glaube, es macht dich ziemlich nervös, dass Vida ihre Entscheidungen für sich trifft«, fuhr sie fort. Ihre Augen glänzten fiebrig in tiefen Höhlen.

»Jane«, versuchte ich sie zu unterbrechen.

»Ich glaube, ihre Selbständigkeit tut dir gut. Egal, wie und als was ihr zusammenkommt ...«

Ich nahm ihr Gesicht in beide Hände. »Jane, was ist los mit dir?« Ich hatte wieder das flackernde Licht in der Gruft vor Augen.

»Wir sind miteinander verbunden, Vincent«, flüsterte Jane erschöpft. Sie hatte Tränen in den Augen. »Ich bin ein Teil von dir. Und wenn es dir schlechtgeht, kann es mir nicht gutgehen. Ich hatte gehofft, dir helfen zu können. Aber ich habe Angst, dass meine Kraft nicht ausreicht.«

Sie fühlte sich so zerbrechlich an, als ich sie in den Arm nahm und sanft an mich drückte. Der Geruch nach Zimt war überwältigend.

»Lass uns schlafen«, flüsterte sie. »Ich bin so müde.«

Ich löschte das Licht und küsste sie auf die Wange. Es fühlte sich komisch an. Liebevoll, aber überhaupt nicht erotisch. Als wäre sie meine Schwester.

Oder mein Zwilling.

10

Am nächsten Morgen beschloss ich, einen Tag Auszeit zu nehmen, nicht in die Schule zu gehen und mich aus der Welt auszuklinken. Ich fand, das hatte ich mir verdient, drauf geschissen. Jane und ich, wir schliefen die meiste Zeit, hörten Musik, kochten, hörten Musik, redeten, hörten Musik, schliefen weiter und hielten uns warm. Das war es. Kein Knutschen. Kein Anfassen. Kein Sex. Heute weiß ich, warum nichts passierte. Aber damals wunderte ich mich schon, dass meine Gefühle zu Jane eine ganz und gar unkörperliche Ausprägung hatten.

Den Tag und die ganze folgende Nacht hindurch hatte dichter Schneefall die Stadt mit einer weißen Decke überzogen, die alles dämpfte und der Stadt ein konturloses Weiß aufzwang, in dem nur rote und gelbe Lichter das Monochrome des Winters durchbrachen. Am Morgen versank der Verkehr im Chaos. Busse standen quer, sobald die Straße eine leichte Steigung vollzog. Also stapfte ich zu Fuß durch den knöchelhohen Schnee Richtung Schule. Ich kam eine Viertelstunde zu spät und war damit nicht der Einzige. Vida war auch noch nicht da, und ich hoffte, dass sie noch kommen würde.

Doch ihr Platz in Biologie blieb auch in der zweiten Stunde leer. Anoush schien ebenfalls nicht in die Schule gekommen zu sein. Ich konnte sie jedenfalls nirgendwo entdecken, und sie war nun wirklich nicht leicht zu übersehen. Ich hatte Vida auf WhatsApp eine Nachricht geschickt, auf die sie aber nicht geantwortet hatte. Am Telefon meldete sich nur die Mobilbox. In der Pause nahm ich meinen Mut zusammen und ging zu Timo, dem Flügelhorn. Ich wusste nicht, wen ich sonst fragen konnte, ob mit Vida alles in Ordnung war.

Er teilte sich mit zwei anderen Typen aus der Oberstufe zitternd eine Zigarette, als er mich sah.

»Hi«, sagte ich.

»Hi«, erwiderte Timo. Die anderen blieben stumm.

»Ist Vida heute krank?«

»Du weißt es nicht?«, fragte Timo.

»Was weiß ich nicht?«, erwiderte ich.

»Ein Typ hat sie sich vorgeknöpft und ziemlich übel aufgemischt«, sagte Timo und stieß eine Rauchwolke aus. Dabei ließ er die Zigarette wie einen Joint wandern.

Plötzlich kroch mir die Winterkälte unter die Jacke. »Was für ein Typ?«, fragte ich.

»Dennis, unser Lieblings-Psycho.«

O Scheiße! »Ist sie im Krankenhaus?«, fragte ich.

»Nicht mehr«, sagte Timo. Er betrachtete den letzten Rest der Zigarette, die wieder bei ihm angekommen war, ließ sie auf den Boden fallen und trat sie aus. »Vida ist wieder zu Hause.«

Ich setzte mich auf die niedrige Mauer. Mir war es egal, dass der Schnee meine Hose durchnässte. »Und Dennis?«

»Das Arschloch ist natürlich abgetaucht. Die Polizei sucht nach ihm.«

»Wo wohnt sie?«, fragte ich.

Timo kritzelte etwas auf die leere Seite eines kleinen Collegeblocks und riss das Blatt raus. Ich wollte danach greifen, aber er zog es im letzten Moment zurück.

»Anoush ist bei ihr«, sagte er.

Ich riss ihm den Zettel aus der Hand. »Danke für den Hinweis.«

»Dafür nicht«, sagte Timo.

Die Schule war zwar längst noch nicht aus, aber das war mir egal. So schnell ich konnte, lief ich zurück in den Kursraum und holte meine Tasche. Dann rannte ich zur Bushaltestelle.

***

Vida wohnte im selben Viertel wie ich, doch es war ein Sweet Suburbia, mit Thujas und Rosen und Hibiskus, wobei die letzten beiden um diese Jahreszeit nicht mehr blühten. Dafür waren einige Tannen und Hecken der Vorgärten mit Lichterketten behängt.

Familie Rostami wohnte in einem zweistöckigen Haus mit Flachdach und einer Treppenhausfront aus Glasbausteinen, mit kahlen Birken im Vorgarten und einer angebauten Garage, vor der ein Opel Zafira stand. Ich stieg die Stufen hinauf zur Haustür, atmete tief durch und klingelte. Schritte näherten sich, und ein Mann von Anfang fünfzig öffnete. Er war kleingewachsen und ein wenig rund. Graue Strähnen durchzogen das pechschwarze Haar. Der scharf ausrasierte Kinnbart war sehr kurz gestutzt. Irgendwie erinnerte er mich an jemanden. Eine Filmfigur?

»Ja?«, fragte er.

»Ich bin Vincent Amos. Ich wollte Vida besuchen.«

Herr Rostami kniff ein Auge zusammen. »Vincent wer?«

»Amos.«

»Sie sind ein Schulfreund?«

Ich nickte und bemerkte, wie sein Blick noch kritischer wurde. Schließlich nickte er und trat beiseite.

Ich weiß nicht, wie ich mir die Wohnung von Vidas Eltern vorgestellt habe. Oder besser gesagt das Haus. Von außen sah es wie eins dieser Eigenheime für Großfamilien aus, wie man sie vor fünfzig Jahren gebaut hatte. So deutsch wie der Sonntagsbraten, der damals noch regelmäßig auf den Tisch kam.

Als ich in den Hausflur trat, wurde ich allerdings überrascht. Das Haus atmete zwar noch den Geist der alten Besitzer, aber es war modern eingerichtet. Vielleicht ein wenig zu viel Ikea – aber da hat jeder seinen eigenen Geschmack. Durch die geöffnete Tür konnte ich in ein großes Wohnzimmer schauen, das von einem Klavier dominiert wurde. Hausmusik wurde großgeschrieben, das hatte ich schon geahnt.

Der Vater gehörte jedenfalls zur schweigsamen Sorte, als er mir bedeutete, ihm hinauf in den ersten Stock zu folgen. Er klopfte an eine angelehnte Tür. »Du hast Besuch.«

Vida saß auf ihrem Bett. Und neben ihr saß Anoush mit den roten Haaren.

»Hallo, Vincent«, sagte Vida.

Ich hob die Hand, um den Gruß zu erwidern.

»Ich mach mich mal auf den Weg«, sagte Anoush zu Vida.

»Okay. Ich ruf dich heute Abend an.«

»Ja, gut«, antwortete Anoush. Einen kurzen Augenblick trafen sich unsere Blicke. Ich wusste nicht, ob sie sauer auf mich war oder Mitleid mit mir hatte. Oder ob es eine Mischung aus beidem war.

Anoush zog die Tür hinter sich zu, und ich war mit Vida allein. Ihr Zimmer war mindestens genauso aufgeräumt wie meins, was ich erst mal sympathisch fand. Auf dem breiten Bett lag eine Tagesdecke, auf einem Nachttischschrank stapelten sich Bücher. Den bunten Post-its nach zu urteilen in verschiedenen Lesestadien. Im Hintergrund lief leise Musik. Satie oder Debussy, ich konnte es nicht genau heraushören.

»Du siehst nicht besonders gut aus«, sagte ich vorsichtig.

»Was du nicht sagst«, antwortete Vida. »Setz dich.«

»Möchte ich nicht«, sagte ich.

»Wenn du hier so herumstehst, machst du mich nervös. Also setz dich hin.«

Ich hatte nicht vor, lange zu bleiben. Dazu fühlte ich mich viel zu unwohl. Fehl am Platz. Der Fluchtreflex war geradezu überwältigend. Aber als sie das zweite Mal auf den Stuhl wies, nahm ich Platz.

»Timo hat mir erzählt, was passiert ist. Es war Dennis, oder? Er war letztens auch im Borderland«, sagte ich.

»Eigentlich hat er da Hausverbot«, sagte Vida.

»Ich sollte dir von ihm ausrichten, dass er mit dir noch eine Rechnung zu begleichen hat.« Ich zwang mich dazu, ihr bei diesen Worten in die Augen zu schauen.

»Na super«, sagte Vida.

»Ich hätte dich warnen sollen.«

»Ja, das wäre vielleicht ganz gut gewesen.«

Ich stand auf. »Eigentlich bin ich nur gekommen, um mich zu entschuldigen.«

Vida musterte mich eindringlich und nickte dann. »Entschuldigung angenommen.«

»Dann wünsche ich dir gute Besserung. Wenn du noch etwas von mir brauchst, eine Aussage bei der Polizei oder so, sag mir Bescheid.«

Ich war schon bei der Tür, als Vida aufstand. »Vincent?«

»Ja?«

»Ist bei dir alles in Ordnung?«

Ich blieb stehen. Eigentlich wollte ich sagen: Alles im grünen Bereich. Alles easy. Doch da drängelte sich eine andere Stimme vor.

»Nein«, sagte diese Stimme. »Nein, ist es nicht.«

»Was ist los?«

»Meine Mutter ist aus dem Koma erwacht«, sagte ich. Eigentlich war das ja eine gute Nachricht gewesen. Aber sie hatte bei mir keinen Zustand der heiteren Gelassenheit hervorgerufen. Eher im Gegenteil.

»Deine Mutter lag im Koma?«, fragte Vida entsetzt. »Davon hast du mir gar nichts erzählt!«

»So nah haben wir uns bisher nicht gestanden.«

Durch die Schwellungen im Gesicht hatte sie ihre Mimik nicht im Griff, aber das Mitgefühl, das sie mir entgegenbrachte, war aufrichtig. »Und dein Vater? Lebst du allein, oder wie muss ich mir das vorstellen?«

»Mein Vater ist vor zwei Jahren bei einem Autounfall ums Leben gekommen.«

Vida war einen Moment sprachlos. »Ach du Scheiße«, murmelte sie. »Das tut mir leid. Also bist du ganz allein?«

»Nein, eine gute Freundin unterstützt mich.« Was sollte ich auch mehr sagen? Ich wohne mit dem Mädchen zusammen, das zeitweise auf einem Friedhof lebt?

»Willst du mir erzählen, wer sie ist?«, fragte Vida.

Ich atmete langsam tief ein und wieder aus. »Sie ist ein Engel.«

Vida blinzelte einmal. Zweimal. Dann sagte sie: »Aha.«

»Doch, das trifft es am besten. Sie hat so eine riesige Tätowierung auf dem Rücken, zwei Flügel, die ihr hinab bis zum Hintern reichen.« Ich stockte. Hatte ich jetzt zu viel verraten? Diese pikante Information konnte ich tatsächlich nur haben, wenn ich sie nackt gesehen hatte. Was ja nun auch stimmte.

»Sie bedeutet dir sehr viel?«

»Ja, sie bedeutet mir sehr viel«, antwortete ich. »Wir waren füreinander da, als wir am dringendsten einen Menschen brauchten.« Ich hielt einen Moment inne. »Wir haben übrigens nicht miteinander geschlafen.«

Vida lachte laut auf und verzog dabei augenblicklich schmerzhaft das Gesicht. Kleine Sünden bestraft der liebe Gott sofort. »Oh, Vincent! Selbst wenn du es getan hättest, würde es mich nichts angehen.«

»Naja«, sagte ich und strich mir unnötigerweise das Haar glatt. »Ich dachte nur, es wäre vielleicht wichtig für dich. Du weißt schon, die ganze Jasmingeschichte.«

»Vincent, wir sind weder ein Paar, noch haben wir eine Beziehung, in der diese Frage wichtig für mich wäre.«

»Aber wäre es das? Ich meine, wären wir ein Paar, wäre es wichtig für dich, zu wissen, dass ich mit keiner anderen … du weißt schon …«

»Falsche Frage zur falschen Zeit. Noch mal: Wir sind kein Paar.«

»Du hast von dieser Bestimmung füreinander gesprochen.

Die Sache mit dem Jasmin. Stell dir vor, der zweite Teil wird auch in Erfüllung gehen. Du würdest mich riechen können.«

»Im Moment rieche ich gar nichts«, sagte sie und tippte sich vorsichtig an die Nase.

»Okay. Aber wenn! Wären wir dann nach deinem Verständnis füreinander bestimmt?«

»Vincent, ich steh nicht auf Jungs. So einfach ist das.«

Na also, jetzt war die Katze aus dem Sack. Doch das beantwortete nicht meine brennendste Frage. »Warum willst du dann überhaupt was mit mir zu tun haben? Ist das irgend so ein Experiment? Schauen, ob an dieser Blumennummer doch was dran sein könnte?«

»Es ist kein Experiment«, sagte Vida. Sie klang jetzt nicht mehr ganz so selbstsicher. »Aber ich bin neugierig, ja.«

»Auch wenn du lesbisch bist?«

»Vincent, ich könnte jetzt mit dir eine abendfüllende Diskussion über solche Begriffe führen. Aber ich lasse das.«

»Was hindert dich daran?«

»Mein Zustand. Mir platzt der Schädel.«

Ich nickte.

Vida stöhnte. »Okay, Klartext: Ich mag dich sehr gerne. Ich fühle mich in deiner Gesellschaft wohl. Und ich fühle mich dir verbunden.«

»Aber?«, fragte ich vorsichtig.

Vida warf hilflos die Hände in die Luft. »Kein Aber! Was hast du denn gedacht? Dass ich sage, du bist ein lieber Kerl, aber mehr als eine Freundschaft kann ich mir nicht vorstellen?«

Ich spürte, wie mein Gesicht warm wurde. »Hm ... ja.«

»Du kommst mit Unsicherheit wirklich nicht zurecht, was?

Du brauchst ein klares Ja oder ein klares Nein. Aber du hast keinen Sinn für das Spiel zwischen den beiden Polen. Das Tanzen.«

Ich schüttelte den Kopf.

»Das ist schade!«, fuhr sie fort. »Und bevor du dich jetzt immer noch fragst, ob ich die Tür aufhalte: Ja, verdammt, das tue ich! Aber ich weiß nicht, was am Ende dabei rauskommen wird. Kannst du damit leben?«

Ich errötete noch mehr. Wenn das überhaupt steigerungsfähig war.

»Übermorgen habe ich Geburtstag«, sagte Vida. »Ich möchte dich dazu einladen.«

»Oh, eine Party.«

»Ja, eine Party.«

»Hier? Bei dir zu Hause? Dein Vater hat mich eben angeschaut, als sei ich ein Ding aus einer anderen Welt!«

Vida seufzte. »Vincent, du bist ein Ding aus einer anderen Welt. Und ich wäre enttäuscht, wenn es anders wäre. Wirst du kommen?«

»Wer ist denn da?«

»Meine Eltern. Timo. Anoush. Vielleicht noch ein paar andere aus dem Borderland.«

»Anoush ist die, die eben hier war.«

»Ja. Ich glaube, du wirst dich gut mit ihr verstehen«, sagte Vida.

»Wie kommst du darauf?«, fragte ich überrascht.

»Anoush hat mir ziemlich die Hölle heiß gemacht, weil ich mich im Borderland nicht richtig um dich gekümmert habe.«

Ach schau an, dachte ich. Nicht dass ich einen Beistand

brauchte, der meine Eindrücke bestätigte. Aber es tat mir in dem Moment doch ganz gut, dass jemand meine Sicht der Dinge teilte. »Ich komme gern, danke für die Einladung.«

»Schön. Und mach dir keine Gedanken wegen eines Geschenks, hörst du?«

»Wann geht es los?«

»So um sechs. Bringst du deine Freundin mit?«

»Ich kann sie fragen«, sagte ich zögerlich.

»Würde mich freuen. Sie scheint ein faszinierender Mensch zu sein. So wie du sie beschrieben hast.«

Das Interessante war: Ich konnte mir tatsächlich vorstellen, dass die beiden sich gut verstehen würden. Sie waren sich ähnlich, wobei Jane nicht so stachelig war wie Vida, die ihre persönlichen Grenzen immer sehr deutlich markierte.

»Ich werde sie fragen«, wiederholte ich die Antwort.

»Gut. Dann sehen wir uns übermorgen?«

»Dann sehen wir uns am Sonntag.«

11

Ich erwachte zu Astrud Gilbertos »Girl from Ipanema«, *bittersweet*, wie der Engländer sagen würde. Mir war es ein wenig zu früh für solche Musik, aber ich war froh, dass Jane ihren Schwarzen Hund, die Depression, in seine Hütte geschickt hatte.

»Guten Morgen!«, rief sie gutgelaunt aus der Küche, als ich müde aus meinem Zimmer torkelte.

»Guten Morgen«, brummte ich zurück.

»Tee oder Kaffee?«

»Kaffee«, antwortete ich. »Stark. Bitte.«

Das Sofa war zusammengeklappt, das Bettzeug unter der Klappe verstaut, der niedrige Tisch zum Frühstück gedeckt. Es gab Obst und Joghurt und Haferflocken. Ich wunderte mich immer wieder, wie häuslich Jane war. Abgesehen von den etwas ramponierten Bildern der Polarlichter, mit denen sie jeden freien Fleck der Wohnzimmerwand tapeziert hatte, war die Wohnung sauber und aufgeräumt wie nie zuvor. Selbst die Kartons, die im Flur standen, hatte sie weggeworfen, obwohl ich sie eigentlich hatte behalten wollen. Für mich waren sie immer eine Art Rückfahrtticket gewesen. Die greifbare Versicherung, dass dies hier alles nur ein Provisorium, eine Übergangssituation war, die sich schnell wieder ändern würde.

Ich ging zu ihr in die Küche und lehnte mich müde an den Türrahmen. »Wie lange bist du schon auf?«

»Früh, ich habe nicht auf die Uhr geschaut.« Sie drehte sich zu mir um und strahlte mich an. »Hattest du gestern eine schöne Zeit?« Sie drückte mir den Kaffee in die Hand und schob sich an mir vorbei.

»Ja«, sagte ich, und ich fühlte mich auf unangenehme Art ertappt. Obwohl es eigentlich keinen Grund gab, warum ich ein schlechtes Gewissen haben musste.

»Vida hat morgen Geburtstag und sie hat uns beide eingeladen.«

»Bist du mir böse, wenn du alleine gehst?«

»Natürlich nicht.«

»Mir ist gerade überhaupt nicht nach Gesellschaft«, sagte sie.

»Ich kann bei dir bleiben.«

»Nein, auf gar keinen Fall«, antwortete sie. »Ich bin froh, dass du etwas unternimmst. Und das muss nicht unbedingt mit mir sein. Ich kann nicht gut mit Menschen. Sie strengen mich an. Mir fehlt da der Filter. Wenn es dann zu viel wird, muss ich mich zurückziehen, sonst implodiere ich.« Jane machte eine Geste, als sei ihr Kopf eine gigantische Bombe. Obwohl Bomben eigentlich nicht implodieren.

»Ja«, sagte ich. »Kann ich nachvollziehen. Mir geht es manchmal genauso.«

»Ich weiß«, sagte Jane. »Dein Kaffee wird übrigens kalt.«

Ich nippte an der Tasse und stellte sie auf den kleinen Beistelltisch. »Es ist Samstag. Was wollen wir heute mit dem Tag anstellen?«

Jane dachte nach. »Zeig mir, wo du herkommst«, sagte sie.

»Du meinst, wo ich gewohnt habe?«

Sie nickte. »Ist das in Ordnung für dich?«

»Natürlich«, sagte ich. »Hab ich kein Problem mit.«

Aber ganz so sicher war ich mir da nicht. Ein nicht näher bestimmbares Unbehagen bohrte in meinem Bauch. Wie ein Ziehen, das man verspürt, wenn man sich mit latenter Höhenangst an den Rand einer Klippe stellt und nach unten schaut.

***

Es war ein ziemliches Stück bis ans andere Ende der Stadt. Die Fahrt mit dem Bus dauerte eine Dreiviertelstunde. Die Straßen waren nicht geräumt, aber dennoch fuhr die Linie 22 wie auf Schienen durch das dichte Schneetreiben. Und je näher wir meinem alten Zuhause kamen, desto unentspannter wurde Jane. Es war eine ähnliche Reaktion wie bei unserem Besuch im Krankenhaus an jenem Tag, an dem sie meine Mutter aus dem Koma weckte. Und da war wieder dieses unangenehme Drehen in der Magengegend, so als würde sich die Welt von rechts nach links verschieben.

Wir stiegen an der Endhaltestelle aus und traten hinaus in die Winterdüsternis. Der Wind peitschte Eiskristalle in unsere Gesichter, die Schritte knirschten im knöchelhohen Schnee. Das Licht der Straßenlaternen hatte eine kalte Aura, und ich fragte mich, ob es eine gute Idee war, dass wir hierhergekommen waren. Ich kannte die Straßen und Häuser und trotzdem fühlte ich mich fremd an diesem Ort, der so lebendig wie eine verlassene Filmkulisse war.

Wir gingen vorbei an meiner Grundschule, einem grauen Gebäude aus den fünfziger Jahren, dessen dunkle Fenster blind in die heraufziehende Nacht starrten. Die Gerüste des Spielplatzes sahen im trüben Zwielicht wie die halbverwehten Knochen eines lange verendeten Dinosauriers aus. Die wenigen Autos, die am Straßenrand standen, waren so eingeschneit, dass die Nummernschilder nicht zu lesen waren. Die Stille war erdrückend. Ich hörte nur meinen Atem. Das Blut rauschte im Takt des Herzschlags in meinen Ohren. Jane ergriff meine Hand, aber ich wusste nicht, wer sich unbehaglicher fühlte: sie oder ich.

»Lass uns umkehren und nach Hause gehen«, sagte ich schließlich, als wir uns der Doppelhaushälfte näherten, in der ich aufgewachsen war.

»Wenn du jetzt umkehrst, wirst du kein zweites Mal hierherkommen. Jedenfalls nicht mit mir. Ich werde die Kraft nicht mehr haben.«

»Aber was sollen wir tun, wenn wir da sind?«, fragte ich. »Willst du klingeln?«

»Das müssen wir nicht«, sagte Jane. »Hier.«

Jane griff in ihre Hosentasche und gab mir einen Schlüssel, der einen roten Kennring hatte.

Ich sah sie erschrocken an. »Wo hast du den her? Ich habe ihn damals abgeben müssen!«

Jane sagte nichts, sondern zog mich sanft hinter sich her. Wir bogen in die kleine Seitenstraße ein und standen schließlich vor unserer alten Doppelhaushälfte, die ein wenig zurückgesetzt war. Unter dem kleinen Dach über dem Hauseingang brannte schwach eine Laterne. Der kleine Vorgarten lag unter kniehohem

Schnee begraben. Im Carport parkte der Familienkombi, ein alter Opel Astra, silberfarben. Plötzlich erinnerte ich mich wieder an ihn, an seinen Geruch, und dass mein Vater nachträglich einen CD-Spieler mit SD-Kartenslot eingebaut hatte, damit wir auch unterwegs unsere Musik hören konnten und nicht nur das übliche Radiogedudel.

Aber der Wagen durfte hier nicht stehen! Er hatte nach dem Unfall einen Totalschaden gehabt und war verschrottet worden!

Ich stapfte durch den Schnee zur Haustür und zögerte. Eigentlich wollte ich das alles nicht. Eigentlich wollte ich wieder zurück in meine kleine schäbige Wohnung in dieser sozialen Exklusionssiedlung am anderen Ende der Stadt.

Jane sah elend aus in ihrer Lederjacke, die viel zu dünn war für diese arktischen Temperaturen. Sie hatte die Arme eng um sich geschlungen, als könnte sie sich so wärmen, und schlotterte dennoch am ganzen Körper.

Ich betrachtete den Schlüssel in meiner Hand. Lange. Dann steckte ich ihn in das Schloss und drehte ihn um.

Das Erste, was ich bemerkte, war der Geruch nach Zimt. Erst dachte ich, er ginge von Jane aus, aber das traf nicht zu.

Ich betätigte den Schalter im kleinen Flur direkt neben der Gästetoilette, doch die Deckenlampe blieb dunkel. Ein schwacher Lichtschein fiel vom offenen Esszimmer auf die Garderobe, an der noch immer Mäntel hingen. Keiner davon gehörte mir.

Der Schnee an meinen Schuhen schmolz und hinterließ eine Pfütze auf dem braungefliesten Boden. Ich bückte mich, um die gefrorenen Schnürsenkel zu öffnen, hielt dann aber inne. Hier meine Stiefel auszuziehen kam mir falsch, falsch, falsch vor. Also gingen wir weiter.

Ich betätigte den nächsten Schalter, aber wieder blieb es dunkel. Der Strom schien ausgefallen zu sein. Aber wenn das so war, wie konnte dann der Backofen in der Küche funktionieren? Ich sah sein Licht und hörte die Umluft brummen. Auf einem Blech lagen fertiggebackene Plätzchen. Ich nahm die Topflappen vom Haken und öffnete die Backofentür. Ein warmer, zimtgesättigter Schwall Luft hüllte mein Gesicht ein. Sie war so trocken, dass meine Augen tränten.

Tiefe Traurigkeit erfüllte mich, und ich wusste nicht, woher sie kam. Gefühle der Angst und des Verlusts und der Einsamkeit drängten wie ölige Blasen an die Oberfläche, aber ich wusste nicht, mit welchen Erinnerungen ich sie in Verbindung bringen sollte.

Ich stellte das Blech mit den Plätzchen auf den Herd. Es waren die gleichen Sorten, die wir jedes Jahr in der Vorweihnachtszeit in den Ofen geschoben hatten.

Die Erkenntnis durchfuhr mich wie ein elektrischer Schlag. »Meine Mutter hatte sie gebacken, als wir die Nachricht vom Tod meines Vaters erhielten. Mein Gott, wie hatte ich das vergessen können?«

»Komm«, flüsterte Jane.

»Scheiße, Jane, *wie konnte ich das vergessen*?«

»Ich glaube, du hast über den Schmerz ganz viel vergessen, ganz viel verdrängt. Frau Neuburg könnte dir darüber einen ziemlich aufschlussreichen Vortrag halten.«

»Das hier ist nicht real«, sagte ich.

»Das hier ist realer als die Welt, in der du lebst«, sagte Jane.

»Hier kannst du dir nichts vormachen. Hier unterliegst du nicht der Illusion, alles kontrollieren zu können.«

»Das ist ein Traum«, insistierte ich. »Es ist *mein* Traum, den ich immer wieder habe.«

»Ist das so? Schau dich um.«

Das tat ich. Und mir fiel sofort der Unterschied auf. Hier schien nichts zu verfallen, nirgendwo lag Staub wie sonst in meinen Träumen. Meine Mutter saß nicht am Tisch. Das Haus war leer.

»Nein, es ist nicht leer«, sagte Jane. »Es ist voll mit deinen Erinnerungen.«

»Was ist mit den Bildern geschehen?«, fragte ich, als ich die leeren Bilderrahmen sah.

»Du weißt nicht mehr, was dort hing?«

»Nein.« Hinter dem Glas waren nur leere Passepartouts zu sehen.

»Keine Idee?«

»Überhaupt nicht.«

»Sind die Rahmen in deinen Träumen auch leer?«

»Ich kann es dir nicht sagen«, erwiderte ich in einem Anflug von Verzweiflung.

Die Bücherwand im Wohnzimmer war ebenfalls Stückwerk. Viele Regale sahen aus, als hätte man sie teilweise ausgeräumt. Die Bücher, die noch übrig waren …

» … gehörten deinem Vater«, sagte Jane.

Ich drehte mich um. Das Klavier stand in der Ecke neben der Balkontür. Noten lagen auf dem Deckel. Brahms.

Als hätte ich es gewusst.

Hastig stieg ich in den ersten Stock hinauf und öffnete die

Tür rechts am Treppenabsatz. »Das Arbeitszimmer meines Vaters«, sagte ich. Auch hier gab es keinen Strom.

Ein Grablicht mit goldenem Deckel stand auf der Fensterbank. Jane holte das Zippo aus ihrer Jackentasche und zündete es an. »Kein Gebet diesmal«, sagte sie und drückte mir das Licht in die Hand.

Ich drehte mich einmal im Kreis und blieb abrupt stehen. Die Plattensammlung meines Vaters. Vinyl, zwei Wände voll, hoch bis an die Decke, alphabetisch nach Künstlern sortiert. Ich kniff die Augen zusammen. Was zum Teufel war mit den Schallplatten geschehen?

»Deine Mutter hat sie verkauft, erinnerst du dich?«, sagte Jane. »An einen Sammler. Die CDs hatten ihn nicht interessiert.«

»Ja, die sind bei mir.«

»Mit dem Geld hat sie die Beerdigung bezahlt«, fuhr Jane fort. »Das hast du vergessen, nicht wahr?«

»O Gott«, stöhnte ich. Mir war schlecht. Die Vinylsammlung! Er hatte das Postcard-Label komplett! 4AD! Factory! Okay, nicht alle Nummern. Aber alles, was er hatte ergattern können, seitdem er begonnen hatte, in einem Indie-Plattenladen zu arbeiten. Da war er …

» … so alt wie du jetzt.« Jane deutete auf einen Plattenspieler. Eine Acoustic Solid Machine. Sündhaft teuer. »Die ging mit raus.«

»Mutter hat seine Leidenschaft nie verstanden«, sagte ich. »Er konnte ohne Musik nicht leben.«

»Nur irgendwann brachte diese Leidenschaft nicht mehr genug Geld ein, nicht wahr?«

»Seine Redaktionsstelle wurde gekürzt«, erinnerte ich mich. »Um die Hälfte.« Auf dem Schreibtisch lag eine Nikon FE, zusammen mit einem Drahtauslöser. Sie war so zerschrammt, als hätte sie den Vietnamkrieg miterlebt. Das Foto von ihm, das ich in dem braunen Umschlag auf dem Boden des Kartons gefunden hatte, es musste mit dieser Kamera aufgenommen worden sein. Vor dieser Regalwand. Mit den Schallplatten.

»Das ist ein schönes Bild von dir«, sagte Jane. Ich drehte mich um und sah über ihre Schulter.

»O ja, ich erinnere mich noch an den Sommer. Er war lang und heiß und wir hatten draußen im Garten einen Pool aufgebaut.«

»Du siehst glücklich aus, eingehüllt in dieses große Handtuch. Was isst du da?«

»Kennst du Marcel Proust?«

»Ja«, sagte Jane. »*Auf der Suche nach der verlorenen Zeit*. Der Geschmack von Madeleines und Tee haben bei ihm die Erinnerung an vergangenes Glück heraufbeschworen.«

»Bei mir sind es Erdbeeren. Seit jenem Sommer. Wir sind damals nicht in Urlaub gefahren, weil meine Mutter nicht freibekam. Mein Vater hatte fast immer Zeit für mich gehabt, er konnte sich ja seine Arbeit einigermaßen frei einteilen. Nur zwei Tage die Woche war er im Sender. Vieles hat er auch zu Hause produziert, unten im Keller.«

»War deine Mutter häufig unterwegs?«

Ich dachte nach. Alles war so verschwommen, nicht greifbar. »Ich glaube schon«, sagte ich vorsichtig. »Doch, ja. Sie war irgendwann im Außendienst. Kundenbetreuung.«

Jane lächelte traurig und stellte das Bild wieder zurück.

Ich wollte mich schon abwenden, als Jane mich festhielt.

»Vincent? Schau!«

Auf dem Schreibtisch stand ein mitgenommener Dr.-Martens-Schuhkarton. Jane hatte den Deckel hochgeklappt. Auf einem Stapel Briefe lag eine CD. Das Cover zeigte einen buntbemalten Totenschädel und sah sehr mexikanisch aus.

»Für V.«, las Jane.

Ich erschrak. Wenn mein Vater eine Mix-CD brannte, dann wollte er mir etwas mitteilen. Etwas erzählen. Eine Geschichte. Nur: Wollte ich sie lesen? Wollte ich wissen, was er mitzuteilen hatte? Doch dann nahm ich das Jewel Case in die Hand und klappte die Hülle auf. Auf der Innenseite des Inlays war die Playlist abgedruckt. Und sie war lang. Er hatte die Stücke also als MP3 gespeichert. Ich klappte den Deckel zu und steckte die Hülle in die Innentasche meiner Jacke – obwohl es mir nicht geheuer war, etwas aus diesem Zimmer mitzunehmen. Ich hatte Angst, es könnte irgendwas passieren. Als würde man in die Vergangenheit reisen, dort etwas einstecken und auf diese Art die Gegenwart verändern. Der Schmetterlingseffekt.

Wir durchquerten den Flur und blieben vor meinem Zimmer stehen. Jane trat beiseite. Ich hielt noch immer das Licht meines Vaters in der Hand, als ich die Tür vorsichtig aufstieß.

»Oh«, machte Jane.

»Ja«, sagte ich. »Oh.«

Es war nicht mein Zimmer. Also, es war schon mein Zimmer, aber so hatte es nicht ausgesehen, als ich mit meiner Mutter ausgezogen war.

An der Wand hing ein *Minecraft*-Poster, in den Regalen standen Comics. *Lustige Taschenbücher* rauf und runter. *Harry Pot-*

ter, Gott hab ihn selig. Legobausätze bis zum Abwinken, Playmobil war mir immer suspekt gewesen. Alte X-Box-360-Spiele, aber nur die mit entsprechender Freigabe. Mutter kam *Call of Duty* nicht ins Haus.

»Wie alt warst du, als dein Zimmer so aussah?« Jane betrachtete ein Spiel der Fifa-Reihe und stellte es mit einem kurzen Stirnrunzeln zurück.

»Zwölf? Dreizehn?«

»Das ist erstaunlich, nicht wahr?«

»Irgendwie schon. Ist zwar erst vier Jahre her, aber es fühlt sich wie ein komplett anderes Leben an.«

»Aber auch dieses Leben hast du vergessen«, sagte Jane. »Deine ganzen Träume sind hiergeblieben und bleichen aus.«

Ich hatte ein Hochbett, unter dem mein Schreibtisch stand, auf dem noch meine Zeichenutensilien neben einem leeren Blatt Papier lagen. Damals hatte ich mich als großen Comiczeichner gesehen, der ein wenig in der Frank-Miller-Liga spielte. Mindestens! Aber mir hatte die Ausdauer gefehlt: Skizzen, Entwürfe, Seiten in Panels aufteilen, Vorzeichnungen, Tuschen, Kolorieren, Textblasen lettern. Und dann brauchte ich vorher ja noch eine Geschichte und somit einen Plan. Den hatte ich natürlich nicht, weil mir das dann doch alles zu mühselig war, zu fitzelig. Ich wollte das schnelle Ergebnis, den großen Wurf.

»Unter dem Dach ist das Schlafzimmer deiner Eltern«, sagte Jane.

»Das will ich nicht sehen!«, sagte ich augenblicklich.

»Vielleicht hilft es dir, zu verstehen, was geschehen ist«, sagte Jane.

»Kommt überhaupt nicht in die Tüte!« Ich schüttelte energisch den Kopf. »Lass uns gehen.«

»Es ist noch zu früh«, sagte Jane.

»Zu früh für was?«, fragte ich.

Jane antwortete nicht. Sie blies das Licht aus, stellte es auf die Fensterbank und öffnete die Balkontür. »Komm«, sagte sie und reichte mir ihre Hand.

Wir traten hinaus in die stechende Kälte. Es hatte aufgehört zu schneien. Es roch nach Brikettfeuer und verbranntem Holz, obwohl aus keinem der Schornsteine Rauch aufstieg. Die Fenster der umliegenden Häuser waren dunkel. Jane drückte meine Hand fester und schaute nach oben. Die Wolken hatten sich aufgelöst, und die Sterne glitzerten kalt an einem schwarzen Himmel. Ich war froh, dass sie bei mir war. Mit dem Alleinsein hatte ich eigentlich überhaupt kein Problem. Aber hier? An diesem Ort? In dieser Nacht?

»Ich habe ein Geschenk für dich«, sagte Jane.

»Ein Geschenk?«

Sie sah hinauf in den Himmel, und ich folgte ihrem Blick.

Es begann kaum wahrnehmbar. Ein leichter grüner Schleier, wie eine von unten angestrahlte Wolke. Nur dass sich diese leuchtende Wolke bewegte, aufflackerte, verschwand, wiedergeboren wurde und nach oben wuchs. Eine zweite Wolke entstand, eine dritte. Sie verschmolzen miteinander, lösten sich wieder voneinander, überlagerten und überschnitten sich – bis sie sich wie Vorhänge im Wind bewegten.

»Polarlichter«, flüsterte ich.

»Lichter in der Nacht«, sagte Jane. »Egal, wie dunkel es ist, sie sind immer da.«

»Sei mir nicht böse, aber das ist mir zu …«

»Pathetisch?«, fragte Jane.

Ich nickte.

Jane sah mich traurig an. Wir gingen wieder hinein und sie schloss die Balkontür hinter uns. Die Polarlichter flackerten schwächer, verschwanden aber nicht, sondern veränderten nur ihre Farbe. Das Grün wurde zu einem Blau, zu einem Violett, zu einem Rot.

Ich zögerte einen Moment. Ich konnte die Treppe zum Dachgeschoss hinaufsteigen und schauen, welche Wahrheiten der oberste Stock bereithielt. Bisher hatte ich nur Spuren meines Vaters gefunden. Und Spuren, die ich hinterlassen hatte. Doch meine Mutter fand hier irgendwie nicht statt. Kein Buch, kein Bild, kein Möbelstück, das ich mit ihr identifizierte.

Ich wollte nach Hause, ich wollte hier raus. Aber dennoch trugen mich meine Füße hinauf. Als hätte der unbewusste Wunsch, mehr über meine Mutter zu erfahren, über den vorsichtig agierenden Verstand gesiegt.

Ich wusste, wie das Schlafzimmer meiner Eltern ausgesehen hatte. Natürlich. Als ich klein war, bin ich nachts oder morgens oft genug zu ihnen ins Bett geklettert, um mich zwischen meinen Vater und meine Mutter zu legen. Ich weiß, wie sich eine Besucherritze anfühlt. Ich kenne sogar die Bezeichnung. Kaum einer benutzt sie heute noch. Aber meine Eltern hatten getrennte Matratzen, weil mein Vater schwerer als meine Mutter war. Auf der einen Seite also Federkern, auf der anderen Latex. Ich legte mich immer quer. Die Kopfseite bei meinem Vater, die Beine bei meiner Mutter. Manchmal zog sie um auf die Couch im Wohnzimmer, weil ich zu unruhig war und sie morgens früh rausmusste. Dann las mir mein Vater etwas vor, bis ich dann doch endlich wieder einschlief.

Als ich vor der Tür stand, holte ich tief Luft. Ich wusste nicht, was mich dahinter erwarten würde, als ich sie vorsichtig öffnete.

»O Scheiße«, sagte ich leise.

Das Bett sah aus, als hätte man es mit einer Kettensäge halbiert. Es war in der Mitte durchgesackt, die Matratze auf der Seite meines Vaters war aufgeschlitzt. Die Sprungfedern waren zu sehen. Die Matratze meiner Mutter hingegen lag in der Ecke neben dem Kleiderschrank. Jemand hatte sich aus dem schmutzigen Bettzeug ein Nest gebaut, man sah eine tiefe Kuhle, wie der Körperabdruck der einbalsamierten Leiche in *Psycho*. Die Raufaser war in dünnen Streifen von der Wand gezogen und zerrissen worden, so dass die Tapete wie Krätzeschuppen auf dem aufgequollenen Laminat lagen. Ich betrachtete den freigelegten Putz genauer und erkannte Buchstaben. Worte, mit Fingernägeln eingekratzt. Aber ich konnte sie nicht entziffern.

Dies hier war ein Ort der toten Vergangenheit. Des Schmerzes. Der Schuld.

Dies war der Ort, an den sich meine Mutter zurückgezogen hatte. Und den sie mit Janes Hilfe verlassen hatte.

»Okay. Ich habe genug gesehen. Ich will von hier weg.«

Jane ergriff meine Hand. »Dann musst du dreimal die Hacken zusammenschlagen und sagen …«

»Nirgends ist es schöner als daheim«, vollendete ich den Satz. Ich trug zwar keine roten Halbschuhe, aber – eins, zwei, drei – ich wusste, die Winterstiefel würden es auch tun.

12

Am nächsten Morgen machte ich mich auf den Weg ins Krankenhaus. Allein. Die vorangegangene Nacht war fürchterlich gewesen, ich hatte mich wie Blei gefühlt, und die Schwere war bis jetzt nicht aus meinem Körper gewichen. Jane hatte diese dunklen Stunden mit mir durchwacht, bis sie gegen Sonnenaufgang eingeschlafen war und ich die Kraft fand, mich anzuziehen und etwas zu essen.

Irgendwie fehlte der Welt das nötige Licht, um lebendig zu wirken. Der Schnee war nass und schwer durch den feinen Regen, der aus grauen Wolken fiel. Die Kälte kroch überall hin. Normalerweise fror ich nie, aber an diesem Morgen wusste ich nicht, ob ich jemals wieder so etwas wie Wärme spüren würde.

Man hatte meine Mutter in ein normales Zimmer verlegt. Vierbett. Wenigstens lag sie am Fenster, aus dem sie hinausschaute. Das Kopfteil des Betts war hochgestellt.

Ich klopfte an den Türrahmen. Die drei anderen Frauen drehten sich zu mir um, nur meine Mutter schien mich nicht wahrzunehmen.

»Sie haben Besuch!«, rief die alte Frau im Bett neben meiner Mutter und versuchte, sie mit ihrem dürren Arm anzustoßen, aber sie war zu schwach, um sich langzumachen.

Ich setzte mich zu meiner Mutter auf die Bettkante und versuchte, ihrem Blick zu folgen. Doch der verlor sich im Draußen des diesigen Tages.

»Hallo«, sagte ich leise.

Sie regte sich nicht. Erst als ich ihre Hand ergriff, blinzelte sie und holte tief Luft. Man hatte ihre Trachealkanüle entfernt, den Schnitt vernäht und die Wunde mit einem weißen, quadratischen Pflaster zugeklebt. Auf dem Nachttisch stand ein Tablett mit ihrem Mittagessen. Ich hob den Deckel vom Teller.

»Ihre Mutter hat auch das Frühstück nur zur Hälfte gegessen«, sagte die alte Dame. Ihre Stimme war trocken wie rascheliges Laub. Die soziale Kontrolle schien hier gut zu funktionieren.

Neben dem Tablett lag Mutters Konversationsheft. Ein Kugelschreiber steckte in der Spiralbindung. Eigentlich hätte sie nach dem Entfernen der Trachealkanüle wieder normal sprechen können, aber bis jetzt hatte sie offensichtlich noch kein einziges Wort von sich gegeben.

»Ich möchte mit dir reden«, sagte ich. »Aber nicht hier.«

Die Hände meiner Mutter verkrampften sich, so dass die Sehnen und Knöchel weiß durch die Pergamenthaut drückten. Ihr Blick flackerte kurz zu mir, als hätte sie Angst, ich könnte sie schlagen, und sie schluckte trocken. Aber ansonsten reagierte sie nicht.

Ich stand auf, verließ das Zimmer und ging über den Korridor zum Schwesternzimmer.

»Entschuldigung?«, sagte ich zu einer Pflegerin, die über einen Schichtplan gebeugt an einem Schreibtisch saß. Kaffee dampfte in einer Tasse, auf der »'N Scheiß muss ich!« stand.

Die Schwester blickte auf und schaute mich über ihre Lesebrille hinweg an, die an einer Schnur um ihren Hals hing. Sie hatte die Haare zu einem Knoten hochgesteckt.

»Ja?«

»Ich möchte mit meiner Mutter mal eine Runde drehen. Haben Sie vielleicht einen Rollstuhl für uns?«

»Ihre Mutter ist?«

»Frau Amos.«

»Ah«, machte sie und lehnte sich in ihrem Stuhl zurück. »Sie sind Ihr Sohn?«

Ich nickte. »Hat meine Mutter gestern gegessen?«

»Nicht übermäßig, aber es war okay. Sie hat immer noch Schmerzen im Hals.«

Ich hoffte, dass es nur das war.

»Aber vielleicht sollten Sie mal mit dem behandelnden Arzt sprechen, Dr. Sachs. Der wird Ihnen mehr sagen können. Jedenfalls ist es gut, wenn Ihre Mutter mal aus dem Zimmer rauskommt. Ich helfe Ihnen.«

An meiner Mutter war noch nie viel dran gewesen. Aber jetzt, nach der Zeit im Koma, hatte sie fast etwas Geisthaftes. Als hätte man sie lebendig eingemauert und erst im letzten Moment gerettet. Ich musste an die Matratze, das Nest denken. Die zerrissene Tapete. Und an die eingeritzte Schrift, die sich nicht hatte entziffern lassen. Ich hatte kurz überlegt, einen Adapter und einen zweiten Kopfhörer mitzubringen, damit wir gemeinsam Musik hören könnten. Doch ich ahnte, dass es keine gute Idee war, die Stille zwischen uns mit der Musik meines Vaters zu überbrücken.

Ich steuerte die Besucherecke einer anderen Station an. Für

das Café hatte ich nicht genug Geld. Außerdem wollte ich mit meiner Mutter alleine sein. Ich schob den Rollstuhl neben ein großes Einblatt, das in einer Hydrokultur vor sich hin wuchs, und ließ die Bremse einrasten.

Es gab drei ramponierte Stühle und einen Tisch, auf dem einige Flyer der örtlichen Parkinson-Selbsthilfegruppe ausgebreitet waren. Einen der Stühle nahm ich, setzte mich rechts von meiner Mutter hin und holte das Konversationsheft aus dem Netz an der Rückenlehne.

»Ich weiß, wo du warst«, sagte ich.

Der Blick meiner Mutter flackerte irritiert.

»Ich weiß, wo du warst, als du im Koma gelegen hast«, führte ich genauer aus. »Du warst in unserem alten Haus.«

Sie wurde noch bleicher, als sie ohnehin schon war.

»Oben, unterm Dach. Im Schlafzimmer. Du hast das Bett zersägt. Ich weiß nicht, wie, aber du hast ganze Arbeit geleistet. Dann hast du deine Matratze genommen und dir so was wie ein Nest gebaut.« Ich sah sie direkt an. Meine Mutter erwiderte den Blick nicht. Aber Schweißperlen glänzten jetzt auf ihrer Stirn.

»Du hast dich aufgegeben«, fuhr ich fort. »Du hast gehofft, du würdest einfach so vergehen. Vergessen von der Welt. Vergessen von mir. Doch dann hat dich Jane gerettet. Erinnerst du dich? Sie muss auf dich wie ein dunkler Engel gewirkt haben. Ein Engel, der dich ins Licht führte. Nur dass dieses Licht nicht das beschissene Jenseits war.«

Der Atem meiner Mutter beschleunigte sich, und sie zitterte am ganzen Körper, als hätte ich sie mit eiskaltem Wasser übergossen.

»Warum hast du meinen Vater so sehr gehasst?«

Sie wirbelte zu mir herum. Ihre Augen funkelten mich wütend an. Die spröden Lippen versuchten Wörter zu formen, aber es kam kein einziger Ton heraus.

Sie riss mir mit einem erstaunlich kräftigen Ruck das Heft aus der Hand und schlug es auf.

Ich habe deinen Vater nicht gehasst, kritzelte sie. Ich brauchte zwei Anläufe, um ihre krakelige Schrift zu entziffern.

»Doch, das hast du«, erwiderte ich kühl. »Du hast jede Erinnerung an ihn verkauft.« Genau genommen in dem Haus gelassen, das sie zu ihrem Limbus gemacht hatte.

Wir brauchten das Geld!

»Ja, das sagst du immer!«

Hätte ich sonst die Fotos abziehen lassen?

»Du hast keines von ihnen aufgehängt. Oder gar in ein Album geklebt.«

Mir fehlte die Kraft dazu.

»Was für ein Glück, dass ich sie hatte«, sagte ich bitter.

Sie waren für dich.

Ich sah meiner Mutter lange in die Augen, um irgendeine Wahrheit in dem zu erkennen, was sie schrieb. Aber sie weinte nur still vor sich hin.

»O bitte, hör auf damit!«, fuhr ich sie an. Es hatte Zeiten gegeben, da reichten diese Tränen aus, damit ich alles vermeintlich Notwendige getan hätte, um jede Last von ihr zu nehmen. »Es reicht! Ich hab genug! Wenn du nicht aufhörst mit dieser Nummer, stehe ich auf und gehe.«

Meine Mutter hatte kapituliert, aufgegeben und sich an diesen Ort zurückgezogen. Jane hatte sie da rausgeholt, vermutlich gegen den Willen meiner Mutter. Aber wenn die Energie, die Jane gespendet hatte, aufgebraucht war – und ich fragte mich wirklich, wo sie die hergehabt hatte, sie fuhr ja selber auf Reserve –, würde sich Mutter wieder in dieses Nest in diesem toten Haus einrollen. Und dann war sie wirklich verloren. Denn Jane würde ihr kein zweites Mal helfen können.

Ich sowieso nicht.

»Uns, *dir* bleiben noch zwei Möglichkeiten. Entweder du hörst auf, dich in diesem schrecklichen Selbstmitleid zu suhlen. Oder du gibst auf. Aber dann werde ich nicht mehr bei dir sein«, sagte ich. »Ich werde mir das nicht mehr mit anschauen. Du bist ein Vampir. Ein schwarzes Loch. Du saugst mich aus!« Ich wollte sie noch fragen, ob sie das mit meinem Vater genauso gemacht hatte, aber ich biss mir auf die Zunge und verkniff mir diesen Schlag unter die Gürtellinie.

Meine Mutter zog die Nase hoch, machte aber keine Anstalten, eine Antwort zu Papier zu bringen. Ihr Blick verlor sich wieder im Nirgendwo.

Wütend durchsuchte ich die Taschen meiner Jacke, bis ich den Zettel fand, auf den mir Frau Neuburg die Telefonnummer der Familienhilfe aufgeschrieben hatte.

»Ich will das nicht nach außen tragen. Aber wenn du nicht kooperierst, rufe ich da an.« Ich hielt ihr die Nummer vor die Nase. »Selbstgefährdendes Verhalten. So nennt man das wohl, was du hier tust. Du weißt, was das bedeutet? Dann wirst du untergebracht. Eingewiesen.«

Meine Mutter zuckte zusammen.

»Das ist keine Drohung«, fuhr ich fort. »Ich will dir nicht schaden. Aber ich muss mich schützen. Deswegen werde ich die weiße Fahne schwenken, wenn du nicht kooperierst.« Ich stand auf. »Denk darüber nach.«

Ohne eine Antwort abzuwarten, packte ich die Griffe des Rollstuhls, löste die Bremse und schob sie zurück auf ihre Station.

***

Jane stand in der Küche, als ich am späten Nachmittag nach Hause kam.

»Hi«, sagte ich, stand im Türrahmen herum und beobachtete sie dabei, wie sie frisches Obst kleinschnitt, das sie in eine Schüssel mit Quark und Joghurt gab.

Sie drehte sich um und lächelte mich an. »Hi«, sagte sie. »Hast du Hunger?«

Ich wusste nicht, was ich sagen sollte. Nicht, weil mich die Frage überraschte. Ich hatte Hunger, natürlich. Und tatsächlich auf etwas Gesundes wie das, was sie gerade vorbereitete.

Nein, es war sie! Jane! Irgendetwas war mit ihr geschehen. Eine Veränderung, sehr subtil. Aber auffällig. Sie hatte etwas von ihrer verwahrlosten Struppigkeit verloren. Die Haare standen nicht mehr in alle Richtungen ab, sondern waren gebürstet und schimmerten seidig. Das Gesicht hatte mehr Farbe. Und die Sachen, die sie trug! Als hätte sie sich neu eingekleidet. Sie trug immer noch Schwarz, natürlich. Aber es war nicht mehr so verwaschen, sondern hatte eine intensive Strahlkraft.

Jane lächelte mich an und holte zwei Schälchen aus dem Schrank, die sie mir zusammen mit drei Löffeln in die Hand drückte. »Deckst du den Tisch?«

»Okay«, sagte ich verwirrt.

Ich setzte mich auf das zusammengeklappte Sofa. Jane stellte die Obstschüssel auf den Tisch. »Machst du uns ein wenig Musik?«

»Ähm, ja«, sagte ich und stand wieder auf, wobei ich den Blick nicht von ihr abwenden konnte. »Ist alles okay bei dir?«

Jane lachte. »Ja. Alles ist gut.«

»Hast du irgendwas an dir gemacht?«, fragte ich vorsichtig, während ich die Anlage einschaltete.

»Nein«, sagte sie. »Das muss an dir liegen.«

»Ha, ha«, machte ich nur. »Was willst du hören? Worauf hast du Lust?«

»Such du aus«, sagte Jane und setzte sich.

Mir fiel Brahms in die Hände. Ich hielt die Hülle in die Höhe, und Jane nickte.

»Bist du sicher, dass du nicht zu Vidas Party mitkommen möchtest?«, sagte ich.

»Absolut. Gehen Sie mal allein, Mister Dowd«, sagte Jane.

»Mister Dowd?«, fragte ich verwirrt.

»Wie gesagt, ich bin kein geselliger Mensch. Glaub mir, ich würde dir nur den Abend verderben.«

»Wie kommst du denn auf den Quatsch?«, fragte ich. Doch als ich weiterreden wollte, schnitt Jane mir das Wort ab.

»Vincent, keine Diskussion. Ich bleibe hier, und du gehst. Okay? Genieß den Abend! Und nach dem Essen suchen wir dir was Anständiges zum Anziehen raus.«

Von feinem Zwirn keine Spur in meinem Schrank. Die Konfirmation hatte ich mir seinerzeit geschenkt. Wahrscheinlich hätte mir der Anzug ohnehin nicht mehr gepasst. Ich hatte eine schwarze Jeans, die konnte ich bügeln. Ein Hemd hatte ich, das war weiß. Das letzte und einzige Mal hatte ich es zur Beerdigung meines Vaters getragen. Ich zog es kurz über. Es war ein wenig kurz, aber nicht zu eng. Die Ärmel konnte ich ja umkrempeln. Eine schwarze Krawatte gehörte ebenfalls zu der Ausstattung. Ihr Knoten war noch gebunden.

Ein Jackett hatte ich nicht, aber dafür einen schwarzen Cardigan, Baumwolle, und somit kein Feind der Waschmaschine. Aus den schwarzen Schuhen war ich herausgewachsen. Ich hatte noch ein Paar ausgelatschter dunkler Reeboks. Wenn ich die putzte, dann sahen sie etwas neuer aus. Dazu meine dunkle Winterjacke.

Ich betrachtete mich im Spiegel.

»Sehr schick«, sagte Jane. »Vielleicht ein wenig zu sehr Vince Vega für Arme, aber nicht ohne.«

Ich bedachte Jane mit einem gespielt finsteren Blick, während sie lächelnd meine Krawatte zurechtzog. Dann nahm ich sie in den Arm und sah ihr in die Augen. Sie hatte sich wirklich verändert.

Jane klopfte mir mit der flachen Hand auf die Brust und schob mich zur Tür.

»Ich habe ein mulmiges Gefühl, dich hier alleine zurückzulassen«, gab ich zu.

»Es ist alles gut! Ich werde nicht vor Langeweile sterben. Und ich fühle mich auch nicht alleine gelassen.«

Ich seufzte.

»Keine Angst«, sagte Jane. »Sie werden dich lieben.«

***

Mir fehlte noch ein Geschenk. Ja, Vida wollte keines haben, aber zumindest der Mutter wollte ich was mitbringen, auch wenn das absolut Old School war. Ich entschied mich für Blumen, die waren noch am bezahlbarsten. Kurz, ganz kurz blitzte die Idee durch meinen Kopf, ich könnte mal schauen, was der Friedhof alles zu bieten hätte. Aber das war mir dann doch zu geschmacklos. Also machte ich auf dem Weg zur S-Bahn halt bei einem Blumenladen und erstand ein kleines Gebinde aus Zierkohl, Holzäpfeln und etwas, das wie eine kleine Sonnenblume aussah. Sieben fünfundneunzig war zwar Wucher für diese Geschmacklosigkeit, aber die anderen Sträuße waren noch teurer.

Es war das erste Mal vor und nach dem Besuch im Borderland, dass ich mich freiwillig unter Leute begab. Und wenn es nicht um Vida gegangen wäre, hätte ich mir den Abend geschenkt.

Vidas Vater öffnete mir die Tür. Diesmal lächelte er. Und er erinnerte sich an meinen Namen.

»Vincent! Schön, dass Sie gekommen sind!«

Er trat beiseite und ließ mich hinein.

»Guten Abend, Herr Rostami.« Weiter kam ich nicht. Ich konnte noch nicht mal meine Jacke an der Garderobe aufhängen, so nachdrücklich schob er mich ins Haus.

»Vida!«, rief er. »Dein Besuch ist da.«

Ich betrat das Wohnzimmer, das doppelt so groß war wie unsere soziale Exklusionsbleibe. Küche und Bad mitgerechnet. Es war nicht spießig bei Rostamis. Eher eine Mischung aus Ikea und Orient. Das Sofa war kein Sofa, sondern ein riesiges Kissenlager, bunt und einladend wie Coturas Feenquelle in *Breath of the Wild*. Zwei Chaiselongues ergänzten das Bild, die mit ihrem Brokat und Gold sehr alt wirkten. Perserteppiche, riesige Exemplare, lagen auf dem knarzigen Parkettboden. Anoush und Timo hatten es sich schon gemütlich gemacht und prosteten mir zu.

»Vincent!«

Ich drehte mich um. Es war nicht Vida, die hinter mir stand, sondern ihre Mutter. Das war augenblicklich zu erkennen. Sie glichen sich wie Geschwister. Vidas Mutter musste noch ganz jung gewesen sein, als sie ihre Tochter bekommen hatte. »Schön, dass Sie gekommen sind!«

Sie hatte eine tiefe, rauchige Stimme, die mir einen Schauer über den Rücken jagte. Aber keinen unangenehmen.

»Guten Abend, Frau Rostami.« Ich hielt ihr den Strauß entgegen, und sie wich einen kleinen Schritt zurück.

»Sind die für mich?«, fragte sie mich ehrlich überrascht.

Ich nickte.

Sie nahm mir den krepeligen Strauß aus der Hand und hauchte mir einen Kuss auf die Wange. »Danke, das ist sehr lieb von Ihnen.«

Ich errötete und räusperte mich. Vidas Vater konnte sich ein Lächeln nicht verkneifen. Er war ganz offensichtlich stolz auf seine Frau und ihre Wirkung auf unbedarfte Seelen.

»Vida?«, rief er. »Wo bleibst du?«

Vida erschien in der Tür, und mein Herz überschlug sich wieder, als ich sie sah. Sie lächelte mich breit an.

»Vincent!«, rief Vida. »Schön, dass du gekommen bist.«

»Ich freue mich auch«, stammelte ich.

»Wo hast du Jane gelassen?«

»Zu Hause. Sie betrachtet sich nicht als gesellschaftsfähig.«

»Schade«, sagte Vida. »Ich hätte sie gerne kennengelernt. Komm, gib mir deine Jacke.«

Ich reichte sie ihr, und Vida legte sie über ihren Arm, wobei etwas aus der Tasche zu Boden fiel. Die Mutter bückte sich und hob das Jewel Case auf, um es Vida zu geben.

»Er hat dir ein Geschenk mitgebracht«, sagte sie. Mein Herz hörte auf zu hoppeln und setzte einen Moment aus. »Was ist das für eine CD?«

Vida schaute die Hülle genauer an. »Ich habe keine Ahnung.«

»Und warum ist da ein bunter Totenkopf drauf?«, fragte ihre Mutter.

»Findest du es gruselig?«, fragte Herr Rostami. Er sprach mit ihr, als wäre sie ein Kind, auf das man besonders aufpassen musste.

Frau Rostami dachte nach. »Nein. Eigentlich nicht. Eher fröhlich. Können Tote tanzen?«, fragte sie.

»Nur wenn man ihnen neues Leben einhaucht«, sagte er und küsste ihre Wange.

»Dieser Brauch kommt aus Mexiko«, sagte ich. »Dort feiert man am Ende der Erntezeit zusammen mit den Toten das Leben.«

»Das klingt wie ein schöner Brauch«, sagte Vidas Mutter und sah ihren Mann dabei an.

»Ja, unbedingt.«

Frau Rostami lächelte noch immer wie ein kleines Mädchen. »Ich hänge Ihre Jacke auf, Vincent.«

Sie wankte davon, als hätte sie an diesem Abend schon etwas getrunken. Aber ich glaubte nicht, dass Alkohol die Ursache für ihren unsicheren Gang war. Ihr Mann folgte ihr.

»Danke«, sagte Vida.

»Bitte«, stammelte ich. Dass diese Musik eigentlich nicht für sie bestimmt war, konnte ich ihr jetzt schlecht sagen.

»Zeig mal her«, sagte Anoush, die plötzlich neben mir stand. Sie öffnete das Inlay und pfiff leise. »Eine schöne Playlist hast du ihr da zusammengestellt, Vincent. Ich bin ganz neidisch. Darf ich sie mal auflegen?«

»Mach du nur«, sagte Vida.

»Fein!« Anoush schaltete die Anlage ein, die auf einem kleinen Regal in der Ecke stand.

Vida und ich schauten uns einen Moment verlegen an. »Möchtest du was trinken?«, fragte sie unvermittelt.

»Gerne«, erwiderte ich.

»Cola? Wasser? Saft? Ein Bier vielleicht?«

Ich zögerte.

»Timo hat sich auch eins gegriffen. Du wärst also in Gesellschaft.«

»Dann gerne ein Bier.«

Sie fasste mich am Arm an. »Dann gehe ich schnell in die Küche. Du kannst dich ja schon zu den anderen setzen.«

»Okay«, sagte ich.

Die ersten Takte der CD waren zu hören. »›Baby Night‹ von Sweet Smoke. Hippie-Musik!«, rief Anoush. »Wie kommst du denn auf so was?«

»Ich hab den Musikfundus meines Vaters geerbt«, sagte ich.

Vida war zurück und drückte mir eine Flasche in die Hand.

»Von meinem Vater habe ich bisher nur die schlechte Laune«, schnaubte Timo.

»Vincents Vater ist tot«, sagte Vida.

Timo verzog das Gesicht. »Ah, Scheiße. Entschuldige, Flügelmann.« Er hielt mir seine Flasche entgegen, und ich stieß mit ihm an. »Auf deinen Vater.«

Anoush drehte die Musik etwas lauter. »Auf deinen Vater!« Die Querflöte setzte zu einem Solo an, und ich wusste nicht, ob ich in einem bizarren Film war. Oder ob dies hier das war, was ich verloren hatte und nun wiederfand.

Anoush saß mittlerweile auf einer der Chaiselongues und rutschte jetzt ein wenig beiseite. »Magst du dich zu mir setzen?«

»Ja, gerne.«

»Kommen noch welche?«, fragte sie Vida.

»Nein, es ist nur dieser erlauchte Kreis.«

»Dann wird das ein sehr entspannter Abend«, sagte Timo und lehnte sich zurück.

»Auch schön«, sagte Anoush. »Und deine Freundin hatte keine Lust, heute Abend mitzukommen?«

»Jane ist nicht meine Freundin«, sagte ich vielleicht eine Spur zu hastig. »Also, sie ist schon meine Freundin. Aber nicht so eine Freundin. Sie wohnt bei mir.«

Timo prustete in sein Bier. »Was für eine Freundin ist sie denn dann, wenn sie bei dir wohnt?«

Vida sah Timo böse an.

»Was denn?«, erwiderte er in empörter Unschuld. »Also habt ihr eine Wohngemeinschaft. Ist doch ganz einfach. Kein Grund, das so hochzuhängen. Freundschaft?« Er hielt mir wieder seine Flasche entgegen.

»Wenn du weiter solche Böcke schießt, liegt ihr beide in einer Stunde unterm Tisch«, sagte Anoush.

Timo zuckte in einer Was-Soll's-Geste mit den Schultern. Dann stutzte er. »Moment mal. Wie alt bist du?«

»Sechzehn«, antwortete ich.

»Und du wohnst allein? Also, in einer WG?«

»Timo, du machst es gerade nicht besser«, fuhr ihn Vida an.

»Entschuldige! Ich werde doch noch fragen können, was unser Flügelmann so treibt!«

»Wieso eigentlich die ganze Zeit Flügelmann?«, fragte Anoush.

»Vincent spielt Klavier«, sagte Vida. »Und zwar *gut*!«

Anoush stützte ihren Kopf auf die Hand und schaute mich verzückt an. »Ehrlich?«

»Wenn Vida es sagt«, antwortete ich.

»Würdest du uns etwas vorspielen?«

»Aber nur mit Vida im Duett! Die beiden sind der Hammer zusammen!«, sagte Timo.

»Soso«, machte Anoush, ohne den Blick von mir zu wenden. »Davon hat mir Vida gar nichts erzählt.«

»Wer spielt Klavier? Vincent?« Vidas Mutter stand mit einem Tablett voller Geschirr im Türrahmen, das sie beängstigend schief hielt.

»Ein wenig«, sagte ich.

»Musik spielt in unserem Haus eine große Rolle«, sagte Vidas Vater, der nun hinter seiner Frau auftauchte, ebenfalls ein Tablett in den Händen. »Vida besucht seit ihrem vierten Lebensjahr die Musikschule.«

»Kennen Sie Firdausi?«, fragte Vidas Mutter.

»Mama, bitte!«, sagte Vida gequält.

»Wir stammen in direkter Linie von ihm ab«, sagte Frau Rostami unbeeindruckt. »Das verpflichtet.«

Vidas Eltern stellten die Tabletts auf den niedrigen Wohnzimmertisch. Es war unglaublich, was die Familie in der Küche gezaubert hatte. Es gab Fladenbrot und Auberginenpaste, Linsen und kleine Hackbällchen und etwas, das wie Taboulé aussah.

»Möchtet ihr für uns spielen?«, fragte sie.

Im Angesicht all der Gastfreundschaft wusste ich, dass ich nicht ablehnen konnte.

Frau Rostami öffnete einen Geigenkoffer und begann mit ungelenken Fingern eine Violine zu stimmen.

Vida seufzte und stand auf. »Aber kein Brahms, okay?« Sie nahm ihrer Mutter die Geige aus der Hand und zog eine Kladde unter einem Stapel hervor. »Mal schauen, ob du einen Zugang dazu findest.«

»Was ist das?«

»Musik von Abd al-Qadir Maraghi«, sagte Vidas Vater. »Ich habe sie ein wenig umarrangiert. Für Klavier und Geige.«

Ich überflog die Noten. Der Fingersatz würde ein wenig schwierig werden, und der Rhythmus hatte es in sich. Aber ansonsten war die Aufgabe lösbar.

Anoushs Blick hingegen konnte ich nicht so ganz einordnen. Aber eines wusste ich: Sie beobachtete mich und Vida ganz genau. Und Timo beobachtete Anoush. Und Vida. Und mich. Er hob beide Augenbrauen, setzte ein leicht skeptisches Lächeln auf und prostete mir zu.

Vida nickte, um den Einstieg anzuzeigen. Sie spielte anfangs ziemlich mechanisch, beinahe lustlos. Und irgendwie fühlte sich das alles falsch an, ohne dass ich sagen konnte, woran es genau lag. Das Stück war im Kern Musik zum Tanzen, bestehend aus sieben Tönen. Es wurde nicht transponiert. Im Gegenteil, wir umspielten einen Zentralton. Ich glaube, im Normalfall wurde in solchen Stücken frei improvisiert, aber hier hatte Vidas Vater versucht, die europäische Musik mit der arabisch-persischen zu verschmelzen. Die Rechnung ging aber nicht so ganz auf. Es war alles zu kantig, zu akademisch. Ohne Seele. Herr Rostami schien die Schwäche in seinem Arrangement zu erkennen und holte zwei weitere Instrumente hervor. Eine Langhalslaute und eine Rahmentrommel, die er seiner Frau gab. Sie fingen leise, fast zaghaft an zu spielen, als würden sie mit einem Fuß in einen Fluss steigen, um zu prüfen, wie stark die Strömung war. Es dauerte nicht lange, und ich begann mich von den Noten zu lösen und mich dem Flow hinzugeben. Ich variierte, improvisierte. Und Vida tat es genauso. Ein unglaublicher Gleichklang durchpulste uns, unterstützt und begleitet durch das Spiel der Eltern. Alle standen nach und nach auf. Niemand konnte sitzen bleiben. Selbst Timos Coolness war wie weggeblasen. Er war überrascht! Und Anoush?

Ich sah kurz zu ihr auf. Sie wusste, dass Vida und ich in diesem Moment etwas miteinander teilten, das ihr ganz offensichtlich verschlossen war. Ich konnte ihre Erschütterung spüren. Aber dann lachte sie und klatschte in die Hände. Die Welt bewegte sich. Nicht von rechts nach links oder oben nach unten, sondern richtungslos und lebendig. Wie ein lebender Organismus.

Als der letzte Ton verhallte, war es still. Ganz lange. Ganz laut.

»Heilige Scheiße«, flüsterte Timo.

Vidas Eltern strahlten über das ganze Gesicht und fielen sich in die Arme, als hätten sie einen besonders schwierigen Trick mit Bravour und ohne Kollateralschäden bewältigt.

Und dann sah ich Vida. Schon als wir Brahms miteinander gespielt hatten, war es zu einer Resonanz zwischen uns gekommen, die uns ganz tief berührt hatte. Doch das war nichts im Vergleich zu dem, was hier gerade geschehen war. Und jeder hatte es gesehen und gespürt. Selbst Timo, der ansonsten keinen offenen Gefühlshaushalt zu pflegen schien. Nachdenklich, sehr nachdenklich legte sie die Geige wieder in ihren Koffer.

Ihre Eltern redeten auf mich ein, aber ich verstand nur die Hälfte von dem, was sie sagten, denn es war ein unentwirrbares Gemisch aus Farsi und Deutsch.

»Komm mit«, sagte der Vater.

Ich hatte keine Ahnung, was er vorhatte, als ich ihm folgte. In seinem Arbeitszimmer angekommen, warf er einen kurzen, nervösen Blick über die Schulter, schloss dann aber sicherheitshalber die Tür. Schließlich öffnete er ein kleines Kabinett und holte eine Flasche mit braunem Etikett hervor. »Dort hinten im Schrank sind Gläser. Wir brauchen zwei.«

Ich öffnete die Klappe. »Die Wassergläser?«

Er runzelte die Stirn, dachte kurz nach und nickte schließlich. Ich stellte sie auf den Schreibtisch, und er füllte sie großzügig. Eines drückte er mir in die Hand.

»Be Salâmti«, sagte er, und bevor ich den Trinkspruch erwidern konnte, hatte er sein Glas geleert. Mit einer etwas ungeduldigen Geste forderte er mich auf, es ihm gleichzutun. Der Wodka war scharf und trieb mir die Tränen in die Augen.

»Auf einem Bein steht es sich schlecht«, sagte er ein wenig atemlos.

Die Gläser wurden erneut gefüllt.

Ein großer Schluck, ein tiefes Ausatmen. »Das ist besser«, seufzte Vidas Vater und stellte das leere Glas ab. Ich hatte an meinem Wodka nur genippt, aber diesmal ließ Herr Rostami den Verstoß gegen die Gastfreundschaft ungeahndet. Er lächelte mich an.

»Vida hat mir von dir erzählt.«

»Oh«, sagte ich nur und nahm nun doch einen etwas größeren Schluck.

»Ich habe gehört, deiner Mutter geht es nicht so gut?«

»Sie liegt im Krankenhaus, wird aber bald entlassen.«

»Wo?«

»Im Universitätsklinikum.« Ich erinnerte mich, dass mir Vida erzählte, ihr Vater sei Onkologe.

»Neurologie?«

Ich nickte.

»Dr. Sachs behandelt sie?«

»Ja«, sagte ich. »Kennen Sie ihn?«

Herr Rostami machte ein Gesicht, als müsste er sich für diese Bekanntschaft entschuldigen. Er wollte erst etwas sagen, füllte aber stattdessen noch einmal beide Gläser großzügig nach.

»Prost«, sagte er diesmal.

Die heitere Gelassenheit, die er bisher gezeigt hatte, war einer Anspannung gewichen, die ihn alt aussehen ließ. Irgendetwas lief hier falsch.

»Ach, da bist du, Vincent. Ich habe dich schon überall gesucht.«

Herr Rostami schaute auf und lächelte seine Tochter an, die plötzlich in der Tür stand. »Hallo, mein Schatz!«

»Darf ich dir Vincent wieder entführen? Er hat bestimmt Hunger.«

»Ist es nicht eine Schande, Vincent?«, klagte ihr Vater, so als hätte er ihr gar nicht zugehört. »Wie kann man solch eine schöne Frau schlagen! Schau sie dir an …«

»Papa, es ist gut«, sagte Vida.

»Wenn ich an den Kerl denke, der ihr das angetan hat, steigt in mir gerechter Zorn auf!« Er holte zu einem imaginären Rückhandschlag aus, sackte dann aber in sich zusammen. Es folgte ein Schwall grollender Zischlaute. Übelste Beschimpfungen auf Farsi, wie ich annahm. Ich kannte mich da ja nicht so aus.

»Papa!«, rief Vida daraufhin in liebevollem Tadel.

»Du hast ja recht, Vida.« Herr Rostami warf die Hände resignierend in die Luft, und jetzt wusste ich es. Er sah ein wenig wie Amerigo Bonasera aus, der Marlon Brando in *Der Pate* um Gerechtigkeit bat, weil drei Burschen seine Tochter krankenhausreif geschlagen hatten und dann auch noch auf Bewährung entlassen worden waren. »Es ist eine doppelte Strafe, wenn ich mich darüber aufrege.«

»Hat sich die Polizei noch einmal bei Ihnen gemeldet?«, fragte ich.

»Ja, das hat sie«, grollte Herr Rostami. »Aber sie haben ihn noch nicht gefunden.« Sein sauber gestutzter Bart sträubte sich und ich sah die einzelnen grauen Haare.

»Dieses Surakh-e kun!« Herr Rostami ballte die Faust. Dann wurden seine Züge weich, und er zwang sich zu einem Lächeln.

»Heute ist dein Ehrentag, Vida. Und dein Freund hier ist ein guter Junge.«

Vida nahm das Gesicht ihres Vaters in beide Hände und drückte ihm einen Kuss auf die Stirn. »Ich weiß.«

Ich errötete und räusperte mich verlegen, als ich das leere Glas von mir wegschob.

»Was hat mein Vater von dir gewollt?«, fragte Vida, als wir das Arbeitszimmer verließen.

»Ich habe keine Ahnung. Vielleicht hat er jemanden gesucht, mit dem er einen trinken konnte?«

»Oh«, machte Vida nur.

»Du hattest ihm von meiner Mutter erzählt?«

»Nur das, was ich von dir wusste.« Sie sah mich schuldbewusst an. »Ich hätte das vielleicht nicht tun sollen.«

»Ist schon in Ordnung«, sagte ich. »Er hat mich nach dem behandelnden Arzt in der Uniklinik gefragt.«

»Uniklinik?«, fragte Vida.

»Ja. Dr. Sachs.«

»Moment. Du meinst, dass deine Mutter von Dr. Hermann Sachs behandelt wird?«

»Wieso? Was ist mit ihm?«

»Hat es Komplikationen bei deiner Mutter gegeben?«

»Wie man's nimmt«, fragte ich verwirrt. »Man fand nie den Grund, warum sie ins Koma gefallen ist. Oder ob es überhaupt ein Koma war. Warum fragst du?«

»Weil er auch meine Mutter behandelt hat«, sagte Vida wütend. »Er hätte sie beinahe umgebracht.«

»Warum? Was ist passiert?«

»Ein Schlaganfall durch einen Behandlungsfehler«, sagte

Vida. »Er hatte ihr einen Stent in die Halsschlagader eingesetzt, der nicht notwendig war. Daraufhin bildete sich ein Gerinnsel, das sich löste. Es war glücklicherweise nur klein, aber es reichte aus, dass Teile des Gehirns nicht mehr mit Blut versorgt wurden.«

»Sie hat es gut weggesteckt«, sagte ich.

»Die Reha war gut. Da wurde viel ausgeglichen. Motorisch ist sie aber eingeschränkt. Früher spielte sie sehr virtuos die Geige. Heute reicht es gerade noch für die Trommel. Und das ist nicht alles«, sagte Vida. »Sie hat auch ihren Geruchssinn verloren.«

Ich brauchte einen Moment, bis ich verstand, was sie meinte.

»Ach, Scheiße …«

»Ja. Ach, Scheiße«, sagte Vida. »Komm. Es wird Zeit, was zu essen.«

***

»Wie lange spielst du schon Klavier?«, wandte sich Anoush an mich, als wir uns um den Tisch versammelt hatten und über all die Köstlichkeiten herfielen.

»Seit ich vier bin«, antwortete ich.

»Spielst du noch ein anderes Instrument?«, fragte Frau Rostami. Jetzt fiel mir auf, dass ihre Stimme ein wenig verwaschen war und sie es vermied, ihre rechte Hand zu benutzen. Auch die rechte Gesichtshälfte war ein wenig unbeweglicher als die linke.

»Violine, aber längst nicht so gut wie Ihre Tochter.« Oder so gut wie Sie, bevor Dr. Sachs herumgepfuscht hat.

Anoush saß zwischen mir und Vida und sie machte keine

Anstalten, auf Abstand zu uns zu gehen oder sich klein zu machen. Ihr rechtes Bein rieb an meinem, das linke an dem von Vida. Und sie schien sich in dieser Konstellation sichtlich wohlzufühlen. Nur Timo hockte ein wenig abseits, aber das schien ihn nicht weiter zu stören. Er ruhte wie Buddha in sich selbst und beobachtete.

Anoush hatte die CD meines Vaters wieder angestellt. Der Ausdruck der Erschütterung, den ich bei meinem kleinen musikalischen Interludium auf ihrem Gesicht gesehen hatte, war einer wohligen Zufriedenheit gewichen. Sie gab sogar leise schnurrende Geräusche von sich.

Aber sie roch nicht. Keine Maiglöckchen, Veilchen, Flieder oder gar Jasmin. Anoush hatte noch nicht mal einen besonderen Eigengeruch. Dennoch war da was. Etwas, das nicht über die Sinne ging, sondern über eine andere Ebene.

Ich wusste nur noch nicht, welche genau.

Vidas Eltern standen auf und räumten den Tisch ab. Vida wollte ihnen helfen und war schon fast aufgestanden, als ihr Vater beschwichtigend die Hand hob. »Wir lassen euch mal allein.« Er zwinkerte verschwörerisch mit einem Auge und flüsterte seiner Frau etwas ins Ohr, die daraufhin wie ein Mädchen kicherte. Sie hakte sich bei ihm unter. Es war eine liebevolle Geste. Und eine Notwendigkeit. Die Anstrengung des Tages hatte ihren Tribut gefordert. Sie war müde und knickte beim Gehen leicht mit dem rechten Bein ein.

»Sag mal, kennst du dich eigentlich mit CDJ-Playern aus?«, fragte mich Anoush mit vollem Mund. Sie hatte die Hackbällchen stehen lassen und sich dafür höchst umfangreich am Auberginenmus bedient.

»Mit CDJ-Playern?« Ich wusste nicht, worauf sie mit dieser Frage hinauswollte. »Numark, Denon«, antwortete ich. »Aber hauptsächlich …«

»Pioneer«, vollendete Anoush meinen Satz.

»Pioneer«, wiederholte ich. »Aber eher theoretisch.«

»Ich habe den 1000er«, sagte Anoush.

»Ah«, machte ich nur. Das war vom DJ-Equipment definitiv die Oberliga. »Du legst auf?«

»Im Borderland«, sagte Vida. »Und sie ist gut.«

»Davon gehe ich aus«, sagte ich.

»Wäre das was für dich?«, fragte Vida.

»Aufzulegen?«

»Ja«, sagte Anoush.

Hatten die beiden sich etwa zusammengetan und gemeinsam einen Plan ausgeheckt?

»Ich hab das noch nie gemacht«, wehrte ich ab.

»Aber du weißt, wie so ein Player funktioniert«, hakte Anoush nach.

»Wie gesagt, theoretisch. Und ich weiß nicht, ob ich eine Antenne für so was habe.« Ich deutete auf Timo. »Was ist mit ihm? Er kann das bestimmt!«

Timo winkte ab. »Danke, aber nein danke. Ich war mal im Borderland, das ist nicht mein Laden.«

»Hast du es mal probiert?«, fragte ich.

»Hat er«, sagte Anoush. »Aber Charleen mag eigentlich keinen Hiphop. Nur wenn sie einen großzügigen Tag hat. Du, Vincent?«

»Nur eingeschränkt. Ich steh nicht so sehr auf Testosteronlyrik.«

Timo prustete laut. »Alter, du hast keine Ahnung.«

»Nein, wahrscheinlich nicht«, gab ich zu. »Trotzdem bleibt es für mich Dicke-Hose-Musik.«

»Siehst du!«, entfuhr es Anoush und zeigte mit dem Finger auf Timo. »Ich sag dir das die ganze Zeit.«

»Davon wird es nicht richtiger«, sagte Timo. »Mykki Blanco?«

»Ist eine Ausnahme«, gab Anoush zu.

»Dai Burger?«

»Okay …«

»M. I. A.?«

»Ist ja gut!«

Die beiden verhakten sich immer mehr ineinander, und ich schaute an Anoush vorbei. Vida tat dasselbe, und unsere Blicke trafen sich. Mit einer Kopfbewegung deutete sie an, dass es besser war, den beiden das Schlachtfeld zu überlassen.

»Puh«, machte Vida, als sie die Küchentür hinter uns schloss.

»Die beiden waren mal zusammen«, riet ich.

»Ja. Ist gar nicht so lange her, da gehörten Diskussionen wie diese zum täglichen Unterhaltungsprogramm.«

Vida begann die Spülmaschine einzuräumen.

»Das klingt anstrengend«, sagte ich.

»Ich bin froh, dass das vorbei ist. Versteh mich nicht falsch. Ich mag Timo sehr gerne. Aber er ist irgendwann mit der Dreierkonstellation nicht mehr klargekommen.«

»Anoush hat ein großes Herz«, sagte ich ausweichend.

Vida lächelte. »Ein sehr großes. Und sie hat eine Schwäche für Jungs, die ein wenig emotional ausgedörrt sind. Timo ist nicht unbedingt ein Mädchentyp. Und die Trennung tut ihm immer noch weh.«

Die Spülmaschine sprang an und pumpte Wasser.

»Das war schön eben«, sagte Vida.

»Die Hausmusik?«

Vida lachte. »Die Hausmusik, ja.«

Die Stille wurde unangenehm, der Duft von Jasmin löste eine Welle einander widerstreitender Empfindungen aus. Ich musste irgendwas tun, sonst hätte ich mich in eine Pfütze aufgelöst. Oder wäre für immer verstummt. Also tat ich das, was ich in diesem Moment ohnehin am liebsten tun wollte. Ich trat einen Schritt auf Vida zu und nahm sie in den Arm. Sie erwiderte die Umarmung nicht, und ich war schon kurz davor, loszulassen, als sie mir mit einer Hand über den Rücken strich.

»Ich hab dich sehr gerne«, sagte Vida.

»Ich dich auch.«

Plötzlich ging die Tür auf, und Anoush stand in der Küche. Wenn sie der Umstand irritierte, dass Vida und ich uns umarmten, ließ sie es sich nicht anmerken.

»Mir reicht's«, sagte sie erschöpft. »Ich mag nicht mehr mit ihm streiten.«

»Er sitzt alleine im Wohnzimmer?«, fragte Vida.

»Und schmollt«, sagte Anoush. »Es wird langsam Zeit, dass er wieder die Angel auswirft. Ich kann das nicht mehr lange auffangen. Er ist so unzufrieden mit sich und der Welt, dass es mich runterzieht.«

Vida seufzte und öffnete den Kühlschrank, um eine Flasche Bier herauszunehmen. »Gott sei Dank weiß ich, wie er tickt und wie man ihn am besten beruhigen kann.«

Vida ging und ließ mich mit Anoush allein. Sie lehnte sich gegen den Kühlschrank und musterte mich eingehend.

»Jasmin«, sagte sie nur.

»Sie hat dir davon erzählt?«, fragte ich unbehaglich.

»Ja. Wir teilen ziemlich viel miteinander.«

»Und habt keine Geheimnisse.«

Anoush schüttelte den Kopf.

»Verstehe.«

»Dass sie dich riechen kann, ist ein ganz großes Ding für sie. Besonders wenn man sich das Schicksal ihrer Mutter anschaut.«

Ich spürte, wie der Boden unter meinen Füßen auf einmal schwankte, und hielt mich an der Arbeitsplatte fest. Also doch!

»Vida hat es dir nicht gesagt?«

»Nein.« Mein Hals war trocken.

Anoush runzelte die Stirn. »Ich hab das nie so ganz verstanden. Es ist ein Familienmythos, der auf irgendeine Großmutter oder Urgroßmutter zurückgeht. Vida hat mir das mal erzählt. Ihre Eltern haben sich auch so kennengelernt. Und bei ihnen passt es. Erstaunlich, wenn man bedenkt, was passiert ist.«

»Du meinst den Schlaganfall.«

»Hirninfarkt«, korrigierte mich Anoush.

»Was auch immer«, erwiderte ich ungeduldig.

»Aber daran kannst du sehen, dass diese Sache mit den Blumen esoterischer Quatsch ist, der in der Familie Rostami seit Generationen von Mutter zu Tochter weitergereicht wird.«

»Ich verstehe noch immer nicht, worauf du hinauswillst«, sagte ich, doch das war gelogen. Ich verstand es sehr genau.

»Was verbindet euch, wenn du mal diese ganze Blumengeschichte weglässt? Einfach mal vergisst?«

Ich schwieg.

»Darf ich die Antwort geben? Eine Freundschaft.« Ich wollte etwas darauf antworten, aber Anoush legte ihren Finger auf meine Lippen. Da, wo das Grübchen ist. »Ja, du bist in sie verknallt. Das sieht jeder Blinde. Vida aber nicht in dich. Obwohl sie sehr gründlich in sich hineinhorcht.«

Ich konnte noch immer Anoushs Berührung spüren. »Du bist eifersüchtig auf mich«, stotterte ich. Etwas durchströmte mich, heiß und kalt und wieder heiß. »Weil ich etwas mit Vida teile, das dir verschlossen ist.«

»Ach, Vincent«, seufzte Anoush. »Ich habe einige Schwächen. Ich bin aufbrausend, emotional. Manchmal auch überschwänglich und streitlustig. Aber ich bin nicht eifersüchtig! Vida ist es auch nicht. Sie steht nicht auf Jungs. Ich schon. Deswegen war es für sie auch okay, dass ich mit Timo zusammen war.« Anoush sah mich eindringlich an. »Wenn ihr beide etwas miteinander teilt, das ich nicht habe, bin ich die Erste, die die Korken knallen lässt. Das kannst du mir glauben. Ich möchte nur nicht, dass ihr euch aneinander wund reibt. Dazu ist mir Vida zu wichtig. Und es täte mir leid um dich.«

»Okay«, sagte ich. Doch das war gelogen. Nichts war okay, denn ich war stinkwütend. Weil es Anoush nichts anging, was ich fühlte. Warum ich es fühlte. Wie ich es fühlte.

Aber am schlimmsten war ihr beschissen klarer Blick. Denn ihre Worte, so schmerzhaft sie waren, ließen etwas in mir aufbrechen! Es war eine Freundschaft, die Vida und mich verband! Nicht mehr! Ich war zwar in solchen Dingen recht unerfahren, aber wenn man erst in sich hineinhorchen musste, ob die richtige Musik gespielt wird, hatte man den falschen Sender eingestellt.

Ich konnte die Entzauberung geradezu körperlich spüren. Wie bei Jenga. Stein um Stein war aus dem Stapel gezogen worden und hatte den Turm immer instabiler werden lassen. Nun hatte Anoush an der Basis gerüttelt.

Sie errötete! Sie knetete ihre Hände und verzog das Gesicht zu einem schiefen Lächeln. Ihre ganze laute Souveränität bröckelte weg.

»Ich hoffe, ich habe mich hier jetzt nicht um Kopf und Kragen geredet«, sagte sie verunsichert.

Und meine Wut auf Anoush? Sie verrauchte. Löste sich auf. Und zurück blieb eine Klarheit, die sich in diesem Moment wie eine schmerzhafte Leere anfühlte.

»Nein«, sagte ich erschöpft. »Nein, das hast du nicht.«

»Liebe ist nichts für Weicheier. Lass dir das von jemand sagen, der zu viel davon in sich trägt und manchmal nicht weiß, wohin er mit ihr soll.« Sie lachte nervös.

Ich gab mir einen Ruck und seufzte. »Ja«, sagte ich und öffnete den Kühlschrank, um zwei Bier herauszuholen. Eines gab ich Anoush. »Lass uns zu den anderen gehen.«

***

Jane war nicht da, als ich spätabends heimkam. Die Balkontür war wieder nur gekippt. Diesmal hatte sie keine Nachricht hinterlassen, aber sie würde bestimmt wiederkommen. Ihre Sachen waren noch da. Es war das zweite Mal, dass sie ohne

Ankündigung gegangen war, das erste Mal ohne Erklärung. Ich wusste nicht, an welchen Ort sie sich zurückzog, wenn sie allein sein wollte. Aber da ihr Zustand derzeit stabil war, ging ich davon aus, dass es nicht die Gruft war.

Einen kurzen Moment spielte ich mit dem Gedanken, ihren Seesack zu öffnen und hineinzuschauen, was sie so alles an persönlichen Dingen mit sich trug. Aber ich ließ es dann doch sein. Abgesehen davon, dass es Verrat wäre, wenn ich ihre Sachen durchwühlte – wollte ich wirklich wissen, wer sie war? Wo sie herkam? Wohin sie ging? Den Zauber zerstören, der uns verband?

Ich betrachtete lange die Bilder der Polarlichter, mit denen das Wohnzimmer regelrecht tapeziert war. Jane hatte die Galerie um einige weitere Fotos ergänzt. Alle Farben waren jetzt zu sehen. Und in diesem Moment gab ich mir ein Versprechen. Der Wunsch, diese Lichter gemeinsam mit Jane erleben zu wollen, diesen Wunsch würde ich mir erfüllen. Ich hatte zwar keinen blassen Schimmer, wovon ich diesen Trip bezahlen sollte und wann es losgehen könnte. Aber ich war mir sicher, dass ich ihn machen musste.

Ich war ihr das schuldig. Und somit mir.

13

Als ich nach einem tiefen Schlaf erwachte, war Jane noch immer nicht da. Die Balkontür war weiterhin geschlossen.

Ich duschte, frühstückte und hinterließ ihr einen Zettel, bevor ich die Tür hinter mir zuzog. Sie solle sich keine Gedanken machen, wenn ich heute später käme. An diesem Nachmittag war die letzte Orchesterprobe für das Weihnachtskonzert. Ich hatte schon eine Probe verpasst, doch niemand machte mir Vorwürfe. Es schien, als würde mir jeder den Raum lassen wollen, den ich brauchte, um mich diesem Projekt zu öffnen. Oder den Menschen, die damit zu tun hatten. Und ich merkte an meinem schlechten Gewissen, dass es an der Zeit war, diesen Schritt auch wirklich zu gehen.

Ich freute mich auf das Konzert, auch wenn mir das Repertoire nicht entsprach. Kilminster verlor kein Wort über mein Fehlen, zeigte sich aber zufrieden, dass die verpasste Probe keine Auswirkungen auf die Qualität meines Spiels hatte.

Es war Vidas erster Tag an der Schule, nachdem sie von Dennis zusammengeschlagen worden war. Die Hämatome im geschwollenen Gesicht hatte sie mit Make-up überdeckt. Und dennoch konnte die Schminke nicht darüber hinwegtäuschen, wie müde sie aussah. Ich weiß nicht, wie lange sie am letzten Abend noch mit Anoush und Timo zusammengesessen hatte, aber es musste lang gewesen sein. Die beiden hatten bei Vida übernachtet.

Als die Probe zu Ende war, sah ich Anoush in der Tür stehen. Kilminster begrüßte sie so beiläufig wie eine alte Bekannte.

»Was macht das Auflegen?«, fragte er sie vergnügt, als er seine Sachen zusammenpackte.

»Finden Sie es raus«, sagte Anoush. »Immer freitags im Borderland.«

»Ich komme gerne«, sagte Kilminster. »Aber vor Weihnachten schaffe ich das ganz bestimmt nicht.«

»Sagen Sie Bescheid, dann setze ich Sie auf die Gästeliste«, sagte Anoush.

Kilminster zog seinen Mantel an. »Eine Ehre! Danke. Habt einen schönen Abend«, sagte er. »Bis morgen.«

»Yep«, sagte Timo. »Morgen. Der große Tag.«

»Wir kriegen das hin!«, sagte Kilminster.

»Unbedingt«, sagte Vida. »Sie sind nervöser als wir!«

»Danke, dass du mich darauf aufmerksam machst. Ich hatte es schon erfolgreich verdrängt. Wir sehen uns.«

»Wie sieht es aus?«, fragte Anoush und vergrub die Hände in der Jackentasche. »Reißen wir noch was? Oder gehen wir zu mir? Ich hab Hunger und würde was zu essen machen.«

»Ist deine Tante da?«, fragte Timo.

»Nein. Die ist bei ihrem Guru in Goa. Du brauchst also keine Angst zu haben.«

»Himmel«, sagte Timo. »Ist sie immer noch auf diesem Hippie-Ashram-Trip?«

»Jeder sucht seinen eigenen Weg zu sich selbst«, sagte Anoush. »Wenn das ihrer ist, werde ich sie nicht aufhalten.«

»Wie lange ist sie noch weg?«, fragte Vida.

Anoush dachte nach. »Bis ... März. Genau. Noch drei Monate ungefähr.«

»Dann hast du die Bude ganz für dich allein«, stellte Timo fest.

»Ja«, antwortete Anoush aufgeräumt. »Aber wenn du glaubst, bei mir eine Party steigen lassen zu können, hast du dich geschnitten. Also, wie sieht es aus?«

Timo sah zu Vida, als würde er seine Entscheidung von ihr abhängig machen.

»Seid ihr mir böse, wenn ich mich verabschiede?«, sagte sie. »Ich bin platt, und mir tut immer noch alles weh.«

»Dann mach ich mich auch auf den Heimweg«, sagte Timo.

»Vincent? Was ist mit dir?«, fragte Anoush.

Vida wickelte sich den Schal um den Hals, und Timo ließ die Schlösser seines Trompetenkoffers zuschnappen.

Jane hatte einen Schlüssel, ich musste nicht zu Hause sein und auf sie warten. »Okay«, sagte ich. »Gern.«

Anoush strahlte über das ganze Gesicht. »Fein! Das freut mich! Dann wünsche ich euch beiden einen geruhsamen Abend«, sagte sie zu Timo und Vida gewandt. »Wir sehen uns morgen!«

Die beiden sahen sich ein wenig irritiert an. »Dann bis morgen«, sagte Vida und warf Anoush einen Blick zu, den ich nicht zu deuten wusste.

Doch Anoush grinste nur kokett.

***

»Hast du dir das mal mit dem Auflegen überlegt?«, fragte Anoush mich, als wir durch den Schnee zu ihr stapften. Ich hatte einen Abendspaziergang vorgeschlagen, weil ich mich bewegen wollte. Es war kalt, die Nacht war klar. Der Mond stand rund und hell an einem sternenübersäten Himmel.

»Ich bin mir nicht sicher, ob das mein Ding ist«, sagte ich. »Außerdem ist mein Musikgeschmack nur beschränkt tanzbar. Glaube ich.«

»Na komm«, sagte sie. »Lass dich nicht über die Ziellinie tragen. Kannst du es dir vorstellen oder nicht?«

Ich nickte. »Aber es gruselt mich ein bisschen davor, mich auf eine Bühne zu stellen.«

»Kann ich verstehen. Ging mir genauso.«

»Und du hast es trotzdem gemacht?«

»Ich hatte keine Wahl. Ich muss mich mitteilen, sonst platze ich«, sagte Anoush.

Der Abendverkehr rauschte über den nassen Asphalt, in den beleuchteten Schaufensterauslagen weihnachtete es bis an die Schmerzgrenze. Der Duft von Glühwein und Zimt hing in der Luft.

Schneeflocken, die im Scheinwerferlicht auf mich zurasen. Laut! Zu laut!

Ich zuckte zusammen und blickte mich in Todesangst um.

»Ist alles okay bei dir?«, fragte Anoush erschrocken.

»Ja, alles okay«, sagte ich mit rauer Stimme. Mein Herz hämmerte, als sei es auf der Flucht.

»Wirklich?«, fragte sie. »Du siehst aus, als würdest du mir hier gleich zusammenbrechen.«

»Mach dir keine Sorgen«, wiegelte ich ab. »Bitte. Das geht

gleich vorbei.« Anoush tastete zögerlich nach meiner Hand, die ich ebenso zögerlich, dann aber dankbar ergriff.

Den Rest des Weges sprachen wir kein Wort.

***

»Komm, gib mir deine Jacke«, sagte Anoush, als sie die Wohnungstür hinter uns schloss.

Ich friemelte die nassen Schnürsenkel auf und stellte meine tropfenden Stiefel unter die Garderobe.

Anoush schnalzte missbilligend mit der Zunge und hob sie hoch. »Die sind ja in einem erbärmlichen Zustand«, sagte sie.

»Ja«, sagte ich. Was sollte ich auch sonst erwidern.

Anoush betrachtete die Sohle und öffnete die Lamellentür eines schmalen Schranks. »Hier«, sagte sie und hielt mir ein paar Docs hin. »Schau mal, ob sie dir passen.«

Ich zögerte.

»Mach schon.«

Ich zögerte noch immer.

»Vincent, wenn du dich wie ein kleines Mädchen anstellst, bist du extrem anstrengend.«

Ich nahm ihr die Stiefel aus der Hand und probierte sie an. »Passen«, sagte ich.

»Sehr gut. Dann kann ich die alten wegschmeißen?«

Ich seufzte. Anoush klopfte mir auf die Schulter, als sie voraus in die Küche ging. »Mach dich mal locker.«

Anoush wohnte mit ihrer Tante in einer L-förmig angelegten Altbauwohnung. Kam man herein, blickte man in ein großes Esszimmer mit einem langen Tisch.

»Irina hat gerne Besuch«, sagte Anoush und ließ die Finger beiläufig über die Tasten eines Klaviers gleiten, wobei sie kurz eine perlende Melodie aufblitzen ließ.

Sie zeigte durch eine geöffnete Tür rechts. »Ihr Reich.«

Anders als das in Weiß gehaltene Esszimmer erinnerte mich dieser Raum an das Wohnzimmer der Rostamis, so bunt und plüschig war es. Eine ausladende Couch, auf der man auch schlafen konnte, ein Schreibtisch. »Ohne Einladung darf es niemand betreten«, sagte Anoush.

»Du auch nicht?«

»Ich auch nicht«, sagte Anoush. »Ich darf noch nicht mal Staub wischen.«

Sie führte mich über den Flur. »Und das dahinten ist meine Bleibe. Wir gehen aber erst in die Küche. Ich hab Hunger.«

Anoush stellte die alten Stiefel auf den Balkon, der von der Küche und ihrem Zimmer begehbar war.

»Setz dich«, sagte sie und deutete auf einen Hocker neben dem kleinen Küchentisch, über dem ein Konzertplakat von The Cure hing. Head Tour 1985. Es zeigte einen türkisfarbenen Tintenfisch, in dessen Mitte so etwas wie ein Spiegelei prangte. Vermutlich sollte es aber nur das Auge sein.

»Möchtest du was trinken?«

»Ein Tee wäre nicht schlecht.«

»Oh. Gute Idee.« Anoush schaltete den Wasserkocher an und öffnete den Schrank. »Irgendwelche Vorlieben?«, fragte sie.

»Pfefferminz«, sagte ich.

Anoush lachte. »Wird gemacht.«

»Wo sind deine Eltern?«, fragte ich.

»Oh, die haben sich schon vor Jahren scheiden lassen«, sagte Anoush. Sie öffnete den Kühlschrank und holte eine Tupperbox mit Käse heraus.

»Und du wolltest nicht bei deiner Mutter wohnen?«

»Um Gottes willen. Weder bei ihr noch bei meinem Vater. Die beiden haben sich so sehr gestritten, dass ich zu meiner Tante wollte. Ich sehe meine Eltern nur noch unter kontrollierten Bedingungen.«

»Nämlich?«

Anoush drückte mir eine große dampfende Tasse in die Hand. Ich bediente mich am Zucker, der auf dem Tisch stand.

»Ich brauche eine Hintertür. Wenn es mir zu bunt wird, muss ich die Möglichkeit zum Rückzug haben.« Anoush deckte den Tisch, begann Gurken und Tomaten kleinzuschneiden und legte alles auf ein großes Brett. Dann hielt sie mir ihre Tasse Tee entgegen, und wir stießen an.

»Erzähl mir mehr von Jane. Ich weiß, dass sie eine ganz wichtige Rolle in deinem Leben spielt. Wo hast du sie getroffen?«

»Das ist eine lange Geschichte«, sagte ich.

»Wir haben Zeit. Es sei denn, du möchtest nicht über sie reden.« Anoush schaltete eine Boombox an und startete eine Playlist von ihrem Handy, »Life on Mars« von David Bowie. »Weiß sie von Vida?«

»Ja.«

»Von mir?«

»Von dir auch, ja.«

»Also ist sie nicht eifersüchtig?«

»Worauf sollte sie eifersüchtig sein?«, fragte ich.

»Dass wir so viel Zeit miteinander verbringen.« Wobei das Wir nicht genau definiert war.

»Nein, ist sie nicht«, sagte ich. »Sie ist gerne allein.«

Anoush nickte verständnisvoll. »Ja. Es gibt Tage, da kann ich noch nicht mal Vida sehen. Dann liege ich in meinem Bett, höre Musik und lese. Oder hänge meinen Gedanken nach.« Sie blies über ihren Tee und trank einen Schluck, wobei sie mich nicht aus den Augen ließ.

»Die Trennung meiner Eltern war ziemlich beschissen. Eigentlich hatten sie sich schon immer gestritten. Meistens aus den nichtigsten Anlässen«, sagte sie. »Wenn man elf oder zwölf ist, geht einem das echt an die Nieren, denn natürlich hatten sie sich auch wegen mir in den Haaren.«

»Meine Eltern haben sich nie gestritten«, sagte ich. Eigentlich – kam es mir auf einmal in den Sinn – haben sie noch nicht mal besonders viel miteinander gesprochen.

»Das ist schön. Da ist dir was erspart geblieben.« Sie biss in ihr Brot und fuhr mit vollem Mund fort. »Ich hatte einen kleinen Bruder. Sascha ist kurz nach der Geburt gestorben. Offener Rücken. Er liegt auf dem Friedhof, hier die Straße runter. Ich besuche das Grab, so oft ich kann.«

Ich stellte meine Tasse langsam ab.

»In der Zeit, als es zwischen meinen Eltern eskalierte, hat er mir sehr geholfen. Sprach mit mir. Sascha war da natürlich kein Baby mehr. Er wäre jetzt vierzehn.«

»Aber er war da«, sagte ich.

»Ja. Er war da«, sagte Anoush. »Sascha war der Einzige, mit dem ich damals reden konnte.« Sie zog die Beine an und nahm ihre Tasse, als wäre ihr auf einmal ziemlich kalt. »Er war ein Teil von mir. Der Teil, der nicht aufgab und auf mich aufpasste. Mein Schutzengel. Ich glaube, niemand sonst hätte mich damals erreichen können.«

»Auch nicht Vida?«

»Nein. Wir lernten uns kennen, als ich das Schlimmste schon hinter mir hatte.«

»Über die Musik?«

Anoush lachte. »Natürlich. Ich hab sogar mal Klavier gespielt. Sagte ich bereits, oder? Kann ich heute nicht mehr.«

Schweigen entstand, aber es war nicht unangenehm. Eher wie ein stilles Einvernehmen. Anoush und ich waren Veteranen. Vielleicht sogar Überlebende, wenn ich mir ihre Narben an beiden Handgelenken anschaute.

Sie lachte plötzlich auf. »Weißt du, was das Bizarre an alldem ist? Ich habe nie den Glauben daran verloren, dass Familie etwas Überlebenswichtiges ist. Es muss nicht immer die Herkunftsfamilie sein. Ich finde, eine Wahlfamilie viel wichtiger. Man ist zusammen, weil man zusammen sein will. Ohne diese toxischen Abhängigkeiten.«

»Vida ist deine Familie, nehme ich an.«

»Ja. Und Timo. Wir gehen uns zwar manchmal mächtig auf die Nerven. Aber wir tun uns gut. Ich glaube, wir brauchen die Reibereien. Das ist unsere Art zu zeigen, dass wir uns lieben.« Und dann sagte sie leise: »Ich würde mich freuen, wenn du Teil dieser Familie werden könntest.«

Ich wusste nicht, was ich darauf antworten sollte. Und wie das Angebot zu verstehen war. Aber allein diese Einladung fühlte sich gut an, und ich antwortete ebenso leise: »Das wäre schön.«

Anoush lächelte verhalten. Plötzlich stellte sie die Tasse auf den Tisch und stand auf. »Komm. Ich zeig dir mein Equipment. Es geht nur darum, den richtigen Drop zum perfekten Beat zu finden. Du wirst sehen, es ist ein ganz einfaches Spiel.«

14

Jane blieb verschwunden. Ihr Bett war leer, als ich nach Hause kam, und es war unberührt, als ich mich am nächsten Tag für die Schule vorbereitete. Langsam wurde ich unruhig. Sie war in der letzten Zeit stabil gewesen, ruhiger, wacher. Aber auch distanzierter. Trotzdem hatte ich eine Heidenangst, dass sie wieder einen Schub hatte, der sie aus der Bahn warf.

Ihr Seesack lehnte noch immer an der Couch. Ich hatte mir vorgenommen, ihn nicht zu öffnen. Diese Grenze hatte ich nicht überschreiten wollen. Aber das hier war eine Notlage. Wenn es einen Hinweis gab, wohin sie gegangen war, dann würde ich ihn vielleicht in ihren Habseligkeiten finden.

Ich öffnete die Schnur und drehte den Sack um. Doch nichts fiel heraus. Der Sack, der sich vor einer Sekunde noch so prall angefühlt hatte – war leer! Ich blickte hinein, doch da war nichts. Nur Schwärze.

»Scheiße!«, rief ich und ließ ihn erschrocken fallen. Ein heftiger Schwindel überkam mich. Die Welt verrutschte wieder einmal, ich kannte das Gefühl schon. Der Seesack sackte schlaff in sich zusammen, und ein Prospekt glitt über den Boden.

Vorsichtig hob ich ihn auf. Es war ein abgegriffener Plan des Botanischen Gartens im Westend.

Jetzt wusste ich, wo ich Jane finden würde, und machte mich auf den Weg.

***

Ein Botanischer Garten im Dezember ist natürlich nicht so bunt wie im Frühling, hat aber dennoch seinen eigenen Charme, finde ich. Besonders dieser hier, der eher an einen groß angelegten Park erinnert. Es gibt eine Liegewiese nördlich eines weitläufigen Sees, an dem der Bootsverleih tatsächlich trotz Winterbetriebs geöffnet hatte. Neben geraden, platanengesäumten Wegen gibt es eine Unzahl schmaler Pfade, die durch einen hügeligen Steingarten und eine Steppenwiese führen. Egal, wo man sich befindet, die Perspektive ist immer neu.

Im Hintergrund reckten sich einige Hochhäuser glänzend in den blauen Himmel. Flugzeuge zogen goldene Kondensstreifen hinter sich her.

»Es ist schön hier«, sagte Jane und hakte sich bei mir ein. Ihr Arm war leicht wie eine Feder, und der Duft nach Erdbeeren hüllte mich ein wie eine Frühlingsahnung. Ich war erleichtert, sie in dieser Verfassung an diesem Ort zu sehen, und überrascht, wie sie sich unbemerkt an mich hatte heranschleichen können.

»Früher waren wir hier jedes Wochenende«, sagte ich. »Dahinten am Palmenhaus sind einige Picknickbänke. Leider durften wir da nicht grillen.«

»Darf man heute auch noch nicht, oder?«, fragte Jane.

»Ich fand das immer schade«, sagte ich und seufzte.

Das letzte Laub des Jahres raschelte unter unseren Füßen, Krähen krächzten. Aber sonst waren wir allein. Wir gingen am

Rosengarten vorbei und steuerten die Gewächshäuser des Tropicariums an, wo sich auch die Kakteen befanden.

»Sollen wir uns ein wenig aufwärmen?«, fragte ich.

»Gute Idee«, sagte Jane und nickte heftig.

Ich öffnete die Tür, und ein Schwall tropisch warmer Luft schwappte uns entgegen. Das erste Licht der aufgehenden Sonne beschwor die tröstliche Illusion eines Frühlingsmorgens herauf. Wir zogen unsere Jacken aus und durchwanderten erst die trockenen, dann die feuchten Tropen, bis wir schließlich bei den Sukkulenten waren. Viele der Kakteen hatten jetzt ihre Blütezeit. Bei einem baumhohen Vertreter dieser Familie (eine Jasminocereus thouarsii, ich konnte es nicht fassen!) fanden wir eine Bank, auf die wir uns setzten. Eine kleine Eidechse flitzte über den Weg, hielt kurz inne, schaute zu uns auf, um dann zwischen den Steinen zu verschwinden.

»Es geht dir gut«, stellte Jane fest, als sie mich eingehend musterte. Wie sie es sagte, klang es distanziert. Ehrlich, aber nicht mehr so nahbar. Etwas war geschehen. Etwas, das vor einigen Tagen begonnen hatte. Sie veränderte sich. Die flirrende Unberechenbarkeit, die sie wie eine Aura umgeben hatte, war verschwunden.

»Es geht mir gut, ja«, sagte ich.

»Das ist schön«, sagte Jane. »Du glaubst nicht, wie sehr mich das freut.«

Doch, ich hatte eine Ahnung. Jane war mein Spiegel. Sie war es schon immer gewesen. Ging es mir schlecht, roch sie nach Zimt und hockte mit mir in einem finsteren Loch. Ging es mir gut, kam sie zur Ruhe.

»Du wirst bald gehen, nicht wahr?«, fragte ich.

Sie nickte.

In mir krampfte sich alles zusammen. Ich hasste Abschiede. Ich hatte meinen Vater verloren. Und auf gewisse Art auch meine Mutter.

»Mich wirst du nicht verlieren«, sagte Jane und lehnte sich an mich.

»Wie soll das gehen?«, fragte ich ängstlich.

»Wenn du dich fürchtest, hoffe auf mich.«

»Das sagst du jetzt zum zweiten Mal.«

»Du wirst es verstehen, wenn es so weit ist«, sagte sie und drückte meine Hand. »Erzähl mir von den Sommern, die ihr hier verlebt habt.«

»Ich kann mich kaum daran erinnern«, gab ich zu.

»Versuch es«, forderte mich Jane auf.

Ich hielt mein Gesicht in die schwache Sonne und schloss die Augen. Das Licht schien rot durch die Lider. »Eigentlich sind es vor allem Gerüche. Nach Blumen. Nach gemähtem Gras. Und Erdbeeren!« Ich lachte und versuchte die dazugehörigen Bilder heraufzubeschwören, aber es gelang mir nicht. Etwas stand im Weg. Etwas, das man nicht sehen konnte, wenn man seinen Blick darauf richtete. Aber es war da.

»Dieses Ding, diese Sache, die du nicht sehen kannst. Es ist der Schlüssel. Deine Mutter hat ihn. Sie wird ihn dir geben.« Jane korrigierte sich. »Sie *muss* ihn dir geben, ich habe es nicht in der Hand.«

»Was ist es?«, fragte ich. »Um was geht es?«

»Ich kann es dir nicht sagen.«

»Aber du weißt es. Du hast sie an diesem dunklen Ort aufgesucht und herausgeführt. Du weißt, was sie dort festhielt.«

»Ja, ich weiß es.«

»Und wenn sie es nicht sagen wird?«

»Wird nichts heilen und der Schmerz bleiben.«

Ich öffnete die Augen und schirmte sie mit der Hand ab, weil mich das Licht auf einmal blendete. »Wirst du mich nach Hause begleiten?«

»Jetzt noch nicht«, sagte Jane. »Ich möchte noch ein wenig bleiben.«

Ich stand auf. »Du hast den Schlüssel?«

Jane griff in ihre Hosentasche und hielt ihn hoch.

»Gut«, sagte ich. »Dann geh ich jetzt.«

»Wir sehen uns, Vincent.«

***

Ich wurde davon wach, dass es an der Tür klingelte. Nicht abwartend, sondern drängend. So als würde im Treppenhaus die Polizei stehen, um mich zu verhaften oder mindestens die Wohnung zu durchsuchen.

Ich brauchte einen Moment, um mich zu orientieren. Gefühlt war es früher Nachmittag, es war noch hell. Nachdem ich aus dem Botanischen Garten zurückgekommen war, hatte ich mich noch einmal hingelegt und war angezogen eingeschlafen. Daran konnte ich mich noch erinnern.

Wieder klingelte es Sturm.

Ich wankte hinaus in den Flur zur Gegensprechanlage und nahm den Hörer in die Hand.

»Ja?«, sagte ich müde.

»Vincent!«, rief Anoush. »Gott sei Dank, dir geht es gut!«

»Warum sollte es mir nicht gutgehen?«

»Weil du nicht in der Schule warst!«, rief Timo.

Ah, Scheiße. Ich hatte vergessen, Bescheid zu geben. »Und woher habt ihr meine Adresse?«, fragte ich.

»Ich habe sie aus der Orchesterliste, du Schlaumeier«, sagte Vida.

»Machst du jetzt mal bitte auf?«, rief Anoush.

»Es ist arschkalt«, fluchte Timo.

Ich drückte den Summer. »Aber benutzt nicht den Fahrstuhl!«, rief ich noch. Dann schlurfte ich zurück ins Wohnzimmer und ließ mich aufs Sofa fallen. Die Wohnungstür hatte ich angelehnt gelassen.

»O Mann«, rief Anoush aus dem Flur. »Du hast uns einen ganz schönen Schrecken eingejagt. Timo! Schuhe aus!«

»Ja, Mama«, stöhnte er.

Dann standen alle drei bei mir im Wohnzimmer.

Und etwas geschah. Als würde die Realität ihre Nadel in einen schwarzen Ballon stechen. Außer Jane und den Rettungssanitätern hatte niemand diese Welt je betreten. Doch nun standen plötzlich lebendige Menschen in meinem Wohnzimmer. Das Herz der Finsternis hörte auf zu schlagen, wenn auch vielleicht nur für diesen Moment.

»Wow«, sagte Anoush beeindruckt, als sie die Wände mit den Polarlichtern betrachtete. »Hast du die aufgehängt?«

Ich wollte darauf antworten, aber Vida war mit ihrer Frage schneller. »Wo warst du?«

»Ich habe Jane gesucht. Sie ist seit zwei Tagen nicht nach Hause gekommen.«

»Hast du sie gefunden?«, fragte mich Anoush, die noch immer die Bilder betrachtete, als wäre sie in einer Galerie. Ihre Finger zeichneten die bunten Lichtvorhänge nach, als würde sie verstehen, dass sie irgendwie eine große Bedeutung hatten.

»Ja«, sagte ich. »Es geht ihr gut.«

»Und wo ist sie?«, fragte Anoush und drehte sich um.

»Sie wird kommen, sie hat einen Schlüssel.«

»Dann verpasst sie das Konzert«, sagte Vida.

»Das ist heute?«, fragte ich erschrocken.

»Ja«, sagte Timo. »Das ist heute.«

Jetzt war ich hellwach. »Ah, Scheiße!« Ich sprang auf.

»Ganz ruhig«, sagte Timo und zog sich seine Schuhe wieder an. »Noch ist alles im grünen Bereich. Wir müssen erst in einer Stunde in der Schule sein. Und Anoush hat das Auto ihrer Tante.«

Vida schaute sich immer noch um, und ich konnte ihr Unbehagen spüren. Sie lebte mit ihren Eltern so, wie ich auch einmal gelebt hatte. Quadratisch, praktisch, bürgerlich. Ich konnte nicht anders, ich schämte mich für meine Bleibe.

»Lasst uns gehen«, sagte ich. »Ich bin lieber zu früh als zu spät.«

***

Sagte ich bereits, dass Kilminster ziemlich Gabba Gabba Hey war? Ich hatte eigentlich erwartet, dass er zu dem Konzert in seiner üblichen Kluft erschien. Motörhead goes Santa Claus, so in der Art. Aber er machte uns allen einen Strich durch die Rechnung. An diesem Abend war er Herr Studienrat Schröder, Leiter des Schulorchesters. Und als dieser trug er tatsächlich einen Smoking mit Fliege. Die langen Haare hatte er ordentlich zu einem Pferdeschwanz zusammengebunden, er war rasiert, und Aftershave-Duft umwehte ihn wie eine teure Wolke.

Man hatte uns den Klassenraum der 6a zur Verfügung gestellt, wo wir unsere Sachen ablegen und uns warm spielen konnten. Das Konzert selbst fand in der Aula statt, die an dieser Schule PZ, Pädagogisches Zentrum, genannt wurde.

Herr Schröder klatschte in die Hände. »Kann ich mal kurz eure Aufmerksamkeit haben?«

Der Lärm und das aufgeregte Gerede verebbten erst, als Timo eine ziemlich dissonante Fanfare auf seiner Trompete blies.

»Danke, Timo«, sagte Herr Schröder. »Also, ihr habt den Ablaufplan im Kopf? Wir sind vor der Pause und somit vor dem Chor des Fördervereins an der Reihe. Wer seine Noten aus was für Gründen auch immer vergessen hat, kann sich bei mir einen neuen Satz holen. Vorher wasche ich ihm aber den Kopf, damit das klar ist. Das PZ ist ausverkauft. Wenn ihr die anderen hören wollt, müsst ihr euch leise an die Wand stellen. Ansonsten solltet ihr euch sammeln. Geht in euch. Konzentration. Fokus. Ich werde jetzt gemeinsam mit Herrn Direktor Schreiber ein paar warme Worte an die Eltern richten.«

Damit ging er raus und ließ uns allein.

»Und? Aufgeregt?«, fragte mich Timo, der auf einem Tisch saß und nervös mit den Beinen wippte.

»Es geht«, sagte ich, setzte mich auf einen anderen Tisch und schaute zu Vida, die ihre Geige stimmte. Sie trug ein rotes Kleid, das sich wie ein Ausrufezeichen vom Schwarz und Weiß der anderen Orchestermitglieder abhob. Ihr Gesicht war mittlerweile abgeschwollen. Make-up verdeckte die Hämatome unter den Augen.

Alle hatten ein Instrument, mit dem sie sich beschäftigen konnten. Nur mein Klavier stand draußen auf der Bühne.

Anoush steckte den Kopf durch die Tür. »Noch Platz für ein Groupie?«

Timo spielte auf seiner Trompete den Refrain von »Here Comes the Sun«, und Anoush errötete tatsächlich ein wenig. Sie gab ihm einen Kuss auf die Wange und umarmte ihre Freundin.

»Vorsicht, die Geige«, sagte Vida.

»Keine Lust auf Blockflöte da draußen?«, fragte Timo.

Anoush seufzte. »Die lieben Kleinen. Sie sind ja süß, aber ich befürchte, ich bin nicht ihre Zielgruppe.« Sie strahlte mich an. »Hi, Vincent!«

Ich winkte zurück.

»Na? Bereit, den Laden zu rocken?«, fragte sie.

»So bereit, wie man nur sein kann«, sagte ich.

»Nur Vida ist irgendwie neben der Spur«, sagte Timo. »Sie versucht schon die ganze Zeit ihre Geige zu stimmen.«

Vida warf Timo einen mürrischen Blick zu, setzte die Violine an und spielte die ersten Takte von »Gloria in excelsis Deo«.

»Mit einem Pistolenlauf im Mund bringt man nur Vokale raus«, sagte Timo.

Der Bogen rutschte von den Saiten, wobei ein überaus hässliches Geräusch entstand, das mir eine Gänsehaut verursachte.

»Was willst du mir damit sagen?«, fragte Vida.

»Dass ich mindestens genau so nervös bin wie du«, sagte Timo und ließ die Finger auf den Ventilen seiner Trompete spielen.

»Ich. Bin. Nicht. Nervös«, sagte Vida.

Sie setzte wieder an. Fehlerfrei und voller Hingabe. Aus dem PZ drang gedämpfter Applaus zu uns.

»Ich habe mit Charleen gesprochen«, sagte Anoush, die sich zu mir auf den Tisch gesetzt hatte. »Sie ist damit einverstanden, wenn du an einem Abend meinen Job übernimmst. Und nicht nur das! Du bekommst auch dasselbe Geld wie ich. Ist zwar nicht viel, dreihundert Euro, aber sie gibt sie dir bar auf die Hand, die gehen nicht über dein Konto.«

»Bitte?«, fragte ich überrascht. »Dreihundert Euro und nicht viel? Davon kann ich einen ganzen Monat leben!«

Anoush lachte. »Umso besser! Und wenn du gut bist, wird es bestimmt nicht das letzte Mal sein. Also, nicht jedes Wochenende. Aber ich würde mir das gerne mit dir teilen. Wenn du magst.«

»Natürlich mag ich«, sagte ich. »Danke.«

»Ich hab bisschen was auf der hohen Kante«, druckste sie auf einmal herum. »Wenn du mal was brauchst, kann ich dir unter die Arme greifen.«

Ich war sprachlos. »Danke«, presste ich hervor. »Aber ich komm schon über die Runden.«

»Geld ist Handlungsspielraum. Kreative Masse. Zumindest für mich. Ich benutze es, um Wünsche zu erfüllen. Dafür ist Kohle extrem gut geeignet.«

Ich errötete.

»Im Ernst. Vielleicht hast du ja einen ganz besonderen Wunsch. Einen, dessen Erfüllung lebenswichtig für dich ist.« Anoush lächelte. »Aber darüber können wir später mal reden, okay?«

Vida spielte weiter ihr Gloria, während Timo sie auf seiner Trompete begleitete. Nach und nach setzten die anderen Instrumente ein. Es war magisch. Und ein wenig kitschig. Aber vermutlich ging das Hand in Hand.

Der letzte Akkord verhallte, und jeder, wirklich jeder atmete langsam wie nach einer Meditationsübung aus.

»Wuhu!«, rief Anoush und klatschte in die Hände.

Vida strahlte erleichtert und setzte sich zu uns, so dass ich von beiden eingerahmt war. Sie klatschten sich über meinem Kopf hinweg ab.

»Vincent sieht ein klein wenig überfordert aus«, gluckste Timo.

Anoush und Vida schauten mich mit gespielter Unschuld an, wobei mir Anoush mit den Fingern von hinten durch die Haare fuhr. »Du musst ein wenig an deiner körperlichen Toleranz arbeiten«, sagte sie.

»Unbedingt«, sagte Vida und legte ihre Hand auf mein Bein. »Bei Anoush bist du in den besten Händen.«

»Und ihr macht es nicht besser«, flötete Timo, der auf seiner Trompete einen imaginären Fleck wegwienerte.

Die beiden Mädchen kicherten. Und ich? Ich kam mir wie eine ungeküsste Jungfrau vor, die nicht wusste, ob sie lachen oder das Weite suchen sollte.

Wieder war Beifall zu hören, langanhaltend und von begeisterten Pfiffen begleitet.

»Waren das die Blockflöten?«, fragte Timo.

»Sieht so aus«, sagte Anoush.

»Dann haben wir wohl doch was verpasst«, antwortete Timo.

»So, auf jetzt«, rief Herr Schröder, der in der Tür erschienen war. »Ihr seid an der Reihe.« Die Schüler klemmten ihre Instrumente unter die Arme und trippelten aufgeregt davon. Wir vier waren die Letzten. Der offizielle Herr Schröder, der heute kein cooler Kilminster war, streckte beide Daumen in die Höhe und versuchte so, seine Anspannung zu überspielen. »Haut sie um!«

Im Gänsemarsch marschierten wir, begleitet vom Applaus der Eltern, ins Pädagogische Zentrum ein. Anoush lehnte sich nah an der Bühne an die Wand. Die jüngeren Mitglieder des Orchesters hatten schon hinter ihren Notenständern Platz genommen.

»Schade, dass deine Mutter nicht dabei ist«, sagte Vida. »Und Jane fehlt.«

»Ja«, antwortete ich. »Finde ich auch.«

Ich sah die Rostamis in der ersten Reihe sitzen. Sie winkten, und Vida winkte zurück. Ich wusste nicht, ob ich auch gemeint war, deswegen hielt ich still.

Ich nahm hinter dem Flügel Platz, sortierte kurz die Noten, die irgendwie durcheinandergeraten waren, und erhob mich wieder, als Herr Schröder die Bühne betrat.

Beifall brandete auf, wir verneigten uns und setzten uns wieder. Dann wurde noch kurz durchgestimmt, und schließlich gab Herr Schröder den Einsatz vor.

Die Streicher machten den Anfang, setzten zaghaft ein und steigerten dann die Intensität. Ich kannte das Stück in- und auswendig und brauchte die Noten eigentlich nicht, denn ich war nach vier Takten im Flow. Ich sah zu Vida hinüber, die am Rand der Bühne stand. Schröder gab ihr ein Zeichen, und sie spielte.

Ich wusste, dass sie sich weniger auf den Taktstock unseres Musiklehrers konzentrierte als auf mein Spiel. Doch ich merkte schnell, dass sie den Einstieg nicht fand. Die Verzögerung war kaum wahrnehmbar, aber sie baute sich auf. Nach drei Takten war sie für alle hörbar. Schröder runzelte die Stirn und konzentrierte sich im Gestus auf Vida. Ich sah an ihrer Körperhaltung, dass sie unruhig wurde, fast in Panik geriet. Dann vergriff sie sich zum ersten Mal.

Die falsche Note brach wie ein Stachel hervor und schien sich nicht aufzulösen. Erst dachte ich, sie würde mein Spiel nicht hören, also wurde ich lauter, womit ich mir aber Schröders finsteren Blick einfing.

Vida war nun vollkommen von der Rolle, als hätte sie das Spielen verlernt. Resigniert ließ sie die Geige sinken. Im Publikum wurde es unruhig. Schröder ging zu ihr, und beide redeten miteinander. Sie ganz aufgeregt, er so ruhig wie möglich. Dann ging er wieder zurück an seinen Platz.

»Ab Takt 36«, sagte er. Es war die Stelle, an dem das Klavier begann. Dann folgte Vidas Einsatz. Und wieder verpasste sie ihn ganz knapp, hetzte hinterher und vergriff sich. Schröder brach ab. Im Publikum war es jetzt still. Ich konnte weder Vidas Eltern noch Anoush sehen, aber ich ahnte, dass sie den Atem anhielten.

»Einmal noch«, sagte Vida leise. Ihre Hände zitterten. Schröder sah sie fragend an, und Vida nickte energisch.

»Takt 36«, sagte Schröder.

Diesmal verpasste Vida den Einsatz komplett. Sie hatte noch nicht einmal den Bogen gehoben, sondern brach in Tränen aus.

»Okay«, sagte Schröder leise, drehte sich um und hob entschuldigend die Arme. Dennoch applaudierte das Publikum, und ich konnte das Mitleid heraushören. Mir war schlecht.

»Wir machen eine Pause«, rief Schröder. »Im Foyer werden Sekt, Saft, Wasser und Schmalzbrote verkauft. Das Geld kommt unserem Projekt Tansania zugute.«

Das Publikum stand auf, und das PZ leerte sich.

Vida lag in den Armen ihres Vaters und heulte herzerweichend. Anoush versuchten sie zu trösten.

»Alles gut, mein Kind«, sagte Frau Rostami mit ihrer rauchigen Stimme und strich ihrer Tochter über den Rücken.

»Nichts ist gut«, heulte Vida. Sie warf mir einen kurzen Blick zu, den ich aber nicht zu deuten wusste. Hatte ich irgendetwas falsch gemacht? Sie mit meinem Spiel irritiert? Vida sagte leise etwas, das ich nicht verstand, und ihre Eltern nickten verständnisvoll. Sie streckte ihre Hand aus, die Anoush augenblicklich ergriff. Dann gingen sie.

»Das war jetzt seltsam«, sagte Timo. »So habe ich sie noch nie erlebt.« Nachdenklich umklammerte er seine Trompete.

»Lag es an mir?«, fragte ich unsicher.

»Ich weiß nicht«, sagte Timo. »Du hast einwandfrei gespielt, mach dir da keinen Vorwurf.«

»Aber was ist es dann?«

»Na ja«, sagte Timo und kratzte sich am Ohr. »Bisher seid ihr musikalisch wie Arsch und Eimer gewesen. Das Zusammenspiel war immer perfekt. Aber heute?«

»Heute haben wir nicht zueinandergefunden«, stellte ich fest.

Timo gab mir einen Klaps auf die Schulter. »Ich geh mal zu meinen Eltern. Was machst du?«

»Nach Hause gehen.«

»Tut mir leid, Alter«, sagte Timo aufrichtig.

»Ja«, erwiderte ich. »Mir auch.«

15

Am nächsten Tag war Jane noch immer nicht nach Hause gekommen. Weder Vida noch Anoush hatten sich bei mir gemeldet. Kein Anruf. Keine WhatsApp, nichts. Ich war alleine eingeschlafen und wachte nun alleine auf.

Auch wenn das Gefühl der Verlassenheit schmerzte, war es in Ordnung. Ich konnte es akzeptieren, denn es war nicht mit dem dunklen Schleim zu verwechseln, durch den ich mich in den letzten Wochen hatte kämpfen müssen.

Die ersten beiden Schulstunden teilte ich nicht mit Vida. In der Pause traf ich jedoch Anoush, und sie zog mich in eine stille Ecke.

»Vida hatte eine Scheißnacht«, sagte Anoush. Sie hatte den Kragen ihrer Jacke hochgeschlagen und trat frierend von einem Fuß auf den anderen. »Irgendetwas ist gestern passiert, worüber sie nicht sprechen möchte. Aber anscheinend hat es was mit dir zu tun.«

»Den Verdacht hatte ich auch schon.«

»Habt ihr euch irgendwie gestritten?«

»Nein, überhaupt nicht«, sagte ich.

»Hast du irgendwas zu ihr gesagt?«

»Anoush, seit der Party haben Vida und ich kein einziges Wort unter vier Augen mehr gewechselt.«

»Ich verstehe das nicht«, sagte Anoush bibbernd. »So habe ich sie noch nie erlebt.«

»Ich weiß nicht, was ich dazu sagen soll«, erwiderte ich ratlos.

Anoush sah mich misstrauisch an.

»Was?«, fragte ich.

»Ich bin mir nicht sicher«, sagte Anoush und fixierte mich immer noch. Als hoffte sie, in meinen Augen irgendeine tiefere Wahrheit zu erkennen. »Bist du noch in sie verliebt?«

Ich hatte mir diese Frage selbst schon gestellt. Und keine eindeutige Antwort gefunden. »Ich kann es dir nicht sagen«, gab ich zu.

Anoush stöhnte leise auf, als spürte sie einen Schmerz, der eigentlich nicht ihrer war. Sie umarmte mich, aber ich wusste nicht, wen sie mit dieser Geste trösten wollte.

»Sag mal«, kam es von ihr. »Was ist eigentlich mit Jane?«

Ich löste mich von Anoush. »Was soll mit ihr sein?«

»Hast du nichts mehr von ihr gehört?«

Ich schüttelte den Kopf. »Nein.«

»Und das irritiert dich nicht?«

Ich dachte nach und schüttelte dann erneut den Kopf.

»Kein bisschen?« Anoush klang ein wenig misstrauisch.

»Nein«, wiederholte ich. »Kein bisschen.«

»Und du machst dir auch keine Sorgen um sie?«, bohrte Anoush weiter.

»Eigentlich nicht«, sagte ich. »Sie hat einen Schlüssel. Sie kann jederzeit zurückkommen, wenn sie möchte.«

»Ah«, machte Anoush, als ginge ihr langsam ein Licht auf. »Ich verstehe. Ja, so kann man das auch machen.«

»Was kann man auch so machen?«, fragte ich.

Anoush gab keine Antwort. Sie dachte nach. »Ich würde dich gerne besuchen«, sagte sie plötzlich.

»Wann?«, fragte ich verwirrt.

»Heute?«

Ich wusste nicht, was ich darauf sagen sollte. »Warum?«

Anoush grinste breit. »Wir müssen uns auf Freitagabend vorbereiten. Du weißt schon, Playlists und so was.«

»Ich komme zu dir«, antwortete ich hastig.

»Nein, nein!«, antwortete Anoush lachend. »Ich kaufe etwas ein, und wir kochen. Es ist zwar gut, wenn du mal rauskommst. Aber es ist noch wichtiger, dass du jemanden hineinlässt!«

Ich schwieg.

»Es sei denn, du willst das nicht«, sagte Anoush. »Dann musst du es sagen. Du kannst die Tür schließen. Aber glaub mir eines: Niemand wird ein zweites Mal anklopfen.«

Ich kaute auf meiner Lippe herum. »Okay«, sagte ich schließlich.

»Okay, was?«, fragte Anoush.

»Komm vorbei«, sagte ich.

Anoush atmete erleichtert aus und lächelte. »Sieben Uhr?«

»Sieben Uhr.«

»Dann sehen wir uns«, sagte sie

Es klingelte. Die Pause war zu Ende, und wir gingen wieder in unsere Kurse.

Ich war nervös wie eine Tochter der höheren Gesellschaft kurz vor ihrem Debütantinnenball. Den ganzen Nachmittag verbrachte ich damit, die Wohnung auf Vordermann zu bringen. Ich putzte und wienerte, räumte auf – und fühlte mich gut. Tatsächlich. Nervosität und Vorfreude schlossen sich nicht aus, was für eine Erfahrung.

Anoush hatte mir per WhatsApp noch einmal eingeschärft, nichts einzukaufen. Ich hätte es sowieso nicht tun können, denn ich war wie immer abgebrannt. Es hätte bestenfalls Nudeln mit Tomatensoße gegeben. Ohne Käse.

Im Hintergrund lief die Rohfassung der Playlist, die ich mir für den Freitag zurechtgelegt hatte. Kein Dark Jazz, kein Dark Wave, kein Shoegazing. Dafür Funk und Soul und – scheiße ja – Hiphop. Rakede und Käptn Peng und Deichkind.

Es klingelte. Pünktlich. Um sieben. Ich drehte die Musik leise, atmete tief durch, räusperte mich und drückte den Knopf der Gegensprechanlage.

»Ja?«, fragte ich.

»Kikis kleiner Lieferservice!«

»Nimm nicht den Fahrstuhl!«, erinnerte ich Anoush und drückte den Summer.

»Ist der Lift immer noch nicht repariert?«, fragte sie.

»Das weiß ich nicht. Aber auch wenn er funktioniert, bleibt er oft stecken.«

»Das wäre schade. Dann müsste ich alles alleine essen.«

Ich erwartete Anoush an der Wohnungstür. »Um Gottes willen«, rief ich. »Was hast du denn alles eingekauft?«

»Nimm mir das mal bitte gerade ab«, ächzte sie und hielt mir eine große Tasche hin. »Was ein Glück, dass ich das Auto habe.«

Sie ging in die Küche, und ich folgte ihr. Plötzlich machte die Welt einen Ruck von links nach rechts.

»Müsli, Milch, Butter, Eier, Käse, Obst, ein Brot, wusstest du, dass der Supermarkt ein paar gute Biosachen hat?«

»Was sagst du da?«, wisperte ich entgeistert.

»Joghurt, Quark, Fruchtaufstrich, keine Wurst, ich esse kein Fleisch, das ist viel zu ungesund, vor allem das aus dem Supermarkt, das ist mit Antibiotika vollgepumpt, aber du siehst klug aus, du weißt bestimmt, welche Folgen Massentierhaltung hat.«

Mir wurde schwindlig, und ich musste mich an der Wand abstützen. »Für heute Mittag habe ich Nudeln mit Pesto geholt, ich habe keinen Mörser gefunden, sonst hätte ich selber eins zubereitet.«

»Hör bitte auf«, sagte ich matt.

»Womit soll ich aufhören?«, fragte Anoush, als sie den Rucksack absetzte.

Der Schwindel verflog.

»Vincent? Ist alles okay mit dir?«

Ich nickte benommen. »Es ist nichts, nur ein Déjà-vu.«

»Wann hast du das letzte Mal was Anständiges auf dem Teller gehabt?«

»Bei Vida auf der Party«, sagte ich.

Anoush schnaubte und räumte die Einkäufe aus. Es waren die Basics: Kartoffeln, Reis, Nudeln, Tomatenmark. Abgepackter Käse. »Hält sich länger«, sagte Anoush. »Ich wusste nicht, was du magst. Deswegen habe ich Sachen gekauft, die mir auch schmecken.« Vier Flaschen Wein, zwei rot, zwei weiß. »Wasser habe ich nicht mitgebracht, das war mir zu schwer.«

»Ist alles okay«, sagte ich.

Sie holte mehrere Beutel mit frischem Obst aus dem Rucksack. Äpfel, Birnen, Kiwi. Dann Butter, Milch und Brot. »Marmelade. Selbstgemacht. Ich hoffe, du magst Erdbeere.« Sie machte eine Geste, als würde sie zu viel reden. »Egal. Du hast bestimmt ein eigenes System zum Einräumen.« Sie strahlte mich an. »Ich habe Hunger. Und du?«

***

Wir hatten uns ein Kartoffelgratin mit Käse gemacht und dazu eine Flasche Weißwein geleert. Schließlich saßen wir auf der Couch. Oder vielmehr, ich saß. Anoush hatte sich langgemacht, ihre ausgestreckten Beine über meine gelegt. Mit beiden Händen hielt sie sich den prallen Bauch.

»Wann kommt deine Mutter eigentlich wieder nach Hause?«

»Am Samstag. Nach meinem Abend im Borderland.«

»An einem Wochenende?«

»Der behandelnde Arzt hat es veranlasst.«

»Dieser … dieser …«

»Dr. Sachs.«

»Der. Genau. Freust du dich? Auf deine Mutter?«

»Ich habe mich daran gewöhnt, alleine zu wohnen.«

Anoush lachte. »Das kann ich verstehen. Erzähl mir mehr über die Polarlichter«, sagte sie.

»Ich dachte, wir wollten die Musik vor Freitag klären«, erwiderte ich.

»Nein«, gab Anoush zu. »Das war nur vorgeschoben. Du weißt, was du tust. Davon gehe ich aus.« Sie stand auf und betrachtete die Bilder erneut.

»Jane hat sie aufgehängt.«

»Jane ist offensichtlich sehr einfühlsam«, sagte Anoush und

befestigte einen Streifen Tesafilm an der Wand, der sich von einem der Ausdrucke gelöst hatte. »Ist das ihr Sehnsuchtsort?«

Ich stand auf und schaute, welches Bild Anoush meinte.

»Die Fjellheisstasjonen in Narvik. Ja, davon hatte sie gesprochen.«

Anoush runzelte die Stirn. »Aber wieso gerade Narvik? Ich meine, Polarlichter gibt es überall am Nordkap.«

»Ich habe keine Ahnung.«

Anoush schaute das Bild lange an. »Hast du mal versucht herauszufinden, wie viel das kostet?«

»Die Reise dorthin? Nein.«

Sie drehte sich zu mir um. »Du musst da hin.«

»Nein«, sagte ich vorsichtig. »Das muss ich nicht.«

»Doch. Das musst du. Mit ihr. Ohne sie.«

»Das verstehe ich nicht. Warum?«

»Damit du Abschied nehmen kannst«, sagte Anoush.

»Von Jane?«

»Von all dem Mist, der dich erdrückt. Von deinem alten Leben. Vielleicht auch von Jane.«

Ich schwieg. Schließlich lachte ich. »Ich kann es mir sowieso nicht leisten.«

»Nein, du nicht«, sagte Anoush. »Aber ich.«

»Du willst mir das bezahlen?«

»Ja«, sagte sie, als sei es das Selbstverständlichste der Welt, Hunderte Euro für eine Schnapsidee lockerzumachen. »Es ist gut investiertes Geld. Und nein, ich käme nicht mit. Es ist deine Reise.«

»Du bist verrückt«, sagte ich.

»Bin ich nicht«, sagte Anoush ernst. »Aber ich weiß, wie es dir geht. Ich möchte dir helfen, wenn du erlaubst. Und ich tue das nicht nur für dich, sondern auch für mich. Ich bin mir das schuldig.« Sie gab mir einen Kuss auf die Wange. »Und jetzt werde ich gehen. Es ist spät.«

»Okay«, sagte ich. Der Themenwechsel war ein wenig abrupt.

»Ich freue mich auf Freitag«, sagte sie. »Soll ich dich abholen?«

»Das würde manches einfacher für mich machen«, gab ich zu.

»Sehr schön.« Sie gab mir noch einen Kuss, diesmal auf die Lippen. »Schlaf schön.«

Bevor ich etwas sagen konnte, hatte sie die Tür hinter sich zugezogen und ließ mich mit meinem wüst schlagenden Herzen zurück.

***

Charleen war dann doch nicht so von der Idee begeistert, dass ein absoluter Anfänger an einem Abend auflegen sollte, an dem der Laden gerammelt voll war. Sie wollte sich von mir die Playlist zeigen lassen, aber Anoush ging dazwischen.

»Das wirst du nicht tun, Vincent«, sagte sie.

»Und wenn es in die Hose geht?«, fragte Charleen.

»Wird es nicht, ich bin ja dabei«, sagte Anoush.

»Ich bin zu gutmütig«, schnaubte Charleen und rollte mit den Augen.

»Ja, das warst du schon immer«, sagte Anoush und strich ihr über die Wange. »Deswegen liebe ich dich auch so.«

»Ist Vida schon da?«, fragte ich Charleen. Sie war seit dem

Konzert nicht in der Schule gewesen, und auf WhatsApp hatte sie mich ignoriert.

»Nein, ich habe sie heute noch nicht gesehen. Aber es ist auch noch früh. Timo habe ich schon irgendwo gesehen.«

»Er ist mein Ersatzmann«, sagte Anoush.

»Ah. Stimmt. Hatte ich vergessen.«

Ich wollte etwas sagen, aber Charleen scheuchte uns wie Hühner davon.

»Dein Ersatzmann?«, fragte ich Anoush, als wir uns durch die vielen Gäste zwängten, die sich biertrinkend in kleinen Grüppchen überall verteilten. Es war voll, die Stimmung vibrierte in einem Rhythmus, der geradezu nach Musik verlangte. »Dein Ersatzmann für welchen Fall?«

»Vincent, mein Lieber. Du darfst alles essen. Aber noch längst nicht alles wissen.«

Wir stiegen auf das Podest, und ich nahm die Anlage genau in Augenschein. Das CDJ-Equipment war an ein Verstärkerrack angeschlossen, über das auch die Lichtorgel gesteuert wurde.

»Um die Beleuchtung musst du dich nicht kümmern, die ist schon eingestellt«, sagte sie. »Wie gesagt, mach keinen großen Aufriss. Cueing und Dropping, mehr muss nicht sein. Kein Mixing, kein Mash-up. Konzentrier dich auf die Musik, hör in dich hinein, okay?«

Ich blies die Backen auf und atmete langsam aus. »Okay.«

Die ersten zehn Titel hatte ich im Kopf, in der Hoffnung, sie würden ziehen. Wenn nicht, hatte ich ein Problem. Dann musste ich schnell reagieren.

Der Raum, in dem getanzt werden sollte, füllte sich jetzt. Es hatte sich wohl herumgesprochen, dass sich etwas tat. Einige besoffene Punks grölten, es solle endlich losgehen. Ich grinste, gab Timo ein Zeichen, und er löschte das Licht. Die Menge johlte.

Das erste Stück sorgte exakt für das Erstaunen, das ich mir erhofft hatte. Ich begann mit »Baby Love« von Mother's Finest, ein uraltes Funkstück aus den Siebzigern mit enorm viel Druck, dem sich keiner entziehen konnte. Und spätestens mit »Car Wash« von Rose Royce hatte ich alle da, wo ich sie haben wollte. Alles tanzte und hüpfte, sogar die Punks mit ihren Bierflaschen. Für die hatte ich nachher noch etwas in petto, worauf ich mich besonders freute. Bei »Give up the Funk« von Parliament kochte der Saal. Um auch die Letzten an Bord zu holen, spielte ich »Weapon of Choice« von Fatboy Slim in der Version mit Bootsy Collins. George Clinton. Isaac Hayes. Rufus mit Chaka Khan. Sogar Rick James. Sie folgten mir buchstäblich überallhin, und ich tauchte ein in den Flow. Ich verschmolz mit der Musik, mit der tanzenden Menge. Ich war ein Teil von ihr, dirigierte sie, lenkte sie. Überraschte sie.

Die Punks mussten sich noch ein wenig gedulden. Bob Marley war dem Funk näher als Jello Biafra. Burning Spear! Toots & The Maytals! Inner Circle! Ich hatte meine Bestimmung gefunden. Und ich lachte und tanzte. Bis die erste Bierflasche flog. Da wusste ich, es war Zeit für Pogo.

Ich nickte Anoush zu, und sie legte den Schalter um. Statt »Is This Love« schrien Napalm Death »Nazi Punks Fuck off!« Und die Tanzfläche leerte sich auch nicht, als wir »Holiday in Cambodia« spielten. Alles sprang, tanzte und hüpfte, selbst die Hippies und Hipster und Freaks und Headbanger gingen zu »New Rose« von The Damned ab. Ich sprang durch die Musikgeschichte der Achtziger, dachte an meinen Vater, der in dieser Musik aufgegangen war und mich mit ihr infiziert hatte. Ein Teil, ein sehr lebendiger Teil von ihm lebte in mir weiter, und ich umarmte ihn. Musik, dachte ich, heilt alles.

Dann sah ich Vida. Sie stand direkt an der Bühne, hob das Glas und lächelte. Aber sie tanzte nicht.

Und ich konzentrierte mich weiter auf die Musik.

Denn dies war bisher nur das Präludium gewesen. Das hatte ich für *mich* aufgelegt. Nun war ich fertig damit. Jetzt konnte ich in der Gegenwart ankommen und die Vergangenheit hinter mir lassen.

»Banana Brain«, »Something Bigger, Something Better«, »Walk Music«, »Shame« …

Timo trat auf die Bühne, gab Anoush einen Kuss auf die Wange und bedeutete ihr mit einem Kopfnicken, dass er jetzt übernehmen würde. Dabei drückte er Anoush einen Schlüssel in die Hand, an dem ein kleines Schild mit einer Zahl darauf befestigt war. Timo sagte etwas in Anoushs Ohr, und Anoush nickte, umarmte ihn und ergriff meine Hand.

Ich verstand nicht, was gerade geschah.

Wir stiegen vom Podium, wo Vida auf uns wartete. Sie gab mir und Anoush einen Kuss. Die Musik spielte weiter, es war ein grandioser Soundtrack.

Ganz ehrlich? Ich hatte Schiss. Denn ich ahnte, was geschehen sollte. Am liebsten hätte ich gesagt: Hör mal, Anoush, das ist eventuell keine gute Idee, vielleicht sollten wir einfach jeder nach Hause gehen und das Ganze hier vergessen. Stan Laurels letzte Worte vor seinem Tod waren: Ich würde jetzt viel lieber Skifahren lernen.

»So aufgeregt?«, fragte Anoush. Wir standen vor der Tür mit der Nummer 23.

Ich nickte.

»Ich auch.«

»Das ist beruhigend«, sagte ich.

»Diese Nacht wird alles zwischen uns verändern, weißt du?«

»Ich habe so eine Ahnung, ja.«

Ich hatte immer gedacht, Anoush sei in dieser Hinsicht abgebrüht. Mit allen Wassern gewaschen. Dabei war sie nervös. Das nahm mir sehr viel von meiner Angst.

»Möchtest du die Tür öffnen?«

Ich nahm den Schlüssel und steckte ihn ins Schloss, drehte ihn einmal um. Dann drückte ich die Klinke herunter.

»Wow«, sagte ich nur.

»Was ist?«, fragte Anoush und sah über meine Schulter hinweg in den Raum.

Charleen mochte zwar gerne die toughe Bitch geben. Doch tief im Inneren schien sie zu wissen, worauf es im entscheidenden Moment ankam.

Bis auf ein breites Bett war das Zimmer leer. Während im ganzen Haus die Wände rot gestrichen oder verhangen waren, war hier alles hell. Nichts lenkte den Blick ab. Kein Bild, kein Möbelstück. Vier große Altarkerzen, die in den Ecken standen, spendeten ein warmes Licht.

Anoush schloss die Tür hinter uns. Unsere Schritte knarrten auf dem Holzfußboden, obwohl wir leise auftraten. Anoush zog die Stiefel aus, und ich tat es ihr gleich. So standen wir einander in Socken gegenüber. Der Drang, Skifahren lernen zu wollen, wurde immer größer.

Wir umarmten uns, und ich stellte wieder einmal überrascht fest, wie groß sie war.

»Denkst du gerade an Vida?«

Anoush nickte.

»Ich auch«, sagte ich.

»Es ist alles gut. Es ist alles richtig.« Sie ließ ihre Hand unter meinen Pullover gleiten und streichelte die nackte Haut auf meinen Rücken. »Diese Nacht ist ein Geschenk, in jeder Hinsicht. Wir sollten es annehmen.«

Ich gab etwas von mir, das wie ein leises, hilfloses Lachen klang. »Ich glaube, das wird mir nicht schwerfallen.«

»Das ist gut«, flüsterte Anoush. Sie war sehr zärtlich und gewissenhaft in dem, was sie tat. Ihre Berührungen waren zunächst wie ein Kitzeln für mich. Ein Kitzeln, das sich schmerzhaft anfühlte, weil sich mein Rücken ein wenig verkrampfte. Erst als ich die Berührung zuließ, veränderte sie sich und wurde zu kleinen elektrischen Schlägen, so als würde Strom durch Anoushs Finger fließen. Ich wusste nicht, was ich mit meinen Händen tun sollte, also umarmte ich sie einfach. Ich fühlte mich warm und weich und schwer. Dass in diesem Raum ein Bett stand, schien für mich die Rettung zu sein. Ich wusste, ich würde mich nicht lange auf den Beinen halten können.

»Noch nicht«, flüsterte Anoush. »Wir haben alle Zeit der Welt. Schließ die Augen und sieh mit deinen Fingern, mit deinen Händen, mit deiner Haut. Atme tief ein und folge deinen Wünschen.«

Und es war wirklich so. Die Welt drehte sich und fiel auf einen Punkt zusammen. Die Zeit schien stehen zu bleiben. Und in dieser Nacht sah ich Anoush mit allen Sinnen.

16

Ich wusste nicht, was mich mitten in der Nacht weckte, ob es ein Geräusch war oder einfach nur der Druck, der sich in meiner Blase aufgebaut hatte. Ich ließ meinen Arm aus dem Bett baumeln und tastete nach der Hose, in der mein Handy steckte.

Viertel nach vier.

Stöhnend sank ich ins Kissen zurück, aber ich wusste, dass es nicht helfen würde, mich umzudrehen und einfach weiterzuschlafen. Ich musste aufs Klo.

Anoush schlief so fest neben mir, dass sie sich überhaupt nicht rührte. Ich deckte sie vorsichtig zu und zog mich leise an. Es war kalt, und das bläuliche Licht meines Displays wies mir den Weg zur Tür.

Das Knarzen meiner Schritte auf dem Holzfußboden verlor sich in der Dunkelheit, als ich hinaus in den Korridor trat. Ich tastete nach einem Schalter, aber nichts geschah. Das Licht wurde wahrscheinlich über die Sicherung gesteuert.

Ich suchte den ersten Stock nach einer Toilette ab, fand aber keine und ging deswegen eine Etage tiefer, wo es nach vergossenem Bier und kaltem Schweiß roch. All die bunte Wärme des gestrigen Abends war verschwunden, die Gäste waren nach Hause gegangen. Was so heimelig und lauschig gewesen war, die Sessel und Tische und Bilder, die nun erloschenen Kerzen, wirkte nun wie das Inventar eines Spukhauses.

Ich fand die Toilette im Eingangsbereich und wollte danach nur noch zurück ins Bett, als ich leise Musik hörte. Irgendjemand schien noch hier zu sein. Ich hielt inne. Es war Klaviermusik. Brahms. Sie kam aus dem Saal, in dem gestern Abend getanzt worden war. Und dann fragte ich mich: Wie kann ich Brahms hören, wenn überall die Sicherungen draußen sind?

Ein Feuerzeug flammte auf und tauchte Dennis' Gesicht in einen gelben Schein.

»Senile Bettflucht?«, fragte er und betrachtete die Glut seiner Zigarette, als er den Rauch des ersten Zuges ausstieß.

Ich blieb stehen.

»Du hattest einen schönen Abend gestern«, sagte er. »Hast deine Jungfräulichkeit verloren. Wurde ehrlich gesagt auch Zeit. Zu schade, dass es nicht Vida war. Stimmt doch?«

Er seufzte mitleidig, ging mit schweren Schritten zum Rand des Podests, sprang herunter und baute sich vor mir auf. Er zog an seiner Zigarette, die in Wirklichkeit ein Joint war, und hielt die Luft an, bis er husten musste.

»Was willst du hier?«, fragte ich.

Dennis rollte mit den Augen. »Was ist denn das für eine beschissene Frage? Wie in einem Krimi. Da wird auch immer gefragt: Wo sind Sie letzten Donnerstag zwischen acht und neun gewesen? Hatte das Opfer Feinde?« Die beiden Fragen stellte er mit wichtigtuerisch verstellter Stimme. Dann lachte er. »Ich wollte nur mal sehen, wie es dir geht. Wir haben lange nichts voneinander gehört. Hat sich Vida gut erholt? Sie ist ja schon zäh, mein lieber Mann. Hat echte Nehmerqualitäten.«

Ich brannte innerlich vor Wut und Hass auf diesen Kerl. Dennis zog an seinem Joint und kniff dabei ein Auge zu.

»Ich ruf die Polizei«, sagte ich.

Er zuckte mit den Schultern. »Nur zu.«

Ich wählte die 110 und hörte ein Freizeichen. Aber niemand hob ab.

»Keiner zu Hause?«, fragte Dennis.

Ich schaute auf die Empfangsbalken. Das Handy hatte volle Signalstärke.

»Vielleicht haben die Feierabend. Ist ja schon spät«, witzelte Dennis.

Ich probierte es noch mal, wieder ohne Erfolg. »Okay.« Ich drehte mich um und lief zur Treppe.

»Okay, was?«, rief Dennis hinter mir her und nahm einen weiteren Zug.

»Ich werde Anoush wecken. Und dann werden wir gehen.«

Dennis lachte hustend und schüttelte den Kopf. »Genau. Geh nur. Lauf!«, rief er mir hinterher. Er trat gegen etwas, das mit einem Scheppern umfiel. Eine Flüssigkeit schwappte über den Boden, und es roch auf einmal wie an einer Tankstelle. Ich drehte mich um.

Ein klassischer 20-Liter-Einheitskanister lief gluckernd aus. Und Dennis grinste.

»Hasta la vista, Baby«, sagte er und schnippte den Joint ins Benzin.

***

»Vincent!«, rief Anoush und rüttelte an meiner Schulter. »Wir müssen hier raus! Und zwar so schnell wie möglich.«

»Was ist los?«, murmelte ich. Meine Blase fühlte sich an, als würde sie gleich bersten, ich musste dringend auf Toilette.

»Das Borderland brennt!«

Ich war sofort hellwach. »Scheiße!«

Der Geruch nach Rauch hing in der Luft, als wir uns hastig anzogen und die Tür aufrissen. Im Treppenhaus sahen wir schon den flackernden Widerschein eines Feuers, das sich im Tanzsaal ausbreitete. Wo ich gestern noch Musik aufgelegt hatte.

Wie in meinem Traum. Dennis.

Wir hasteten die Treppe hinunter und sahen Charleen, die verzweifelt versuchte, mit einem Feuerlöscher die Flammen zu bekämpfen. Sie war ungeschminkt, der Bademantel stand offen.

»Wir helfen dir!«, rief ich.

Charleen wirbelte herum. Angst. Wut. Verzweiflung. Tränen standen in ihren Augen. Ihr Lebenstraum ging gerade in Flammen auf. »Ihr verschwindet hier!«

»Auf gar keinen Fall!«, rief Anoush.

»Haut ab, Scheiße nochmal! Ich habe die Feuerwehr schon gerufen. Die Polizei ist auch gleich da. Dein Kumpel ist keine achtzehn! Ich habe schon genug Ärger an der Backe.«

»Auf gar keinen Fall!«, rief Anoush. »Wir lassen dich hier nicht allein!«

»Charleen hat recht«, sagte ich. »Wir werden nicht viel ausrichten können.«

Anoush biss die Zähne zusammen und packte Charleen am Kragen ihres Bademantels. »Dann kommst du mit.«

Charleen wollte sie abschütteln, aber Anoush fiel ihr in den Arm. »Wir lassen dich nicht hier! Das kannst du vergessen.«

Ein dumpfer Knall ließ den Boden erzittern. Irgendetwas war im Keller verpufft. Die Flammen hatten ihren Ursprung wohl eine Etage tiefer und waren über die Lüftungsschächte nach oben geklettert.

»Zeit, zu verschwinden«, brüllte Anoush eindringlich.

Charleen stieß einen wutentbrannten Schrei aus.

Die Sirenen der Einsatzfahrzeuge waren schon zu hören und kamen näher, als wir hinaus ins Freie traten. Die ersten Flammen züngelten durch die Fenster der Tanzhalle. Ich stellte mich an einen Zaun und pinkelte erst mal.

Charleen setzte sich auf einen großen Stein und heulte hemmungslos. Anoush versuchte sie zu trösten. Aber wie konnte man die Schmerzen eines Menschen lindern, der in einer Nacht alles verloren hatte, was seinem Leben Sinn und Bedeutung gab?

Paradiese, so dachte ich, sind wohl nicht für die Ewigkeit gemacht.

17

In den Medien war der Brand ein großes Thema. Offensichtlich hatte man im Keller die Leiche eines jungen Mannes gefunden, der an einer Rauchgasvergiftung gestorben war. Wie er dort hingekommen war und was er dort gesucht hatte, war noch unklar. Man spekulierte aber, dass er einen Platz zum Schlafen gesucht hatte und die Kerze, die er angezündet hatte, letzten Endes das Borderland abgefackelt hatte.

Charleen stand nicht unter Verdacht.

Irgendwie, dachte ich, war der Tag, der Abend, die Nacht wie ein Traum gewesen. Der von einem Albtraum in diesem Traum zerstört wurde. Christopher Nolan hätte seine Freude daran gehabt. Freud mit Sicherheit auch.

Doch das zählte alles nicht, ich wollte mir keine Gedanken darüber machen. Denn heute war *der* Tag. D-Day. Meine Mutter würde nach Hause kommen. Wenn auch nur für drei Wochen, bis sie die Reha in Bad Soundso in einer weit, weit entfernten Galaxie antreten würde.

Ich hatte meiner Mutter warme Klamotten mitgebracht. Es gab mir einen Stich ins Herz, als sie mit steifen, kraftlosen Fingern ihre Jeans zuknöpfen wollte. Sie hatte seit ihrer Einlieferung mehrere Kilo abgenommen, und sie war vorher schon keine Walküre gewesen. Der Gürtel wurde drei Löcher enger gestellt.

Ihr Lungenvolumen hatte sich durch die künstliche Beatmung in kürzester Zeit drastisch reduziert. Jede noch so kleine Anstrengung ließ sie kurzatmig keuchen. Manchmal entrang sich ihrer Kehle dabei ein Krächzen, das so rau klang, als hätte man ihre Stimmbänder mit grobkörnigem Sandpapier bearbeitet. Wir waren schnell mit allem fertig, zu packen gab es fast nichts.

Etwas länger dauerte es, im Schwesternzimmer die Entlassungspapiere abzuholen, die für die Weiterbehandlung in der Rehaklinik nötig waren. Dr. Sachs begegnete mir und meiner Mutter mit einer Reserviertheit, die fast schon beleidigend war. Er wünschte ihr gute Besserung und verabschiedete uns mit den Worten, dass alles Nötige in den Briefen stehe, die wir den weiterbehandelnden Ärzten geben sollten.

Frau Neuburg wusste, dass meine Mutter nicht sehr lange und nicht sehr weit gehen konnte. Wir trafen uns deswegen in einer Besucherecke zwischen Yuccapalmen und Gummibäumen. Sie hielt etwas in der Hand, das wie eine dieser Geschenktüten für Wein- oder Sektflaschen aussah.

»Das ist für Sie.« Sie stellte die Flasche in ihrer Verpackung auf den Tisch. »Für Sie beide.«

Meine Mutter runzelte die Stirn, als sie Frau Neuburgs Geschenk aus der Verpackung zog und genauer betrachtete. Aber ich erkannte es sofort.

»Der cartesische Taucher«, stellte ich fest.

»Meine älteste Tochter hat ihn mir gebastelt, als sie noch zur Grundschule ging. Das ist schon fast ein halbes Leben her.«

»Dann bedeutet der Taucher Ihnen sehr viel«, sagte ich.

»Es würde mich freuen, wenn Sie ihn annähmen. Wissen Sie,

meine Tochter ist jetzt fünfundzwanzig und steht mit beiden Beinen fest im Leben. Ich habe gelernt, mit Druck umzugehen. Das gehört zu meiner Ausbildung. Wenn es einen Menschen gibt, wenn es *zwei* Menschen gibt, für die dieser Taucher eine ganz eigene Bedeutung hat, dann sind Sie es.«

Meine Mutter nahm die Flasche, hielt sie gegen das Licht und bohrte den Daumen vorsichtig in die Gummikappe. Die gläserne Figur, die in ihrem Inneren schwamm, sank langsam zu Boden. Meine Mutter nahm den Daumen wieder weg, der Taucher stieg wieder auf. Ein Lächeln huschte über ihr Gesicht. Sie reichte Frau Neuburg zum Dank die Hand.

»Ich weiß, es kann lange dauern, bis Sie einen Therapeuten gefunden haben, der zu Ihnen passt«, sagte Frau Neuburg zu meiner Mutter. »Ich werde ihn nicht ersetzen können, dazu habe ich weder die Zeit noch die Kapazität. Aber Sie können mich jederzeit anrufen, wenn Sie Probleme haben.«

Die letzten Worte waren an mich gerichtet. Frau Neuburg reichte mir die Hand. »Ich wünsche Ihnen beiden alles Gute! Passen Sie auf sich auf.«

***

Wir fuhren mit dem Taxi nach Hause. Der stumme Blick meiner Mutter verlor sich im Nirgendwo der vorbeiziehenden Welt. Ich sah, wie die Augen des Taxifahrers im Rückspiegel zwischen meiner Mutter und mir hin und her sprangen, als würde ihn unsere distanzierte Nähe nervös machen.

Wir stiegen aus und bezahlten den Fahrer. Die Quittung steckte ich ein, ich musste sie bei der Krankenkasse für eine

Rückerstattung einreichen. Das Taxi fuhr davon. Meine Mutter und ich standen wie Frodo und Sam an den Toren Mordors vor diesem Ort, den wir uns nicht ausgesucht hatten. Ich hatte immer noch die Hoffnung, dass alles glimpflich ablaufen würde.

Mann, war ich schiefgewickelt.

»Komm«, sagte ich zu meiner Mutter. Ich wollte ihr erst den Arm reichen, damit sie sich an mir festhalten konnte, nahm sie dann aber bei der Hand.

Wir gingen das Risiko ein und benutzten den Fahrstuhl hinauf in den zehnten Stock. Die Treppe hätte meine Mutter niemals bewältigen können.

Ich wusste nicht, was es genau war. Schon als ich den Schlüssel ins Schloss steckte und ihn umdrehte, hatte ich auf einmal das Gefühl, dass die Heimkehr meiner Mutter in einer Katastrophe enden würde. Wir traten in den Flur.

Erst als ich im Wohnzimmer die Tasche abstellte, bemerkte ich, dass sie mir nicht gefolgt war.

»Mutter?«

Sie stand reglos auf der Schwelle und umklammerte sich, als würde sie fürchterlich frieren. Ich nahm sie vorsichtig in den Arm und hielt sie fest.

»Du wirst hier nicht stehen bleiben können«, sagte ich. »Komm, lass uns reingehen.«

Vorsichtig setzte sie einen Fuß vor den anderen. Es hatte sich viel verändert, seitdem sie diese Wohnung verlassen hatte. Es war aufgeräumt, sauber, sogar wohnlich. Ihre Hand strich an der Wand entlang, als müsste sie sich vergewissern, dass alles eine greifbare Stofflichkeit hatte. Sie untersuchte jedes Regal eingehend, als würde sie die Dinge abzählen, die sie aus ihrem alten Leben in dieses gerettet hatte. Ich musste daran denken, was meine Mutter alles zurückgelassen oder verkauft hatte.

Wenigstens in meinem Zimmer schien für meine Mutter alles so zu sein, wie sie es erwartet hatte. Ich war ein Pedant. Meine umfangreiche CD-Sammlung war alphabetisch geordnet, genau wie die Bücher. Das Bett war gemacht, eine Tagesdecke lag darauf. Nur ein Bild hing an der ansonsten leeren weißen Wand über meinem Nachtschrank. Es war das letzte Foto meines Vaters.

Meine Mutter nahm es von der Wand und studierte es eingehend, so als hätte sie vergessen, wie er ausgesehen hatte. Sie presste ihre Lippen aufeinander und wischte sich eine Träne aus dem Auge. Dann hängte sie es wieder zurück, wobei sie mit den Fingern über den Rahmen strich, um es geradezurücken.

Ich fühlte mich immer unwohler. Irgendetwas geriet hier gerade aus den Fugen, entglitt mir, strebte auf einen Endpunkt zu. Meine Mutter suchte etwas, fand schließlich einen Zettel und nahm einen Bleistift, der in einem Kästchen auf meinem Schreibtisch lag. Doch die Mine brach ab. Sie ließ das Blatt Papier und den Stift kraftlos fallen und begann lautlos zu weinen. Erst war es ein Zittern, das ihren ausgezehrten Körper erschütterte. Und dann brach sie in ein hemmungsloses Schluchzen aus.

»Ich habe ihn getötet«, sagte sie mit einer Stimme, die vom Schweigen ganz rau und kratzig war.

»Das ist doch Unsinn«, sagte ich erschrocken und nahm sie wieder in den Arm. Aber sie drängte mich mit ihren knochigen Ellbogen weg.

»Ich habe ihn getötet«, wiederholte sie unter Tränen.

»Es war ein Unfall!«, sagte ich.

Sie schüttelte den Kopf. »Ich habe ihn getötet«, sagte sie ein drittes Mal. »Es war kein Unfall.«

»Wie zum Teufel kommst du darauf?« Mir wurde kalt. Plötzlich spürte ich wieder dieselbe Verzweiflung wie damals, als ich meine Mutter bewusstlos in ihrem Bett vorgefunden hatte.

»Er hat sich umgebracht!«, schrie sie mich an.

Ich suchte mit der Hand nach meinem Stuhl und setzte mich. »Was sagst du da?«

»Er hat einen Abschiedsbrief hinterlassen.«

»Ich verstehe nicht«, stotterte ich. »Warum hätte er sich umbringen sollen?«

»Weil ich ihn betrogen habe?«, sagte sie schroff, als wäre ich zu dumm, um selbst auf diese Antwort zu kommen. »Er hat es gemerkt. Er hat es herausgefunden.«

»Wie?«, fragte ich erschüttert.

»Ach, Vincent, willst du wirklich die Details wissen?«, fragte sie bitter.

»Tut mir leid«, fuhr ich sie an. »Da musst du jetzt durch.«

Doch meine Mutter schwieg.

»Du hast alles verkauft, was mich an meinen Vater erinnerte. Du hast ihn nicht nur aus deinem Leben, sondern auch aus meinem eliminiert. Zack und weg. Und dann hast du dich in deine verkackte Depression zurückgezogen und mich mit dem ganzen Scheiß allein gelassen. Ja, verdammt, ich will wirklich die Details wissen! Ich will wissen, ob es die ganze Scheiße wert war!«

»Ich hatte eine Affäre mit einem Kollegen aus dem Büro. Wir haben uns nach Feierabend getroffen und sind in ein Hotel gegangen.«

Schweigen.

»Das war alles?«, fragte ich irritiert. »Du hattest irgendwelche Hoteldates mit einem anderen Mann, und Vater hat sich deswegen umgebracht?«

»Ja«, sagte meine Mutter erschöpft.

Ich schüttelte energisch den Kopf. »Das nehme ich dir nicht ab!«

»Wie bitte?«, wisperte meine Mutter atemlos.

»Das nehme ich dir nicht ab! Das ist zu banal!« Mein Puls begann zu rasen. »Wegen so etwas fährt man doch nicht sein Auto gegen eine gottverdammte Brücke!«

»Vincent!«, rief meine Mutter erschrocken.

»Das ist kompletter Irrsinn!«

»Dein Vater war krank, und ich hatte irgendwann nicht mehr die Kraft.«

»Die Kraft? Wofür? Um die Fassade aufrechtzuerhalten?«, schrie ich sie an.

»Um so weiterzuleben!«

Die Welt kippte und neigte sich zur Seite. Ich hörte ein Geräusch im Wohnzimmer. »Jane?«, rief ich und stürzte aus meinem Zimmer.

Jane zog sich die Jacke an und schulterte ihren Seesack. »Es ist so weit, Vincent. Es wird Zeit, dass ich gehe.«

»Jetzt? In diesem Moment?«, fragte ich entsetzt.

»Jetzt, in diesem Moment«, sagte Jane. »Deine Mutter hat ihre Stimme wiedergefunden. Du brauchst mich nicht mehr.«

»Nein, verdammt! Du gehst nicht!«, schrie ich sie an.

»Wir sind mehr als die Summe unserer Verluste«, sagte sie. »Bitte vergiss das nicht!«

»Du hast gesagt, du wirst immer bei mir bleiben!«, schrie ich sie verzweifelt an. »Du hast es versprochen!«

»Und ich werde dieses Versprechen halten«, sagte Jane. Sie gab mir einen Kuss, dann zog sie die Wohnungstür hinter sich zu.

Ich brauchte einen Moment, um zu verstehen, was gerade geschah. Dass dies ein Abschied war, der alles veränderte. Ich stürzte hinaus ins Treppenhaus, aber Jane war schon fort. Der Fahrstuhl fuhr nach unten.

Ich rannte die Treppen hinunter, um sie im Erdgeschoss abzufangen. Aber als die Tür beiseiteglitt, war der Fahrstuhl leer. Jane war fort.

***

Das Licht der untergehenden Sonne tauchte den Friedhof in ein letztes goldenes Licht, als ich das Tor aufstieß und den Abdrücken der Stiefel im frisch gefallenen Schnee folgte. Es war so kalt, dass ich die Kapuze meines Hoodies aufsetzte und die Hände tief in den Taschen meiner Jacke vergrub. Ich musste mich beeilen. Jane würde die Nacht in der Gruft nicht überleben.

Sie war am Grab meines Vaters vorbeigegangen, bevor sie nach links zum alten Teil des Friedhofs abgebogen war. Mir war schlecht. Irgendetwas wühlte in meinem Inneren und verknotete meinen Magen. Ich hatte Angst. Angst um Jane, Angst um mich. Die Welt verschob sich nach links, und es wurde noch einige Grad frostiger.

Vor mir erhob sich aus dem eisigen Dunst Janes Gruft. Diesmal flackerte unter der Tür kein Lichtstrahl hindurch.

Ich stemmte mich gegen den rostigen Riegel, der protestierend nachgab, und trat in die kalte Dunkelheit.

»Jane?«, rief ich. »Bist du da?«

Aber ich erhielt keine Antwort.

Mit vor Kälte steifen Fingern zog ich das Handy aus meiner Hosentasche und schaltete das Display ein. Erschrocken blieb ich stehen.

Ich befand mich nicht in der Gruft. Zu meiner linken Seite hing eine Jacke an einer Garderobe, unter der ordentlich ihr Stiefelpaar stand. Es war der Eingangsflur unseres alten Hauses. Meine Hand suchte nach einem Schalter, aber das Licht flammte nicht auf. Natürlich nicht.

»Jane?«, rief ich erneut, bekam aber keine Antwort.

Alles sah so aus wie bei meinem letzten Besuch. Nichts hatte sich verändert. Nichts bis auf ein Detail. Die Kellertür war diesmal angelehnt, und ich hörte Musik.

Brahms. Irgendjemand spielte die zweite Violinsonate. Aber nicht hier oben, sondern unten im Keller.

Langsam stieg ich die Treppe hinab, die Musik wurde lauter.

»Jane?«, rief ich erneut.

Als ich den Treppenabsatz erreichte, stockte mein Herzschlag.

»Vincent! Ich habe auf dich gewartet«, sagte Dennis und drehte sich auf seinem Stuhl hinter dem kleinen Mischpult zu mir um. Vor ihm lag ein Geschenk, das Papier bedruckt mit goldenen und silbernen Mustern. Ich erkannte das Paket sofort wieder.

Dennis sah entsetzlich aus. Wie Deadpool ohne Maske. Er wippte auf dem Stuhl meines Vaters vor und zurück, während Brahms auf Schleife lief.

Und plötzlich wusste ich, wer die Leiche war. »Du bist tot«, sagte ich. »Du bist bei dem Brand im Borderland umgekommen.«

»Ja, da habe ich mich wohl ein wenig ungeschickt angestellt«, sagte er bedauernd. »Aber ich wusste nicht, wo ich hinsollte. Ich kannte das Borderland. Und wusste, in welchen Räumen Charleen nie nachschaute. Ich war allein. So allein wie du.«

»Wo ist Jane?«, schrie ich ihn an.

Dennis grinste und schüttelte den Kopf, als hätte ich die falsche Frage gestellt. »Wie geht es deiner Mutter? Hat sie dir endlich die Wahrheit erzählt? Dass sie der Grund war, warum dein Vater den Familien-Opel gegen den Pfeiler gefahren hat?«

»Wo ist Jane?«

»Weißt du, im Reich der Toten sind wir alle eine große Familie. Wir alle fliegen hier!« Dennis lachte, als hätte er einen besonders guten Witz gemacht. »Och, komm! Jetzt tu nicht so, als hättest du das nicht schon längst geahnt! Er hat mir erzählt, was geschehen ist. Wusstest du, dass er sogar überlegt hatte, das eine oder andere entgegenkommende Auto mitzunehmen? Mann, war dein Vater an dem Tag scheiße drauf. Kein Wunder, dass sich deine Mutter Vorwürfe macht.«

Ich stieß einen Schrei aus. Ein Beben ließ das Haus erzittern.

»Deine Mutter wollte denselben Weg gehen, aber sie hatte nicht die Kraft dazu. Dabei war sie schon fast auf dieser Seite.

Du hast das Schlafzimmer gesehen, oder? Leider bist du an jenem Tag zu früh nach Hause gekommen.«

Ich stürzte mich auf Dennis, packte ihn am Hals und drückte zu.

»Sehr gut«, sagte Dennis theatralisch mit tiefer Stimme. »Ich fühle deinen Zorn, junger Jedi.« Er packte meine Handgelenke und drehte sie mühelos um, so dass ich vor Schmerzen auf die Knie ging.

»Wo ist Jane?«, wimmerte ich.

»Wo ist Jane?«, äffte er mich nach. »Sie ist fort! Weg! Vom Winde verweht!«

»Sie ist hier!«, schluchzte ich.

Dennis ging in die Hocke und schaute auf mich herab. »Sie ist weg. So geht das. Jeder wendet sich irgendwann von dir ab. Vida hat sich gar nicht erst auf dich eingelassen. Und Anoush? Sie wäre genau die Richtige für dich. Das weißt du. Sie hat so ein großes Herz. Alle haben sie ihren Platz gefunden: Vida, Timo. Und sogar du. Aber je unerreichbarer, desto besser. Am besten Vida, die alte Lesbe. Ach, Vincent«, sagte Dennis und in seiner Stimme schwang zu meinem Erstaunen echte Empathie. »Liebe ist so eine zerbrechliche Angelegenheit. Ein falsches Wort, eine falsche Tat. Und sie löst sich auf wie dieser Ort, der so tief in dir ist, dass du noch nicht mal weißt, wo du gerade bist.«

»Wenn du dich fürchtest, hoffe auf mich.«

»Was?«, fragte Dennis, als hätte er nicht richtig gehört.

»Wenn du dich fürchtest, hoffe auf mich. Das hat Jane zu mir gesagt, nachdem sie meine Mutter geweckt hat.« Mir tat alles weh, als ich aufstand. Denn mir war etwas aufgefallen. Das Datum! Das Datum auf dem kleinen Kalender. In meinem Traum zeigte es den falschen Tag an. Jetzt war es richtig! Es stimmte! Ich riss den Zettel ab und drehte ihn um. Auf der Rückseite stand ein Gedicht. Das Gebet, das Jane am Grab meines Vaters gesprochen hatte.

Und wandle immer in die Nacht,
Ich habe Liebe in die Welt gebracht,
Dass blau zu blühen jedes Herz vermag,
Und hab ein Leben müde mich gewacht,
In Gott gehüllt den dunklen Atemschlag.

Ich lachte. Laut und ausgelassen. Und konnte sehen, wie dieses Lachen Dennis' Selbstbewusstsein ziemlich erschütterte. Er trat einen Schritt zurück.

»Es wird Zeit, dass ich gehe«, sagte ich und drehte mich um. »Ich habe, was ich brauche. Den Rest kannst du behalten. Dies hier ist deine Welt. Nicht meine.«

Ein weiteres Beben erschütterte das Haus. Über mir donnerte es. Das Dach stürzte ein. Es wurde wirklich höchste Zeit, dass ich hier verschwand. Ich nahm das Paket und öffnete es.

Dennis stieß einen markerschütternden Schrei aus.

Licht umfing mich, strahlte aus dieser schmuckvollen Kiste. Ich sah das Geschenk meines Vaters.

Und es war wunderschön.

18

»Vincent …«, flüsterte eine Stimme.

Ich blinzelte und versuchte meinen Blick scharfzustellen. Jemand beugte sich über mich.

»Vincent, bist du wach?« Es war die Stimme meiner Mutter.

Ich nickte und stöhnte leise auf. Mir tat alles weh. Meine Hände waren eingeschlafen. Ich hatte Kopfschmerzen wie nach einer Party, die zu viele Tage und Nächte gedauert hatte. Und ich fror! Gott, war mir kalt! Ich öffnete meine verklebten Augen und erkannte meine Mutter, die neben dem Bett auf einem Stuhl saß und meine Hand hielt.

»Gott sei Dank«, schluchzte sie und drückte meine Hand noch fester.

»Was ist passiert?«, flüsterte ich.

»Du bist vor meinen Augen zusammengebrochen. In deinem Zimmer.« Sie brach in Tränen aus, die sie aber sofort wieder unterdrückte.

»Tut mir leid.«

»Das muss dir nicht leid tun«, sagte sie.

»Nein, du verstehst mich nicht. Es tut mir leid, dass ich dich so angeschrien habe. Du trägst keine Schuld«, flüsterte ich.

Meine Mutter gab mir einen Kuss auf die Stirn, aber ich war mir sicher, dass meine Worte ihre Schuldgefühle nicht linderten. Wahrscheinlich würden sie den Rest ihres Lebens überschatten. Zeit heilt nicht alle Wunden. Überhaupt nicht. Man lernt vielleicht, mit ihnen zu leben. Aber das war es auch schon. Jane hatte recht. Man war mehr als nur die Summe seiner Verluste. Doch die Verletzungen, die von ihnen geschlagen werden, heilen manchmal nicht.

»Du hast übrigens Besuch. Ein Mädchen sitzt draußen. Vida. Sehr klug. Sehr hübsch!«

»Vergiss es. Sie steht nicht auf Jungs«, sagte ich.

»Wirklich nicht?«

»Nein, wirklich nicht«, sagte ich.

Mir wurde schlecht, so sehr nagte mein schlechtes Gewissen an mir. »Waren noch andere da?«

»Ein großes Mädchen mit roten Haaren. So ein Hiphop-Typ. Wir alle haben uns an deinem Bett abgewechselt. Und uns viel unterhalten.«

»Um Himmels willen, wie lange liege ich hier schon?«

»Zwei Tage, heute ist Montag«, sagte meine Mutter. »Du warst ziemlich erschöpft.«

»Wo ist Vida?«

»Sie ist gerade rausgegangen, um sich einen Kaffee zu holen. Du hast viele gute Freunde, Vincent. Wusstest du das? Frau Neuburg war hier, natürlich. Dein Musiklehrer, wie auch immer er davon erfahren hat. Ein seltsamer Vogel, aber sehr nett.«

Es klopfte an der Tür. Meine Mutter und ich sagten gleichzeitig »Herein«. Vida steckte den Kopf durch den Spalt. Sie strahlte, als sie sah, dass ich wach war. In der Hand hielt sie eine Papiertüte. Als sie meine Mutter bemerkte, hob sie die Hand. »Ich will nicht stören! Sie haben sich bestimmt viel zu erzählen, ich kann gerne später noch mal wiederkommen.«

»Es ist alles gut«, sagte meine Mutter und stand auf. »Ich wollte mir ohnehin ein wenig die Beine vertreten.«

»Wirklich?« Vida trat ein und schloss die Tür hinter sich.

Mutter ließ meine Hand los. »Ja.« Ich glaube, sie war froh, dass sie mit mir erst einmal nicht weiter über meinen Vater reden musste. Sie zog sich ihren Mantel an, der über der Lehne eines zweiten Stuhls lag, und strich Vida mit einer seltsam vertrauten Geste über den Arm.

»Wir sehen uns später«, sagte sie zu mir und verließ das Krankenzimmer.

»Hi«, sagte Vida.

»Hi«, antwortete ich.

Sie packte die Tüte aus. »Ich habe dir was mitgebracht.«

»Multivitaminsaft und Weintrauben«, sagte ich.

»Und die neueste Ausgabe des *Goldenen Blatts*!« Sie hielt die Illustrierte wie eine Trophäe in die Höhe.

»Das ist jetzt nicht dein Ernst!«, sagte ich und lächelte. Ich dachte zwar zuerst: Was für eine Geldverschwendung. Mit dem Geld für dieses Schundblatt hätte ich mir ein komplettes Abendessen kaufen können. Aber sie hatte einen Witz machen wollen. Und ich konnte etwas Leichtigkeit im Moment ziemlich gut gebrauchen.

»Ganz kurz hatte ich die *Gala* in der Hand, aber dann dachte ich mir: Es gibt guten schlechten Geschmack …«

»Und es gibt schlechten schlechten Geschmack.«

»Genau.«

»Du hast die richtige Wahl getroffen. So alt, wie ich mich heute fühle, gehöre ich ohnehin zur Zielgruppe.«

Vida lächelte schüchtern. »Darf ich mich setzen?«

»Natürlich.«

Sie nahm auf dem freien Stuhl Platz, nicht auf der Bettkante. Wir schwiegen lange, dann fingen wir plötzlich beide gleichzeitig an zu reden und lachen.

»Du zuerst«, sagte Vida.

»Nein, du.«

Vida wickelte nervös den Schal um ihre Hände. »Ich habe dich vermisst. Ich würde gerne den Vincent kennenlernen, der hinter seiner Traurigkeit verschwunden war. Der mir ein wenig mehr von sich zeigt. Ich habe ein Bild von dir, aber ich weiß nicht, ob es stimmt.« Tränen stiegen in ihre Augen. »Es war so ein schrecklicher Anblick, dich hier liegen zu sehen. Ich dachte, du wärst wie deine Mutter in ein Koma gefallen.«

Sie ahnte nicht, wie begründet ihre Furcht war.

»Anoush war krank vor Sorge um dich. Sie hat die meiste Zeit an deinem Bett verbracht. Letzte Nacht hat sie auf dem Sessel dahinten geschlafen. Sie liebt dich von ganzem Herzen. Das weißt du?«

»Ja. So sehr, wie sie dich liebt.«

Vida lächelte. »Sie ist sehr großzügig.«

»Genau wie du.«

Sie ergriff meine Hand.

»Ich würde mich freuen, wenn du mich morgen wieder besuchen kommst«, sagte ich.

Vida lächelte verzagt. »Ja.« Sie ließ meine Hand los und gab mir zum Abschied einen Kuss auf die Wange. An der Tür blieb sie kurz stehen und drehte sich um.

»Wir sehen uns.«

Dann zog sie die Tür zu.

EPILOG

40 Stunden hat die Fahrt gedauert, und ich habe in dieser Zeit kaum geschlafen. Vielleicht immer mal eine Stunde oder zwei, aber nie mehr an einem Stück. Ich kam mittags in Narvik an. Es war stockfinster, und der Schnee lag knietief. Die Polarnacht hatte am 26. November begonnen, und sie würde erst am 15. Januar wieder enden. Ich habe ein Zimmer in einem Hostel reserviert, im Queenstreet Appartment in der Dronningens gate 46. Es ist klein, anspruchslos und ein wenig heruntergekommen, aber genau deswegen bezahlbar.

Geschichten brauchen einen Anfang, eine Mitte und ein Ende, hat Anoush gesagt. Dies hier war meine Geschichte. Ich habe es eingesehen und das Geld angenommen.

Narvik ist eine karge kleine Industriestadt mit einem riesigen Hafen. Im Zweiten Weltkrieg haben sich die Deutschen nicht besonders nett aufgeführt. Im April 1940 wurde die Stadt in Schutt und Asche gebombt, den Wiederaufbau nach dem Krieg kann man nicht unbedingt als gelungen bezeichnen. Aber ich bin nicht hier, um eine städtebauliche Feldstudie zu betreiben, sondern die Nacht auf der Fjellheisstasjonen zu verbringen. Ich checke im Hostel ein und beziehe mein Zimmer. Die Fahrt steckt mir gewaltig in den Knochen, und ich schlafe augenblicklich auf der durchgelegenen Matratze ein.

Wenn man sich in die Polarnacht begibt, kommt man seltsam drauf. Es gibt keinen Morgen, kein Mittag und keinen Abend. Die innere Uhr versagt hier oben total. Im Sommer wahrscheinlich auch, wenn die Sonne für zwei Monate nicht mehr untergeht und es ununterbrochen hell ist. Wahrscheinlich plagt einen dann die Schlaflosigkeit.

Im Winter hingegen muss man eine andere Robustheit aufweisen. Die andauernde Dunkelheit konnte einen bestimmt mürbe machen, wenn es einem nicht gelang, den Tag zu strukturieren. Die Frage nach der Struktur muss ich mir jedoch nicht stellen. Ich will nur einen Tag bleiben und dann wieder zurückfahren. Narvik ist trostlos.

In meinem Vierzehn-Quadratmeter-Zimmer habe ich eine eigene Küchenzeile mit zwei Herdplatten, einen Kühlschrank und tatsächlich eine Spülmaschine. WLAN ist umsonst. Nach dem Aufstehen habe ich eingekauft und mache mir erst mal ein Frühstück mit viel Kaffee und schalte mein Notebook ein.

Ich finde schnell heraus, dass es eine Seilbahn zur Fjellheisstasjonen gibt, weiß aber nicht, ob sie um diese Zeit in Betrieb ist. Ich werde es sehen, Narvik ist nicht groß.

Also mache ich mich in der sternklaren und mondhellen Nacht auf den Weg zur Talstation der Narvikfjell-Bahn. Es scheint ein Feiertag zu sein. Menschen stehen auf den Straßen, lachen und unterhalten sich, umklammern Tassen mit dampfendem Glühwein, essen Mandeln und Rosinen. Lichter brennen überall in den Fenstern. Kinder spielen auf den Straßen.

Die Seilbahnstation liegt ein wenig außerhalb der Stadt, und als ich mich ihr nähere, sinken mein Mut und meine Hoffnung. Sie ist nicht beleuchtet, hat also wohl geschlossen. Der Verdacht bestätigt sich, als ich die Tafel mit den Öffnungszeiten sehe.

Scheiße. Ich kann mir natürlich überlegen, den Berg hinaufzuwandern. Aber es gibt sicher einen Grund, warum diese Seilbahn gebaut wurde. Außerdem bin ich nicht wirklich passend für dieses Wetter angezogen. Die Winterjacke, die ich mitgebracht habe, reicht eigentlich nicht aus. Minus 15 Grad zeigt das Thermometer bei der Uhr über dem Kassenhäuschen an. Eine Arktisausrüstung wäre angemessener gewesen. Und damit meine ich Schneeschuhe und ein funktionierendes Funkgerät. Leuchtfackeln. So was in der Art.

Aufgeben ist aber auch keine Option! Ich habe 3000 Kilometer zurückgelegt, bin so oft umgestiegen, habe kaum geschlafen. Und jetzt soll ich einfach umkehren? Das kommt überhaupt nicht in die Tüte! Wütend rüttele ich an der Gittertür.

Und die Welt verschiebt sich nach rechts.

Plötzlich flammt ein Licht über dem Eingang auf. Ein schwerer Elektromotor kommt irgendwo langsam auf Touren, sein leises Jaulen arbeitet sich einige Oktaven in die Höhe, bis es nicht mehr zu hören ist. Dann sehe ich durch die Gitter, dass eine Gondel zum Einsteigepunkt vorfährt. Das Türschloss summt und entriegelt sich.

»Hallo?«, rufe ich, als ich an der Kasse vorbei zur Gondel gehe. »Ist jemand hier?«

Musik ertönt über die Lautsprecheranlage, laut und vernehmlich. »Karn Evil 9, First Impression« von Emerson, Lake and Palmer.

Ich drehe mich einmal im Kreis, aber niemand ist zu sehen. Ich bin allein.

Die Gondel schaukelt noch ein wenig, als ich sie betrete. Die Tür schließt sich klappernd, und die Seilbahn setzt sich in Bewegung. Einen kurzen, irrwitzigen Moment muss ich an den unzuverlässigen Aufzug bei mir zu Hause denken. Die Musik bleibt zurück, die Lichter der Talstation erlöschen. Ich fahre den Berg hinauf in die Polarnacht.

Der Blick auf Narvik verändert sich. Der Hafen ist ein lebendig leuchtender Fleck westlich der Stadt. Ein großer Erzfrachter wird gerade beladen. Auf der Piste des Flughafens startet eine Propellermaschine, zieht in den Nachthimmel und dreht nach Süden ab, bis sie hinter den Bergen verschwindet. Die Fahrt dauert zwanzig Minuten, dann erreicht die Gondel die Bergstation und hält an. Die Tür öffnet sich rumpelnd, und ich steige aus.

Hier oben ist es noch kälter als unten im Tal, wenn das überhaupt geht. Ein Stück den Berg hinauf, neben dem Restaurant, das wie die Seilbahn geschlossen ist, brennt in der windstillen Dunkelheit ein Feuer. Vor seinem Schein kann ich einen Schatten sehen, der sich zu mir umdreht.

»Hallo, Vincent.«

»Jane!«

Sie steht auf und strahlt mich an wie ein Licht in der Nacht. Wir fallen uns in die Arme.

»Ich habe dich vermisst«, flüstere ich.

Jane nimmt mein Gesicht in beide Hände und sieht mir tief in die Augen. Etwas an ihr hat sich verändert. Sie ist nicht mehr so labil, sondern sie wirkt gefestigt. Erwachsener, obwohl das ein blöder Begriff ist. Sie hat keinen Eigengeruch mehr. Kein Zimt, keine Erdbeeren. Jane trägt zwar immer noch Schwarz, aber sie ist längst nicht mehr so punkig zerschreddert wie bei unserer ersten Begegnung auf dem Friedhof.

»Es ist schön, dass du da bist«, sagt Jane.

»Hast du daran gezweifelt, dass ich komme?«

Sie schüttelt den Kopf. »Nein, das habe ich nicht.«

»Wir haben nie richtig Abschied voneinander nehmen können«, sage ich. »Aber das tun wir jetzt, nicht wahr?«

»Vielleicht.«

Ich betrachte Jane lange im Schein des flackernden Feuers, und sie lacht. »Was siehst du?«

»Ich bin mir nicht sicher«, sage ich. »Eine erlöste Seele?«

Jane nickt nachdenklich. Wieder dieses lange einander zugewandte Schweigen. »Wie geht es dir?«, fragt sie, als hätte sie sich entschlossen, einen anderen Gedanken aufzugreifen, nachdem der andere zu Ende gedacht war.

»Besser«, sage ich. »Wir haben lange miteinander gesprochen, meine Mutter und ich.«

»Sie war ehrlich zu dir.«

»Und ich zu ihr. Aber es ist in Ordnung, so wie es ist. Der Schmerz ist zwar noch da, aber er hat jetzt einen Namen.«

»Das ist gut«, sagt Jane.

»Ich soll dich übrigens von Vida, Anoush und Timo grüßen.«

»Das ist schön«, sagt sie.

Jane lehnt sich an mich und nimmt meine Hand. Das Feuer ist zu einer roten, wärmenden Glut heruntergebrannt. Wir sehen hinauf zum Himmel, an dem ein grünes Licht erscheint, ganz langsam und zögerlich. Wie eine Wolke, die wächst und wandert. Die Farbe wechselt von Grün zu Rot, von Rot zu Orange und von Orange wieder zu Grün. Jetzt verstehe ich, was Jane an diesen Ort zieht.

Er ist magisch.

Ein lebendiges Licht in der scheinbar nicht enden wollenden Dunkelheit. Jane schmiegt sich enger an mich und hält meine Hand noch fester.

Ich diesem Moment bin ich erfüllt von einem Licht, das mich von innen heraus wärmt. Heute ist der 22. Dezember. Mittwinternacht. Die Tage werden nun länger. Ein Grund zum Feiern.

Ich schließe die Augen und lasse Jane los.

Denn ich weiß, sie ist bei mir. In mir. Und wird es immer sein.